François Mauriac : entre l'activité littéraire et la foi chrétienne

モーリアック

文学と信仰のはざまで

藤田尊潮

八坂書房

［扉の写真］
アカデミー・フランセーズ入会
演説の準備をするモーリアック。
1933 年撮影。

モーリアックの肖像写真。1945 年撮影。

アカデミー・フランセーズの正装をしたモーリアック。1933 年撮影。

パリの自宅の書斎にて、考え込む姿のモーリアック。1960 年代。

38, RUE THÉOPHILE GAUTIER (XVI!)
AUTEUIL 52-31

2 Juin 32

Madame

J'ai l'honneur de vous accuser réception du chèque représentant le prix Jacques Normand.

Je vous renouvelle l'expression de notre vive reconnaissance et celle de ma gratitude particulière pour les sentiments que vous voulez bien m'exprimer.

Les deux noms que vous voulez [illegible]. [illegible] assez de l'amour que vous

パリ、ヌイィの自宅から投函されたモーリアックの自筆手紙（筆者所蔵）。1932年6月2日付。ジャック・ノルマン賞の受賞賞金を受け取った謝礼がノルマン夫人に宛て、黒色のインクで両面に綴られている。

mes voué où la poésie française.

(Il y avait chez moi, à la campagne, de charmants vers "rustiques" d'Autran que, pendant toute mon enfance, j'ai lus et relus)

Veuillez agréer Madame l'expression de mes sentiments très respectueux

Mauriac

「わたしたちの強い感謝の気持ちと、あなたがわたしに示してくださった心遣いへのわたしの特別なお礼の気持ちを改めてお伝え致します。〔……〕田舎のわたしの家には、オートランの魅力的な“田園”詩がありました。子どもの頃を通してずっと、わたしはくり返しそれを読んだものです。〔……〕尊敬を込めたわたしの気持ちをどうぞお受け取りください。

フランソワ・モーリアック」

à Denise et à Edouard
Bourdet

mes compagnons dans la nuit...
mais c'est, la nuit, que le ciel appa-
rait dans sa gloire....

De tout coeur

LA FIN DE LA NUIT

François Mauriac

LA FIN DE LA NUIT 1

小説『夜の終わり』を劇作家ブールデ夫妻に贈った自筆の献辞（筆者所蔵）。

この書を妻に

はじめに

フランソワ・モーリアック（1885 ～ 1970）の作家人生の中で、1922 年と 1930 年という年は 2 つの鍵になる重要な年である。ひとつ目の鍵となる年 1922 年は、長い試行錯誤の末、彼が独自の文体を見出し、小説家として初めて大きな成功を収めた『らい者への接吻』が出版された年である。1909 年にモーリス・バレスから激賞された詩集『合掌』で早熟な天才詩人としてデビューを飾ったものの、それ以降 1913 年の『鎖につながれた子供』で小説家に転じ再デビューを果たすが、文壇の中では依然としてほぼ無名に近い状態であった。そして 2 つめの鍵となる年 1930 年という年は、彼のカトリックへの「回心」— 第 3 部で詳しく述べることになるが、モーリアックは幼児洗礼、つまり生まれながらのカトリック信者であったものの、その時までは内面に不安を抱えつつ、深い意味で精神的にカトリックの信仰に同化し切れていなかった。そして彼の「回心」とは、いわばパスカル的な意味での「回心」（キリスト教の内部へと回心すること）である。— 以後最初の小説『失われしもの』が発表された年である。従って 1922 年から 1930 年までの時期は、いわゆるモーリアックの「信仰の危機」[1] を反映する作品群が書かれた時期であり、それは同時に彼の最高傑作『テレーズ・デスケィルゥ』が書かれた時期でもあるのである。

この『らい者への接吻』から『失われしもの』に先立つ 1928 年の『宿命』までの時期の小説作品は、モーリアックの作家人生における他の時期とは明らかに異なり、非常に特徴的でまとまりのあるひとつの総体をなしていることに気づかされる。「熱っぽい書物」[2] と言われるそれらの小説群の中では、どの作品を取ってみても、同じ息苦しい酷暑の雰囲気の中で繰り広げられるのは、孤独と情念の悲劇である。主要な作中人物たちはひとつの作品から他の作品へと繰り返し登場し、同じ特徴的な「自然」のイメージが作中人物たちの外側と内側に同時に見出される。それらの小説群はまるで「ひとつの書物」のように読み解くことができるようにさえ感じられるのである。

第1部では、主に1922年から1928年までの主要な小説作品 、『らい者への接吻』『火の河』『ジェニトリックス』『愛の砂漠』『テレーズ・デスケィルゥ』『宿命』を取り上げ、「自然」のイメージ 、つまり「夏」と「火」のイメージ、「砂漠」のイメージ、「水」と「泥」のイメージというモーリアックの小説世界の主として閉鎖性を表現するイメージについて考察している。そして第2部では「樹木」と「獣」のイメージ、つまり作中人物たちの内側の世界と外側の世界との「照応（コレスポンダンス）」を表現する非常にモーリアック的な独自のイメージを考察のテーマとして取り上げることになる。彼はそれを自然と人間との「共犯」というヴィジョンのもとに描き出している。そのヴィジョンがモーリアックの「悲劇小説」、人間存在と神の恵みの関係というより高い視点から眺められた孤独と情念のドラマを支えているのである。

第3部では、それまでの作品とは一見対照的とも見える1930年以降の小説、『失われしもの』『蝮のからみ合い』『夜の終わり』『黒い天使』を取り上げ、第1章では小説の構造について、小説の視点の問題と時間の問題から考察している。第2章では「告解」のテーマと1930年以前の小説に特徴的だった「夏」に代わって登場する「冬」のイメージについて論じる。第3部は1930年以降の小説作品がいかにして成立したのかについて考察するきっかけになるだろう。第4部と第5部は第1部から第3部までを理解するために必要となる基礎研究を挙げたものである。第4部、第1章の「フランソワ・モーリアックの『回心』について」は、先に述べたモーリアックの「回心」とはどのようなものであったかを史実にしたがって、できるだけ客観的に考察している。第2章の「フランソワ・モーリアックの『恩恵論』」ではモーリアックが提示する罪の世界の中で、カトリック作家としてどのように「神」の「恵み」を描こうとしたかについて考えるヒントになるだろう。第5部はモーリアックの「回心」をはさんで執筆された宗教的エッセー『キリスト者の苦悩と幸福』を取り上げ、第1章では『キリスト者の苦悩と幸福』の成立過程について、第2章では「『キリスト者の苦悩と幸福』における『火』のイメージ」についての論考である。附論として、最後にモーリアックが日本文学に与えた影響について考えるために、三島由紀夫の『愛の渇き』と『テレーズ・デスケィルゥ』の比較研究を採録することにした。

本書の主要部分は第1部から第3部であることには変わりがない。それは「自然」のイメージを通して、モーリアック研究の中ではこれまであまり行われて来なかったいわゆるテキスト主義的方法、「テーマ批評」的なアプローチによってモーリアック作品の本質に迫り、その新しい読解の方法を提示しようというひとつの試みである。

筆者

註記

(1) 第1部第1章註23参照。

(2) プレイヤード版『モーリアック全集』第1巻の小説『悪』についての注釈の中で、編者ジャック・プティは次のように記している。「この時期モーリアックは、『熱っぽい書物』をわずか数週間の間に非常に早書きすることがあったということは驚くには当たらない。彼は引き出しの中にしまっていた書きかけの原稿や途中でやめてしまった小説の書き出し、ほったらかしにしていた中編小説などを再び取り上げ、書き始めたりしていたのである」(*Pl I,* Jacques Petit, *notice sur le Mal*, p.1229.)。

目　次

凡 例

◎本書で使用したモーリアックのテクストは以下の版による。

1. プレイヤード版『モーリアック全集』

« Bibliothèque de la Pléiade », Paris, Gallimard（1980-90）

Œuvres romanesques et théâtrales complètes I – IV　略号 *Pl*（*I-IV*）

Œuvres autobiographiques　略号 *Pl V*

2 . グラッセ版『モーリアック全集』

Les Œuvres complètes, « Bibliothèque Bernard Grasset », Paris, Arthème Fayard（1950-56）略号 *OC*（*I – XII*）

◎モーリアックのテクストで引用の多いものは本文中にページ数を明記し、タイトルを略号の形で記載した。また引用の少ないものは、略号が多数にのぼるのを避けるために註にタイトルとともにページ数を記載した。モーリアックのテクストの略号は以下の通りである。また本文中イタリック、アンダーラインの強調箇所は特別な言及がない限り筆者によるものであり、引用文の日本語訳はすべて筆者自身による。

AN	*Pl III*	*Les Anges noirs*（『黒い天使たち』）
BL	*Pl I*	*Le Baiser au lépreux*（『らい者への接吻』）
CQP	*Pl II*	*Ce qui était perdu*（『失われしもの』）
D	*Pl II*	*Destins*（『宿命』）
DA	*Pl I*	*Le Désert de l'amour*（『愛の砂漠』）
DM	*Pl II*	*Dieu et Mammon*（『神とマンモン』）
FF	*Pl I*	*Le Fleuve de feu*（『火の河』）
FN	*Pl III*	*La Fin de la nuit*（『夜の終わり』）
G	*Pl I*	*Genitrix*（『ジェニトリックス』）
NV	*Pl II*	*Le Nœud de vipères*（『まむしのからみ合い』）
SBC	*Pl V*	*Souffrances et bonheur du chrétien*（『キリスト者の苦悩と幸福』）
TD	*Pl II*	*Thérèse Desqueyroux*（『テレーズ・デスケィルゥ』）

◎『聖書』からの引用は新共同訳による。

あらすじ

モーリアックの代表作の日本語訳の多くは1982年から1983年にかけて刊行された春秋社の『モーリアック著作集』に掲載されている。本書で取り上げた『らい者への接吻』『火の河』『愛の砂漠』『テレーズ・デスケィルゥ』『まむしのからみ合い』『夜の終わり』『黒い天使たち』もそこに載録されている。『宿命』と『ジェニトリクス』に関しては、それ以前、1951年に刊行された『モーリヤック小説集』に載録されているが、『モーリヤック著作集』同様これも絶版となっており、古書を探さなければならない。また『失われしもの』は今だ翻訳刊行されてはいない。このように手近にモーリアック作品を読むことができないという事情から、また本書では作品を横断的に引用し論じているため、本書を理解するためには小説作品の内容をある程度あらかじめ知っていおく必要があるという観点から、小説の「あらすじ」を初めに掲載することにした。まずは「あらすじ」を読んで、本書に興味を持っていただければ幸いである。

◉**『らい者への接吻』**（『モーリアック著作集』第1巻、春秋社）

「わらじ虫」というあだ名が付けられるほど醜い小男のジャン・ペルエイルは、家柄がよく広大な松林を所有していた。年頃になり、ジャンには縁談が持ち上がる。見会いの席で初めてあった結婚相手ノエミの若々しい美しさに、ジャンは呆然とする。ジャンよりも格が劣る家柄のノエミにとっては、この結婚は有利な縁談だった。しかし結婚生活は二人にとって幸福なものではなかった。ノエミは醜いジャンをどうしても愛することができない。しかし貞潔さの観念がノエミを放埒な行動へと走ることを妨げていた。生来身体の弱かったジャンはついに不治の病に倒れる。そしてジャンの治療を担当した青年医師に、ノエミは心惹かれる。

ジャンは治療の甲斐なく早世する。ノエミはジャンの死後も貞潔を守る決心をする。小説の最後の場面、ヒースの荒れ地の中を当てもなく走り続けたノエミは、疲れ果て、一本の貧相なコナラの木を見つける。彼女はその木を抱きしめる。この小説を締めくくる最後のことばは「それはジャン・ペルエイルに似た黒いコナラの木だった」である。

◉**『火の河』**（『モーリアック著作集』第１巻、春秋社）

　ダニエル・トラジスは生来の漁色家だった。どれくらい若い娘を手にかけたかわからない。ある日、とある田舎の湯治場で「子持ちの処女」ジゼール・ド・プライィに出会う。ジゼールが手にしていた手紙が風のいたずらで舞い上がり、ダニエルがそれを拾い上げたことから二人の間に関係が生じる。ダニエルは数々の策を弄し、ジゼールをわがものにしようとする。ジゼールの後見人ド・ヴィルロン夫人の目をかいくぐり、ジゼールはダニエルの手に落ちる。キリスト教の信仰に裏づけられた貞潔さの観念と肉体的情念の葛藤がテーマになっている。

◉**『愛の砂漠』**（『モーリアック著作集』第１巻、春秋社）

　美貌の未亡人マリア・クロスはラッセル氏の妾だった。彼女の主治医クレージュ医師はほのかな恋心をマリアに抱いている。マリアは、クレージュ医師の息子レイモンとほぼ同じ年頃の息子を亡くしていた。その息子の墓参りから戻る途中の列車の中で、中学校から帰る途中のレイモンに出会う。マリアはレイモンに息子の影を求めつつ、ほのかな恋心を抱く。マリアはレイモンを自宅に呼び寄せようと画策する。レイモンもマリアに惹かれて行く。だがしかし、レイモンと近づきになったとたん、その男をむき出しにした欲望に接し、今度は彼を遠ざけようとする。思いを遂げることのできなかったレイモンは、復讐を誓う。一方でクレージュ医師もその思いを遂げることはできなかった。医師はキリスト教的倫理観と自分の恋情の間の葛藤に苦しむ。人間の情念とキリスト教の信仰の葛藤を描いたモーリアックの傑作。

◉**『ジェニトリックス』**（『モーリヤック小説集』第１巻、目黒書店）

　主人公フェリシテ・カズナーヴは夫を亡くしてからは、息子フェルナンへの愛情に生きている。フェルナンの妻マチルドに対しては、激しい嫉妬の感情を抱きながら、三人は同居し、ともに暮らしている。フェリシテの度重なる意地悪にもかかわらず、マチルドは夫への忠誠を誓い、けなげに生きている。そんなマチルドは不治の病に陥る。死の床のマチルドを描いた描写は秀逸。マチルドの死後、ひとり部屋に残されたフェリシテは、自分のしてきたことに決定的に後悔をする。そして何者かに突き動かされたかのようにマチルドの死の床に倒れ込む。マチルドの死後、初めて妻への愛に目ざめたフェルナンは、母親に復讐をする。

◉**『テレーズ・デスケィルゥ』**（『モーリアック著作集』第２巻、春秋社）

テレーズは年若い美貌の才女でベルナールの妻である。しかし平凡な暮らしに満足できず、ある日夫が水薬の滴数を間違えたのを見過ごしたことから、次第に彼女自身にもわからない殺意が芽生え、処方箋を偽造しベルナールに毒を盛り始める。夫は大事にいたらず、回復するが、テレーズは訴えられる。しかしブルジョワ家庭の体面を重んじるデスケイルゥ、ラロック両家の画策により「免訴」となる。小説は裁判所を出るテレーズの描写から始まる。テレーズは自分がなぜ罪を犯したのか彼女自身にもわからない。彼女は心の闇の中に踏み込んで行く。モーリアックの最高傑作であり、魂の深淵をのぞき見るような作品。彼はそこで「悪の神秘」と「告解の神秘」を問題にしている。

◉**『宿命』**（『モーリアック著作集』第２巻、春秋社）

エリザベト・ゴルナックは平凡な主婦で単調な毎日を送っている。彼女は小太りで、とりわけ美貌でもなく、取り柄もない。エリザベトにはひとり息子がいるが、余り彼女には関わらない。エリザベトの舅ジャン・ゴルナックが世話をした使用人の女の息子であるオーギュスタン・ラガーヴの子供で、エリザベトの息子ピエールの幼友達であるボブに、エリザベトは道ならぬ恋をしていた。彼女は情熱をひた隠しにする。ボブは交通事故で突然の死を迎える。青年の死を知ったエリザベトは極度の悲嘆に陥る。小説家は、慰めようのない悲しみに暮れる主人公を一匹の「獣」のイメージで提示している。「エリザベトは、脇腹を下に寝そべり、息をする傷つき年老いた獣のようだった」と書かれている。

◉『失われしもの』

モーリアックの「回心」以後の最初の小説。主人公は２組の夫婦、エルヴェ・ド・ブレノージュと妻のイレーヌ、それにマルセル・ルヴォーと妻のトタ。トタはのちに『黒い天使たち』の中で青年司祭として登場するアラン・フォルカスの姉であり、彼女とアランの姉弟愛は幾分近親相姦的である。この二組の夫婦は互いに愛し合ってはおらず、それぞれに別の恋愛対象を持っている。小説の大半はその腐敗した男女関係と夫婦愛の欠如の描写である。エルヴェの妻イレーヌは重い病にかかっており、自殺願望を持っている。彼女の容体が不安定なある晩、看病していたエルヴェは彼女が眠ったと思い込み、夜遊びに出かける。しかしその夜、イレーヌは大量の睡眠薬を飲み、自殺とも事故ともわからない死に方をしてしまう。ここでエルヴェの母、ド・ブレノージュ夫人が重要な役割を演じる。エルヴェは自分の「罪」を悔い改め、「回心」するのである。この小説の真の主人公が「神」の「恵み」であることが、そこにいたって明らかになる。

◉『まむしのからみ合い』（『モーリアック著作集』第３巻、春秋社）

この小説はモーリアックにはめずらしく、一人称で書かれている。小説は主人公ルイの妻イザに宛てた手記の体裁をとっている。ルイは吝嗇で嫉妬深く、膨大な財産を抱えながら、それを身内に相続することをためらっている。小説は２部に分かれているが、前半はルイの憎悪の生成過程に一致する。ルイのゆがんだ視点を通して小説は描かれているのにもかかわらず、読者はその他の作中人物たちに対して冷静な見方をすることができる。これが「回心」以後のモーリアックの小説の大きな特徴である。嫉妬と憎悪の対照となっているイザの真の姿をわれわれは知る。そしてルイ自身、自分の真の姿を見るのである。「わたしはわたしの心を知っている、この心、このまむしのからみ合いを」。この「罪」を「知る」という表現のヴァリエーションは、「回心」の前後の小説に繰り返し登場する。ルイは冬枯れの景色のなか、手記の執筆中息絶える。「冬枯れの景色」はモーリアックにとって、「神を隠すものの不在」の景色のイメージなのである。

◉『夜の終わり』（『モーリアック著作集』第２巻、春秋社）

モーリアック自身は否定しているが、この小説はまさしく『テレーズ・デスケィルゥ』の続編、あるいは正確に言うならば、最終編である。というのは『テレーズ・デスケィルゥ』以降『夜の終わり』が書かれるまでに、二編の短編小説が書かれているからである。この小説の舞台は主にパリである。テレーズはひとり暮らしをしている。彼女は夫ベルナールから離れることはできたが、幸福ではない。ある日突然娘のマリが彼女のもとにやってくる。マリがやってきたのは恋人ジョルジュに会うためだった。ジョルジュはテレーズにまつわる昔のいまわしいうわさに囚われている。しかし実際に会ったテレーズは、彼が想像していたような恐ろしい女ではなかった。それどころか聡明で美しいテレーズにジョルジュは恋をしてしまう。「罪の女」テレーズは娘の恋人から好かれたことを内心うれしく思い、マリとジョルジュの仲を裂くことに快感をおぼえる。しかしそれでもテレーズはジョルジュが彼女から離れ、マリのもとに向かうようにしようと奔走する。彼女が髪をかき上げる動作は、この小説の中で重要な意味を持っている。テレーズは彼女の年を取り、荒れてはげ上がった額をわざとジョルジュに見せつけ、彼女から遠ざけようとする。この小説の最後の場面、心臓を患っているテレーズは瀕死の状態にあって、与えられた水薬を自分がかつて夫に飲ませた毒薬だと思い込み、半ば錯乱状態の中で罪の償いをしようとする。小説家は『テレーズ・デスケィルゥ』同様、この小説の中でも「悔い改め」と「悪の神秘」の問題を追求している。

◉**『黒い天使たち』**（『モーリアック著作集』第3巻、春秋社）

この小説はガブリエル・グラデールが青年司祭アラン・フォルカスに宛てた「告解」の手紙から始まる。「まるで天使のよう」と子どもの頃から言われ続けてきた美青年ガブリエル・グラデールは、その外見とは裏腹に「黒い天使」だった。小神学校に入り神父を目指すが挫折する。その後の彼の人生は罪の一覧表のようなものだった。娼婦のひも、売春宿、麻薬、監獄。彼の一番の罪深さは、従姉アディラに子供を身ごもらせたことかも知れない。その子どもは里子に出された。その後彼はアディラと結婚するが、アディラは不幸な生活ののち早世してしまう。ガブリエルにはもうひとり従妹がいた。マチルドは歳の離れたサンフォリアン・デバと政略結婚をし、ふたりの間には娘カトリーヌという娘がいる。マチルドはガブリエルの息子アンドレスを自分の子供ようにかわいがっている。ガブリエルをはじめ皆はアンドレスとカトリーヌの結婚話を進めている。それも両者の相続する土地をひとつにし、財産を増やすためだった。ガブリエルはアンドレスの財産をあてにしている。そんなとき、デバの仕組んだ計略によってパリからガブリエルの情婦アリーヌがやってくる。雨の降りしきる冬の夜、ガブリエルはアリーヌを駅に出迎え、山間の谷底に誘い込み、彼女を突き落とし、首を絞めて殺す。その後ガブリエルは彼自身重い病に倒れる。彼は再びアラン神父に手紙を出し、自分の一切の罪を打ち明ける。アランは苦しむが、ガブリエルに「罪」の「ゆるし」を与える。ガブリエルは穏やかな気持ちで死んで行く。小説のタイトルは『黒い天使たち』である。ガブリエルだけが罪人なのではない。この小説に登場するほとんどすべての作中人物たちは、なにかの「罪」を負っているのである。

第I部
自然のイメージ
―閉ざされた世界―

第1章「夏」と「火」のイメージ

20 世紀前半に活躍したカトリックの作家・批評家シャルル・デュ・ボスは、彼のモーリアック論『フランソワ・モーリアックとカトリック作家の問題』の中で、モーリアックの小説世界を「暑い室（étuve)」「蒸し風呂（bain de vapeur）と呼んでいる。それはモーリアックの小説世界の特徴的なイメージのひとつを見事に表現したことばである。彼は次のように書いている。

> 回心以前のモーリアックの共犯関係がそこにある。彼は暑い室（l'étuve)、あの蒸し風呂（ce bain de vapeur）の中に加わり、絶えずそれを刷新しようとする。そして彼のポエジーの魅力によって、すべてのものが、おそらくとりわけて戦慄すべきものたちが、そこにおいて抗しがたい叙情性の光輝に包まれるのである(1)。

1928 年以前に書かれたモーリアックの小説作品の大部分において、物語が繰り広げられ、決定的な出来事が起きるときの枠組みは、ほとんど常に酷熱の夏の暑さの息詰まるような空気の中においてである。真夏の午後、人々は鋭い蟬の鳴き声に包囲され、鎧戸を閉め切った薄暗い部屋の中で暑さが通り過ぎるのを待っている。見渡す限り広がるブドウ畑。その向こうには松林が終わることなく続き、今まさに夏の暑さのために燃え上がろうとしている。驟雨の後でも水たまりひとつできない砂地の上に立ち上る土煙。おそらくモーリアックの小説を読んだ後で読者の心に残るイメージはそのようなものだろう。それがモーリアックの小説世界の特徴的な眺望であることは疑いの余地がない。彼自身、1911 年の『青春への決別』と題された第 2 詩集の中で次のように歌っている。

わたしの神よ、何にでも傷つき、不快に思うこの弱い心は
あまりに心地よかった少年時代の虜なのです
すべての旅立ちはむなしい　わたしはここに戻ってくる
蟬の軋むこの重苦しい午後に
家庭の平和に心地よく撫でられたわたしの額が
夏休みの宿題帳の上にかがみ込むあのときに[2]

「すべての旅立ちはむなしい　わたしはここに戻ってくる／蟬の軋むこの重苦しい午後に」と歌う詩人の声は、彼の 3 番目の書物、1913 年に出版された自伝的小説『鎖につながれた子供』の中にも反響している。作家自身とほぼ同一視される主人公ジャン＝ポールを通して[3]、モーリアックは語る。「ああ、少年時代、とジャン＝ポールは思った。ぼくが立ち戻るのはいつもそこだ。―大きすぎる田舎の家でぼくが見つけたいと思うのはそれなのだ」[4]。小説家としての歩みの出発点において、モーリアックはアンドレ・ジッドの「家庭よ、わたしはおまえを憎む！」[5] という反抗の叫びとはまさに対局にいるということができるだろう。

『鎖につながれた子供』は『血と肉』『上席権』などの初期小説作品とともに、モーリアック自身が編纂に携わったファイヤール版『モーリアック全集』の第 10 巻に収められている。これらの作品はモーリアック独自の小説世界を提示する傑作が書かれた 1922 年から 1928 年にかけての小説作品とは、区別して捉えるべきかもしれない。小説家は繰り返し、感じやすい文学青年の信仰と恋愛をテーマとして取り上げている。小説における「語り」の手法など、後に書かれる小説と共通の特徴が見出されないわけではないが[6]、描かれる「自然」のイメージは、次に考察するようなモーリアックに特徴的な「自然」のイメージではない。『鎖につながれた子供』には次のような秋の風景描写を見出すことができる。

> ジャン＝ポールは雨模様の秋にランドの奥に身を潜めるのが好きだった。そこは彼の子供時代の遊び場所だった。〔……〕10月にモリバトを網で仕留めようと猟師が身を隠すうち捨てられた小屋は、この青年にとってはメランコリックな隠れ家だったのだ[7]。

このような描写をモーリアックは後の小説の中で繰り返し用いている。たとえば『テレーズ・デスケィルゥ』の中には、次のような一節がある。

> 10月にモリバトの猟師たちが使う小屋のひとつが〔テレーズとアンヌを〕昔と同様、その薄暗い部屋に迎え入れた。互いに一言も話すことばはなかった。罪のない休止の長い時間が過ぎ去った。若い娘たちは、猟師が鳥の羽ばたきが近いことに気づいて身動きもせず沈黙の合図をするときと同じように、身じろぎしようとすら思わなかった（*TD*, p.33.）。

『テレーズ・デスケィルゥ』の中でこれに続く場面は、「耳をふさいだ」（*idem.*）テレーズのそばでアンヌがヒバリを撃ち、傷ついた小鳥を優しく愛撫し、そして絞め殺すシーンである。無邪気で無意識的な残酷さ。しかし『鎖につながれた子供』の一節には、モーリアックの小説に固有であり、かつまた不可欠でもあるそのような「狩猟」のイメージは認められず[8]、特に個性的でもない記憶の想起に留まっている。実際「〔モーリアックの〕文体、その雰囲気はまだ〔この小説においては〕見出されていない」[9] のである。

「夏」のイメージ

夏がモーリアックの小説世界において際立って印象深い季節であることには疑いの余地がない。それは1928年までに書かれたほとんどすべての小説作品に指摘することができる。初期の小説においても、物語がクライマックスを迎えるのは常に夏の暑さの雰囲気の中である。しかし「自然」のイメージが単なる物語の背景としてではなく、それまでの小説とは明らかに違う重要な役割を担っていることは、『らい者への接吻』以降の作品において初めて確かめることができるものである。『らい者への接吻』には次のような一節を見出すことができる。

　とうとう最後の家々を通り過ぎると、まだほの白い道の上に二列に並んだ黒い松の軍隊が、暑い室（étuve）のような息吹を〔ジャン・ペルエイル〕の上に吐きかけていた。松の木々に取り付けられた無数の壺は松脂でいっぱいになり、森林のカテドラルをまるで吊り香炉のようによい香りで満たしていた〔……〕（*BL*, p.459.）。

モーリアックの小説世界において特徴的な夏のイメージ、デュ・ボスが名付けた「暑い室」が現れるのは、『らい者への接吻』以降の作品においてである。モーリアック自身「わたしが顔を赤らめることのない最初の書物」(10) というその小説によって、彼は初めて彼自身の文体と独自の小説世界を見出すことになった。

『らい者への接吻』から1928年の『宿命』にいたるまでの小説作品において、夏という季節のイメージは実際非常に重要である。しかしながらモーリアックが描く夏の姿は、通常人々が抱くような自由で陽気、健康的な季節のイメージとは対照的に、人々を家に閉じ込め、窒息させる情け容赦のない季節である。

夏の光景の特徴はまずその猛烈な耐え難い暑さと強烈な光にある。夏の暑さを形容するために、モーリアックが好んで「酷熱の（torride）」や「圧し潰すような暑さの（accablant）」という語を用いていることに気づくのは興味深いことである。たとえば『火の河』の中で、ある晩、神秘的な若い女性ジゼール・ド・プライィに恋をした主人公ダニエル・トラジスが彼女のことを思い巡らしながらホテルを出る場面では、夏の暑さは「病んだ心臓（un cœur malade）のように、夕べの祈りを知らせる鐘がこの圧し潰すような暑さの（accablant）日曜日の中で鳴っていた（battait）」（*FF*, p.527.）、あるいは「酷熱の（torride）日の麻痺状態が眠りこけたアイギパンを目覚めさせたかのようだった」（*ibid.*, p.528.）と書かれている。「病んだ心臓」はジゼールを誘惑し、自分のものにしようと期待に「鼓動する（battre）」ダニエルの「心（cœur）」と見事に重ね合わされている。このようにモーリアックの小説世界においては、背景描写は作中人物の心理の動きに密接に結びついているのである。『愛の砂漠』においても同様の指摘が可能である。出来のよい生徒からは「いやなやつ」(*DA*, p.753.) と思われ、「そこら中で火 (feu)〔をまき散らす〕」(*idem.*) 主人公のひとりレイモン・クレージュは、マリア・クロスとの運命的な出会いをした17歳の夏を思い起こす。「〔レイモン・クレージュ〕は乾いた酷暑の (torride) 夏を〔思い出す〕。石の町を容赦のない空だけが圧し潰していた (accabla)」(*idem.*)[11]。鎧戸を閉め、人々は外の暑さを避けて家に閉じこもる。外では「太陽が世界に〔魔法をかけ〕、人々を麻痺状態に陥れる。雄鳥の鳴く声さえ聞こえない。太陽だけが〔支配している〕(*D*, p.141.) のである。それに対して家の中は「地下倉と同じくらい涼しく」(*BL,* p.452.)、まるで「氷室のよう」(*TD*, p.32.) であり、「鎧戸を通して溶けた金属のような光が〔流れ込む〕」(*BL*, p.447.) のだった。『テレーズ・デスケィルゥ』の次のような一節は、モーリアックの小説世界の典型的な夏の描写であるということができるだろう。

> 午後の間一緒にいるということ以外に共通の趣味は何もなかった。そこでは、空の火 (feu du ciel) が薄暗がりに閉じこもった人間たちを攻囲していた。時々アンヌは、暑さが治まったかどうか見るために起き上がった。しかし鎧戸をほんの少し開けただけで、ひと口の溶けた金属のような光 (la lumière pareille à une gorgée de métal en fusion) が突然あふれだし、お下げ髪を燃やすかのようだった。そして再び戸を閉めうずくまらなければならなかった (*TD,* pp.32-33.)。

外側の「火」

モーリアックが夏の暑さを描くために用いるメタファーのひとつに「かまど (fournaise)」ということばがあるが、彼の小説世界のイメージをもっともよく表現することばである。『らい者への接吻』では、冒頭からこの「かまど」ということばは見出される。主人公ジャン・ペルエイルは、誰もが暑さを避けるために家に閉じこもっているにもかかわらず、さしたる理由もなく外の世界に惹きつけられる。「父親が昼寝をしている中、外の燃えさかるかまど (fournaise) はジャン・ペルエイルを引き寄せた。まずそこは彼に孤独を保証してくれたのだ〔……〕」(*BL*, p.448.)。『愛の砂漠』においても、放浪癖のあるレイモンが街をぶらつきに行くとき、「しばしば彼は市街列車に乗り、ボルドーの燃えさかるかまど（fournaise）を横切った」（*DA*, p.758.）と書かれている。さらにマリアが自宅でのレイモンとの最初の密会の後、ついに恋に落ちたことを自覚する場面では、「この火事に対して彼女は何の手立てもしようとはしなかった。彼女はもはや無為に苦しんではいなかった。彼女の燃えさかるかまど（fournaise）が彼女を支配していた」（*ibid.*, p.819.）。— ここで注目すべきなのは、「燃えさかるかまど（fournaise）」ということばは夏の暑さではなく、この先で考察するように、レイモンに対する彼女の恋心を指し示しているということである。—『宿命』においては、物語の持続時間は全編を通してほとんど常に夏だが、女主人公エリザベト・ゴルナックが、年齢の大きな隔たりにもかかわらず秘かに恋心を抱く息子の友人ボブ・ラガーヴを捜しに家を出る時、「エリザベトは外の燃えさかるかまど（fournaise）に戻って行き、誰もいない通りを横切った」（*D*, p.141.）[12] と記されている。『テレーズ・デスケィルゥ』についても同じような指摘が可能である。「免訴」の通告を受けた後、その知らせを夫ベルナールに届けるためにアルジュルーズに向かう列車の中で、テレーズは幸福な少女時代、アンヌのそばで過ごした夏の晴れわたった日々を思い起こす。

> テレーズは〔……〕少女時代の夏休みの午前中、9時頃、まだ暑さがピークに達する前に、サン＝クレールからアルジュルーズに向かう通りに、自転車に乗ってくる姿が浮かび上がるのを見る。それは彼女に無関心な婚約者ではなく、顔を真っ赤にほてらせた〔顔に火をつけた〕（le visage en feu）彼女の小さな義理妹、アンヌの姿だった。— すでに蟬たちは松から松へと次々に燃え移り（les cigales s'allumaient de pin en pin）そして大空の下ではランドの燃えさかるかまど（fournaise）がうなり声を上げ始めていた。無数のハエがヒースの下草から飛び立った（*TD*, p.32.）。

「顔を真っ赤にほてらせた〔顔に火をつけた〕」という表現と「蟬たちは松から松へと次々に燃え移り」という表現に注目したい。後者は非常にモーリアック的な言い回しであり、蟬たちが泣き始めるさまを、火事の時に火が一本の松からまた別の松へと次々と燃え広がる様子に重ね合わせている。モーリアックの小説世界の夏のイメージにおいて、「松林の火事」は欠くことのできない要素である。この表現は『テレーズ・デスケィルゥ』の中で、この少し先で描かれる火事の場面、「ヒースの下草の中でくすんでいた陰険な火が一本の松を燃やし、それから次の松を燃やす」（*ibid.*, p.37.）松林の火事を準備しているかのようである。「火」のイメージはモーリアックの描く「夏」にとって非常に重要なイメージのひとつであり、彼は「火」ということばを他の表現と組み合わせながら頻繁に用いているのである。

「火事」

「燃えさかるかまど」ということば自体「火」を連想させるが、モーリアックの小説においては「火」はまず「空の火」（*TD*, p.33.）であり、夏の暑さの象徴であると言うことができるだろう。酷暑の夏には「火（le feu）が松林をむさぼる」（*D*, p.143.）。ランドの火事は、ひとつの例外を除き『らい者への接吻』から『宿命』にいたるすべての小説において、実際の事件としてまた作中人物たちに想像された出来事として、常に見出される。― 不思議なことに『火の河』においては、そのタイトルによって小説全体が「火」のしるしのもとに置かれているにもかかわらず、どのような火事も起こらない。―『宿命』においては、『テレーズ・デスケィルゥ』と同様、「火事」の場面は物語のクライマックスのひとつである。エリザベトが所有地の方角に彼女が恐れていた火事を発見する場面は次のように描かれる。

〔エリザベト〕は顔を上げ、身震いした。確かに煤けた幕が空を隠していた。都会の人々は嵐（un orage）だと思ったかも知れない。しかし彼女はすぐに地平線上に赤褐色の細い火柱を見つけた。それは汚れた青空に扇を開いたように広がっていった。その瞬間、南風が菩提樹のしおれた葉を揺すり、ブドウ畑の上に焼け焦げた松の香り（le parfum des pins consumés）を運んできた。エリザベトはこんな時に彼女の苦悩を沈めてくれるような理屈を自分自身に見つけようとした（*D*, p.143.）。

モーリアックが描く「火事」は、このように「嵐」に似た空に立ち上る巨大な煙と「火柱」、「焼け焦げた松の香り」、燃える松脂のにおいによって表現される。それらは視覚的であると同時に、嗅覚にとって刺激的である。—『らい者への接吻』を例に取るならば、死の床のジャンは暖炉で燃やされる松脂のにおいを嗅ぎながら死んでゆく。「カデットは火をつけた。すると脂を含んだ煙（la fumée résineuse）が部屋を満たした。酷暑の夏に故郷のランドであれほどしばしば彼の顔に吹き付けた松林の火事（pins incendiés）の息吹を、ジャン・ペルエイルは今にも果てようとする彼の身体の上に受け取ったのである」（*BL*, p.495.）。— しかしながら、その日エリザベトの心を打ちのめしたのは彼女の領地の火事ではなく、「もうひとつの火事（un autre incendie）」だった。それゆえ上の引用のすぐ後には、次のような一節が続く。

〔……〕もうひとつの火事（un autre incendie）が彼女のすぐそば、数歩先のところでくすぶっていた、— たぶんあのいぼたの茂みの後ろあたりで。松林の火事はボスの方角に広がってゆくだろう。彼女が思っていたのは無数の木々のことではなかった、それは彼女の知らないどこか、— たぶん石を投げれば届くくらいのところで寝そべっているふたつの肉体のことだったのだ。彼女がじっと立ち止まっている小径からあまりに近いために、燃えた松脂のにおい（odeurs de résine brûlée）を含んだ南風がなければ、彼女にも聞こえただろう……いったい彼女は何を聞いただろうか（*D*, p.144.）。

ここでは「もう一つの火事」は疑いようもなく情事を指している。モーリアックの「火」は、したがって「空の火」、松林の火事、「松林をむさぼる火」（*G*, p.612.）であるだけではなく、「内側の火」（*FF*, p.526.）でもあるのである。

内側の「火」

この内側の「火」は心の物理的なあるいは心情的な熱のメタファーとしてモーリアックの小説においてたびたび登場する。『ジェニトリックス』の書き出し近く、マチルドは臨終の床にあってひどい産褥熱に苦しみ、彼女の身体の中で「溶岩のように内側の火（feu intérieur）が〔上ってくる〕」（*G*, p.584.）

のを感じる。しかしほとんどの場合、この「火」は物質的なものではなく、心の葛藤、敵対心、怒り、嫉妬、愛と情熱など、激しい感情に揺さぶられる魂の状態のメタファーなのである。『愛の砂漠』において、互いに敵対するクレージュ家の夕飯の場面では、この「火」は次のように描かれている。

> しかしながら、みなはそれぞれ落ち着いていた。秘かな暗黙の了解によって、彼らはその火（ce feu）を消すことに専念していたのである。〔……〕現状を維持しようとする本能が、命を賭けて同じガレー船に乗った船員たちに、甲板ではいかなる火事（incendie）をも出してはいけないという配慮を吹き込んでいたのだ（*DA*, p.773.）。

クレージュ家の人々がそれぞれに抱えている「火」とは彼らの内面の火種に他ならない。モーリアックが『ジェニトリックス』の中で、母フェリシテと息子フェルナンの葛藤を描く場面では次のような記述が見出される。

> フェルナンの母親に対するその敵意にはぞっとするものがある。けれども、彼が火炎（flamme）を相続したのは母親からなのだ。同時に母親の嫉妬深い愛情は、息子が自らの内にこの未知の火（feu inconnu）を養うことについて彼を無抵抗にしていた（*G*, p.616.）。

この内側の「火」、「火炎」は明らかにフェルナンが母親に対して燃やす敵対心と怒りの感情のメタファーである。しかし彼自身はそれを母親から譲り受けたのだ。『ジェニトリックス』のテーマは3人の作中人物が繰り広げる愛と憎しみのドラマである。息子を独占しようとして嫁に対して嫉妬深い憎しみを抱くフェリシテ、誰からも愛されたことがなく、孤独の内に死んでゆくマチルド、そしてマチルドの死後、初めて彼女に対する愛に目覚める夫フェルナン。小説は全編を通じて愛と憎しみの「火」のしるしのもとにある。

> 追い詰められたフェルナンが彼自身の中でマチルドにまで降りてゆくためには、彼の母親の巨大な愛につきまとわれ、その火炎（flammes）によっ

て取り囲まれなければならなかったのであろうか。今や火事は消え去り、——彼を激高させたあの熾火（brasier）も、突然一面の灰の中で彼を身震いさせるだけだった（*ibid.*, p.634.）。

情熱と情欲の「火」

モーリアックの小説世界に描かれる内側の「火」の中で最も重要かつ独創的なものは、情熱と「情欲（concupiscence）」の「火」に違いない。『火の河』という小説の中では、タイトルが示している通り、「火」のイメージが小説全体を貫いて見出される。この小説のエピグラフはユニークで、次のように三つの引用句が列挙されている。

「すべて世にあるものは、肉の欲（concupiscence de la chair）、目の欲、生活のおごりである。」聖ヨハネ（「ヨハネによる第1の手紙」第2章16節）
「これら三つの火の河（trois fleuves de feu）が潤すのではなく、燃え上がらせる呪われた土地に不幸あれ！」パスカル[13]
「おお神よ……これほどにも優しいそして激しい絆で魂を肉体に結びつける情欲、自然の深く、そして恥ずべき傷について、誰があえて語ることができましょうか」ボシュエ[14]
（*FF*, p.501.）。

『火の河』というタイトルは、「ヨハネによる第1の手紙」の一文を引用したパスカルの断章から取られていることは明らかである。ボシュエの『情欲論』はこの有名な一節の注解として執筆された[15]。このエピグラフの順序を考えてみると、小説家の中ではパスカルとボシュエの断章がまず脳裏にあり、その上で聖ヨハネのことばをパスカルとボシュエに共通する要素として思い描いている可能性が高いように思われる。興味深いことに、『パンセ』の中では「三つの火の河」とあるにもかかわらず、小説のタイトルは『火の河』（Le Fleuve de feu）と単数である。パスカルは「肉の欲」「目の欲」「生活のおごり」という三つの「情欲（concupiscences）」を「三つの火の河」にたとえているにもかかわらず、モーリアックは三つの内の一つ、つまり「肉の欲（concupiscence de la chair）」を取り上げ、「火の河」と呼び、小説のタイトルに選んでいるのである。

『火の河』の中にはいたるところこの情欲の「火」を見出すことができる。たとえば主人公ダニエルは「内側の火（feu intérieur）」が彼を焼き尽くしていた。「彼はどんな気晴らしよりもその火傷（brûlure）の方を好んだ」（*ibid.,* 526.）(16) と、書かれるほど、その「火」に取り憑かれている。彼が誘惑しようとするジゼールもまた同様である。ジゼールは過去に取り返しようのない過ちを犯していた。見知らぬ男に身を委ね、妊娠し、女の子を出産したが、その子供は年配の女友達で、彼女の保護者、精神的な支えでありまた教道者でもあるリュシル・ド・ヴィルロン夫人に預けていた。ジゼールはリュシルにとって「彼女が火の河（fleuve de feu）から引き上げた子供」（*ibid.*, p.550.）だったのである。物語の中で最終的にジゼールはダニエルの誘惑に屈するが、それをリュシルは次のように眺めている。

> 一吹きの砂漠の風（un vent de désert）が〔ジゼールの髪〕を波立たせていた。「彼女は何を考えているのだろう」と、リュシルは思った。わたしたちが再び火の河（le fleuve de feu）に落ち込むには、最初にわたしたちを底に突き落とした人間の存在は必要ではないのだということを、彼女は知っていた。火の河はわたしたちの内部にあるのだ（Le fleuve de feu est au-dedans de nous）。それはジゼールの中にあった、受けたばかりの愛撫の傷、傷よりも肌を刺す記憶、化膿した記憶の中に（*ibid.*, p.554.）。

ジゼールの額に吹き付ける風が「砂漠の風」と表現されている事実は決して偶然ではない。次章において考察するように、モーリアックにとって「砂漠」は現世的、肉体的な愛の不毛性と虚しさのメタファーに他ならないからである。上の一節からは、「わたしたちの内側にある」「火」が、ジゼールにおいてもダニエルにおいても、彼らの身内に燃えているのだということを確認することができる。

しかし、この内側の「火」が「情欲（concupiscence）」そのものであると言うことにはためらいを覚えざるを得ない。草原でジゼールのそばに寝そべったダニエルは「彼女を眺めてはいなかった。にもかかわらず伸ばした身体の火（feu）に彼自身焼かれ」（*ibid.*, p.521.）、ヴァレリーの『若きパルク』の一節、「透明さへの暗い渇き」（*ibid.*, p.522.）というフレーズを口ずさむが、それはこの小説の第1章、ダニエルとジゼールの最初の出会いに読者を連れ戻す。「ダニエルは透明さへの奇妙な渇きに苦しんでいた」（*ibid.*, p.507.）。つまり、ダニエルは単に若い娘を追い求めていたのではなく、彼が探し求め、彼自身知らないうちに追いかけていたものは、彼の知らない純粋で無垢の存在だった。ジゼールに魅了されたのも、彼女が「どんな愛撫にも屈しない純粋さ」（*ibid.*, p.575.）、「太陽よりも強い雪」（*idem.*）を彼女の内に感じたからに他ならない。彼は記憶の糸を辿る、「おそらく初めて彼に透明さへの渇きを引き起こした少女の思い出」（*ibid.*, p.508.）[17]、子供時代の女友達の記憶、後に修道女になった少女の記憶に。わたしたちはダニエルの内にある「子供時代の純粋さ」（*ibid.*, p.539.）に対するゆがんだ愛に気づくべきだろう。ダニエルは無垢なるものに渇きながら、その無垢なるものの彼方に、無限の愛、「渇いている人はだれでも、わたしのところに来て飲みなさい」と言ったひと、「その人の内から生きた水が川となって流れ出るようになる」[18] と言ったひとを探し求めているのだということを彼自身知らずに内側の「火」に身を焦がしているのである。そうでなければダニエルは、彼に身を委ねようとしていたジゼールに向かって、「わからないようにリュシル・ド・ヴィルロンのところに戻った方がいい。俺はおまえを失うことになるだろう…彼女がおまえの救いだ …（*FF*, p.547.）とは言わないだろうし、小説の最後の場面で、教会のミサの間、「救われた」新しいジゼールを見て、「だめだ、あいつが俺を見てしまったら…もう一度落ちてしまう」（*ibid.*, p.578.）とは思わなかったであろう。「魂を肉体に結びつけている情欲 (concupiscence)、そこにこそドラマがある。」（*SBC*, p.118.）と、モーリアックは『キリスト者の苦悩と幸福』の中で書いているが、それはまたこの小説のドラマであり、彼はそれを「火」のしるしのもとに提示しているのである。

『火の河』でダニエルを燃やした内側の「火」は、『愛の砂漠』の中でダニエルの年長の友人レイモン・クレージュとマリア・クロスに飛び火する[19]。

> 不幸は彼女〔マリア・クロス〕に再会してしまったことだ。会わずにもすんだだろうに。17年前から彼のすべての情熱（toutes ses passions）は知らないうちにマリアに対して燃やされていたのだ。— ランドの農民たちが向かえ火を焚くように …しかし彼はマリアに再会してしまった。火はもっとも激しく燃え上がるだろう。彼はそれと戦おうとして自分の炎をますますを強めてしまった（comme les paysans des Landes allument contre-feu ...Mais il l'avait revue, et le feu demeurait le plus fort, se fortifiait des flammes par quoi on avait prétendre le combattre.）（*DA,* pp.859-860.）。

「最初の屈辱の火傷」（*ibid.,* p.824.）がいやされていないレイモンは、マリアと知り合ってから17年たっても、復讐心の混じった情熱を抱えている。マリアもかつてはまた同じ「火」に焼かれたことがあった[20]。「不純な天使」（*ibid.,* p.796.）を見分けることができずに、彼女は自分と大きく歳の離れたレイモンという「天使のようでいて陰りのある人物」（*ibid.*, p.767.）に恋をしてしまう。上の一節の中で興味深いのは、「ランドの農民たちが向かえ火を焚くように」とレイモンの内側の「火」がランドの火事に喩えられていることである。モーリアックの小説世界においては、しばしば作中人物たちの心理描写は背景描写、つまり「自然」の描写によって支えられる。そこから次のような「紡がれたメタファー」が生じるのである。「ランドの農民たちが向かえ火（contre-feu）を焚くように……しかし彼はマリアに再会してしまった。火（feu）はもっとも激しく燃え上がるだろう。彼はそれと戦おうとして自分の炎（flammes）をますます強めてしまった」。このような表現は数多くあり、二つの描写、つまり作中人物たちの心理描写と「自然」の背景描写は混ざり合い、まるで一体となっているような印象を受けることがある。モーリアック自身、「火（feu）の国では、人間の情熱は空の激しさに一致する」（*G*, p.622.）と書いているように、彼の想像世界においては、外側の「火」は内側の「火」に一致するのである。—「マノの大火事」（*TD*, p.102.）がテレーズに罪の最初のきっかけを与えたことを忘れてはならないだろう。

モーリアックの 1928 年までの小説作品について考えるとき、下の『キリスト者の苦悩と幸福』の一節はその雰囲気をよく伝える興味深い暗示に富んだ文章である。

> おまえは目を覚ます。するとまず、おまえは自分の苦悩の在処を捜し、おまえが確かに存在していることを知るのだ。やはり苦悩は命と同じように忠実にそこにある。太陽が、すでに焼けるように暑い今日一日を支配するように、おまえの苦悩は夜が来るまでおまえを支配することになるのだ。その恐るべき光の中では、すべてのものが生気を失い、生きものも物もその光の中で渾然一体となるだろう（ce terrible rayonnement; les êtres et les choses s'y confondront）。おまえは火の大気（une atmosphère de feu）のただ中で、すべてのものたちから離れ、おまえの仕事を成し遂げるであろう。〔……〕どこにも出口はない（Aucune issue）。息詰まる恋のように息苦しい午後。地平線に夕立の兆しはない。おまえのすぐそば、乾いた木の葉の間で音を立てるあの雌鳥の他、草原からはどんな物音も立ち上っては来ない。雨はまったく期待できない。しかし、火の大空（azur de feu）に雨雲を呼び起こすことはできないとしても、少なくともおまえの情念の酷暑（cette canicule de ta passion）をかき曇らせる何かの力が、おまえには残っているはずだ。おまえの心の奥底に注がれるあの眼差し、あの神秘的な微笑みを見つめるのだ。その時こそ空は曇り、大粒の熱い雨のしずくが木の葉を打ちたたくように、おまえの心は和らぎ、涙がおまえを打つだろう（*SBC*, pp.132-133.）。

自分自身に向かって「おまえ（tu）」と二人称単数形で語りかける「モノローグ・アンテリユール」（内的独白）の表現方法は、特に宗教的エッセーの中でモーリアックが好んで用いる手法である[21]。あたかも彼自身の観想をそのまま表現しようとするかのように、モーリアックはこのような自己自身との対話という形式で彼自身の内面に踏み込んでゆく。「恐るべき光」「火の大気」「火の大空」などの表現に見られるように、この一節は、一見するとこれから始まろうとする「酷暑の」夏の午後の描写に過ぎない。しかしそれは単なる自然の描写には留まってはいない。盛夏の真昼の「酷暑（canicule）」はモーリアック自身の内面の「情念の酷暑（cette canicule de ta passion）」でもある。酷熱の太陽の下で「すべてのものが生気を失い」、「生きものも物も」「渾然一体」となるように、ここでは外側の風景は心象風景と重なり合い、混ざり合っている。マリ＝フランソワーズ・カネロはその著『1930年以降のモーリアック、解かれた小説』の中で上の一説を取り上げ、「〔彼の信仰の危機〕は蹂躙された道徳という問題をはるかに凌駕している。それは人間の自然が自らの内に抱え持つ激情と狂気の目の回るような経験、苦悩の内に感じられた孤独の絶望的な経験である。この孤独のテーマ（ce thème de la solitude）は当時モーリアックの小説作品における唯一のテーマであって、それが特にこの時期のエッセーにおいては独特な調子を与えている」(22) のだと述べている。

カネロ氏の指摘通り、この一節には「孤独」の感覚が支配的であることは確かだが、さらに「乾き（sécheresse）」と「渇き（soif）」の感覚を見落としてはならないことも確かである。外側の景色がモーリアックの心象風景であるとするならば、「雨」には「涙」が、「木の葉」には「心」がそれぞれ対応していることがわかる。そして「地平線に夕立の兆しはない」「雨はまったく期待できない」以上、「心」の「渇き」はどうしてもいやされることがない。「おまえの苦悩は夜が来るまでおまえを支配することになる（va régner）」、さらに「その恐るべき光の中では、すべてのものが生気を失い、生きものも物もその光の中で渾然一体となるだろう（se confondront）」という文章の時制は、直説法近接未来形と単純未来形に置かれているが、「その時こそ空は曇り（se troublerait）、大粒の熱い雨のしずくが木の葉を打ちたたくように、おまえの心は和らぎ、涙がおまえを打つだろう（s'écraseraient）」という文章の法と時制は条件法現在形である。つまり「渇き」がいやされるということは、「苦悩の支配」に比べれば、「情念の酷暑」の渦中にいるモーリアックにとって未だ彼自身の現実ではないのであり、「サマリアの女に約束されたあの水を飲んだ多くのものたちは、再び渇き（soif）を覚えたのである」（*idem.*）というような一文の逆説的な調子からもわかるように、それはまだ見出されていない「幸福」(23) なのである。したがって「情念の火」は小説の作中人物たちと同様、作家自身にとってもいやしがたい「渇き」を起こさせる内側の「火」であり、彼らが外側の「火」にあぶられる「渇きの土地」(24)、不毛の大地、「砂漠」は、同時にこの時期のモーリアックにとって人間的愛の虚しさの象徴だと言うことができるのである。

1928年までに出版されたモーリアックの小説作品における「火」のイメージについて考える時、それはまず「酷暑の」「圧し潰すような」「夏」のメタファーであり、同時に人間の情念、特に情欲のメタファーである。『らい者への接吻』に「砂と火事になったランドが彼女〔ノエミ〕を永久に閉じ込めるだろう」（*BL*, p.498.）ということばがあるが、息詰まるような暑さ、外側の「火」が作中人物たちを彼らの家の中に閉じ込めるように、自分自身の中に情熱、内側の「火」を抱えた彼らは、いやしがたい愛の「死ぬほどの渇き」（*idem.*）に苦しんでいる。「火」のイメージによって、モーリアックはこのように孤独な魂の出口のない悲劇をもっとも印象的に表現しているのである。しかしモーリアックはそのドラマをさらに霊的な次元において提示しようとしていることも確かである。ノエミが「永遠の涼しさの方へ」（*idem.*）向かおうとしたように、あるいはジゼールに大きな生き方の転換が訪れたように、モーリアックは作中人物たちにおける救済の可能性を問題にしているように見える。しかしそれは非常に稀にしか描かれることはない。ダニエル、レイモン、マリアそしてテレーズは、相変わらず「純粋なる」「存在」との出会いを求めさまよっている。—モーリアックの作中人物の中では、テレーズがもっとも神秘的で複雑な人物であることには疑いの余地がない。それでも彼女は自らの人生を振り返り、「テレーズの少女時代、もっとも汚れた河の源に積もる雪」（*TD*, p.28.）にまで遡ろうとする。— したがって、この外側の「火」、それと一致するかのように描かれる内側の「火」は「情念」「情欲」のメタファー、「透明さ」「純粋さ」「永遠の涼しさ」に対立する「不純さ」、罪の「汚れ」に通じる表現である。たとえカトリック作家としてモーリアックの意図が作中人物たちの救済のドラマにあったとしても、描かれている「火」のイメージはけっして「浄化の火」、「神を見出すために通過するべきしるし」[25]という聖書的な意味ではないと考えるべきではないだろうか。

註記

(1) シャルル・デュ・ボス著『フランソワ・モーリアックとカトリック作家の問題』(Charles du Bos, *François Mauriac et le problème du romancier catholique,* Paris, Corrêa, 1933, p.83.)。
(2)『青春への決別』(*OC VI, L'Adieu à l'adolescence,* pp.367-368.)。
(3) ファイヤール版『モーリアック全集』第10巻の序文で、モーリアックは次のように書いている。「ジャン=ポール(『鎖につながれた子供』の主人公)はオーギュスタン(『上席権』*Préséances* の主人公)よりも前に生まれたが、より本来の自分に近いように思われる。彼は修辞学級の時のわたしの私的な日記から想を得たものだ」(「序文」*OC X, Préface*, p.II .)。彼は『らい者への接吻』以前の作品をすべて全集の第10巻に集めている。『ローブ・プレテクスト』(*Robe prétexte*)だけが例外で、それは第1巻に収録されている。
(4)『鎖につながれた子供』(*Pl I, L'Enfant chargé de chaînes*, p.13.)。
(5) アンドレ・ジッド『地の糧』(André Gide, *Les Nourritures terrestres,* [Paris, Gallimard, 1897], collection Folio, no.117, 1997, p.67.)。
(6) プレイヤード版『モーリアック全集』第1巻の序文で、ジャック・プティ(Jacques Petit)は、『テレーズ・デスケィルゥ』の第7章の最終節を引用しながら、モーリアックの二人称の用法について言及している。「ここでは誰が話しているのだろうか。三人称が曖昧なだけではない。二人称はさらに曖昧である。ジャン・ペルエイル(『らい者への接吻』の主人公)と同様、この若い女性は自分自身に語りかけているのだろうか。最初のフレーズはそのような解釈を排除する。『鎖につながれた子供』においてそうであったように、ここで介入しているのは作家自身なのだ」(ジャック・プティ、プレイヤード版『モーリアック全集』第1巻「序文」、*Pl I*, p.LXXXVI.)。ジャック・プティの註にしたがって、二人称 « tu »(おまえ)による「語り」の用法は厳密な意味で「モノローグ・アンテリユール」(内的独白)ではなく、モーリアックの文体の特徴のひとつであり、それが「語り」における曖昧さを引き起こし、小説家自身の小説への介入を可能にしているということを指摘することができる。それは『上席権』以降の小説において際立った特徴である。たとえば『らい者への接吻』(*BL*, p.449.)、『ジェニトリックス』(*G*, pp.595-596, 616.)、『愛の砂漠』(*DA*, p.816,826.)などにおいて顕著な例を見出すことができる。および註21を参照。
(7)『鎖につながれた子供』(*Pl I, L'Enfant chargé de chaînes,* p.6.)。
(8) モーリス・モーキュエがその著『「テレーズ・デスケィルゥ」— モーリアック』の中

で指摘しているように、『テレーズ・デスケィルゥ』を「狩るもの」と「狩られるもの」の「狩猟のドラマ」として読み解くこともできるだろう。モーキュエは次のように述べている。「この小説の世界は暴力と束縛の世界である。〔……〕ベルナールは文字通りの狩猟家である。彼の行動、趣味、楽しみは狩猟に結びついている。アンヌは夕暮れにヒバリを撃つのが好きだ。クララ伯母もまたかつてはモリバトを狙ったものだった。他の人物とは違って、その点テレーズだけは狩猟が嫌いである。彼女の立場は犠牲者の側にある」(モーリス・モーキュエ著『「テレーズ・デスケィルゥ」—モーリアック』Maurice Maucuer, *Thérèse Desqueyroux — Mauriac*, Paris, Hatier, 1970, p.74.)。後に述べるように、「狩猟のイメージ」はこの小説の世界を支える不可欠なイメージのひとつであることは疑いようがない。

(9) ファイヤール版『モーリアック全集』第10巻序文（OC X, *Préface*, p.II.)。

(10)『バレスとの出会い』(*OC IV*, *Le Rencontre avec Barrès*, p.213.) モーリアックはまた『続内面の記録』の中でも、「最初の栄光の輝き」を想起しつつ次のように述べている。「1922年『カイエ・ヴェール叢書』のひとつとして出版された『らい者への接吻』で、わたしは初めて3000部という狭い出版枠を打ち破り、大衆に到達することができた。版は次々と重ねられた。バレスの予言を成就するために、わたしには12年の歳月がかかったということである。彼は翌年亡くなったが、わたしに関しては自分が誤りを犯したと思っていたのではないか、とわたしは危惧している」(『続内面の記録』「あとがき」*Pl V*, *Postface à Nouveaux Mémoires intérieurs*, pp.815-816.)。

(11) 1928年以前に執筆されたほとんどすべての小説作品において、同様の指摘が可能である。たとえば『テレーズ・デスケィルゥ』では、モーリアックは夏の強烈な暑さを表現するために「押し潰す (accabler)」という動詞を用いる。その暑さの中でテレーズは彼女の最初の罪深い行為を企てたのである。「夏の最初の暑さがテレーズを圧し潰していた (accablaient)。彼女がまさに成そうとしている行為を、彼女に告げるものは何もなかった (*TD*, p.70)。あるいは小説の結末近く、夫の疑問に答えようとして、彼女の罪が最初に芽生えた日、「マノの大火事」の日をテレーズが思い起こす場面では次のように描かれている。「テレーズには、押し潰すような (accablant) あの午後を想起しようとすることは奇妙なことのように思われた。煙をはらんだ空、よどんだ青空、松林が燃えて広がるあの松脂の鼻をつくようなにおい、— そして彼女自身の眠気をもよおした心、しかしそこでゆっくりと彼女の罪が形作られていったのである (*ibid.*, p.102.)。

(12) ここで作者は〈外の〉「燃えさかるかまど」という表現によって、作中人物の〈内側〉

にあるもうひとつの「燃えさかるかまど」を暗示していると考えることができるのではないだろうか。

(13) ブレーズ・パスカル『パンセ』第458番(Blaise Pascal, *Pensées et opuscules,* no. 458, par Léon Brunschvicg, Paris, Hachette, 1976, p.543.)。

(14) ボシュエ『情欲論』(Bossuet, *Traité de la concupiscene*, Paris, Éditions Fernand Roches, 1930, p.14.)。

(15) シャルル・ユルバンとウジェーヌ・ルヴェスクによるボシュエ『情欲論』の「序文」を参照。「編集者が最初につけたタイトルは、読者を迷わせないためにそのままにしているが、ボシュエによるものではない。〔……〕この小論は厳密に言えば論文ではなく、「聖ヨハネによる第1の手紙」の一節に想を得た一連の瞑想と考察である」(Charles Urbain et Eugène Levesque, Introduction au *Traité de la concupiscence* de Bossuet, Paris, Éditions Fernand Roches, 1930, pp.VII-VIII.)。

(16) この文章は、神の怒りを招く人間についての『旧約聖書』中の「シラ書〔集会の書〕」の一節を想起させる。「燃えさかる火のような熱い情欲(la passion brûlante comme un brasier)は、燃え尽きるまで、決して消えない。みだらな人間は、自分の身体を肉欲に任せ、火が彼を焼き尽くすまで、とどまることを知らない(l'homme qui convoite sa propre chair : il n'aura de cesse que le feu ne le consume)」(「シラ書」第23章16節)。モーリアックは内側の「火」をもともと『聖書』的な意味で用いているが、次章で考察するように、その情欲の「火」から「渇き」という ― これも『聖書』的な語彙だが ― イメージの連鎖に彼の独創性を認めることができるように思われる。

(17)「透明さ(limpidité)」という語は、とりわけジゼールの「良心の教導者」(*FF*, p.542.)であるリュシルの眼についての描写に用いられている。「〔ダニエル〕は〔リュシル〕のあまりに澄みきった(limpide)瞳に耐えることができなかった」(*ibid.*, p.543.)。眼の描写はモーリアックにとって特別な意味を持っている。モーリアックの小説では「明るい瞳(œil clair)」は単に心の反映というだけではなく、純粋なるもの、天上的な存在を映す鏡のようなものである。それゆえリュシルの「天上的な瞳」(*ibid.*, p.539.)の描写はこの小説の随所に見出される。たとえばモーリアックは彼女の眼差しを水にたとえる。それは空を映す水、「純粋な水の眼差し」(*ibid.*, p.531.)である。「青白い両方の瞳は水たまりに、空を映す轍の水たまりに似ていた(*ibid.*, p.530.)、「彼女の両目、水たまり、空の水たまり」(*ibid.*, p.534.)。またジゼールの娘のことをリュシルは次のように眺めている。「〔リュシル〕は心の中でマリを眺めていた、彼女の瞳の清澄さ(limpidité)、そばかすのある優しい顔、陰りのない顔を。子供時代の純粋さ（Pureté de l'enfance）」（*ibid.*, p.566.）。ダニエルは逆に、リュシルの眼差しを前にすると自分自身が汚れていると感じる。「おそらく彼の一瞥だけで人々を汚していたのである」（*ibid.*, p.542.）。

『愛の砂漠』のレイモンは美しい眼をしている。「〔レイモン〕のまぶたは海に浸食される船べりのようだった。ぼんやりとした二つの湖が睫毛の縁にまどろんでいた（*DA*, p.767.）。そしてマリアの目は「近眼」（*ibid.*, p.792）で「大きく静かな」（*ibid.*, p.741.）「何かを尋ねるような」（*ibid.*, p.742）眼である。彼女はレイモンと自分が「姉弟のような眼」（*ibid.*, p.750.）をしていると思う。しかし彼らの眼は決して「透明」ではないのである。この「澄みきった眼差し」に出会うためには、わたしたちはこれ以降『夜の終わり』におけるテレーズとモンドゥーの最初の出会いの場面まで待たなければならないだろう。「〔テレーズ〕は、まず彼女が想像していたような滑稽な人物ではないことに気がついた。弱々しい両肩、丸めた背中、けれども子供っぽいその顔には、ほとんど耐え難いほどの透明さをたたえた両眼（des yeux d'une limpidité presque insoutenable）があった〔……〕」（*FN*, p.135.）。この「澄みきった眼差し」は『火の河』以降、モーリアックが「泥の肉体に埋もれ混ざり合った心の〔物語〕」（*TD*, p.17）に踏み込めば踏み込むほど消えてゆき、『夜の終わり』を待って再び出会うことになるのである。

(18)「ヨハネによる福音書」第7章37-38節。

(19)「バルザックの‘偉大な読者’であったモーリアックは、『人間喜劇』のように作中人物たちの運命が糸のようにつながることを目論んでいたのかも知れない。彼にはバルザックの方法を用いて作品の統一性を際立たせようとすることがある。『ジェニトリックス』や『火の河』の中では『らい者への接吻』の作中人物たちが再登場し、『テレーズ・デスケィルゥ』をアラン・フォルカスと『失われしもの』の途上に置き、ある物語から別の物語へとペルエイル家の人々を増やしてゆく ......」（ジャック・プティ、プレイヤード版『モーリアック全集』第1巻「序文」、*OC I, op.cit.*, p.IX .）。また『火の河』でジゼール・ド・プライィの名前で初めて登場する女性の作中人物が、『愛の砂漠』ではマリア・クロス、そして長短数編を含めた小説の中に描かれるテレーズ・デスケイルゥへと進化していることを指摘することが可能だろう。彼女たちは実は名前を変えた唯一の作中人物ではないだろうか。彼女たちには共通の特徴がある。その一つは彼女たちはみな、内側の「火」に焼かれているということである。

(20) この小説の中でクレージュ医師の心の中に燃える内側の「火」について、特別な言及がないということは興味深い。とは言っても、彼自身「他のすべての人間同様、欲望にさいなまれるひとりの哀れな男 ......」（*DA*, p.762.）だと自らを省みている。

(21)『キリスト者の苦悩と幸福』というエッセーの中では、このような二人称単数形の語りの表現方法が目立っている。

(22) マリ゠フランソワーズ・カネロ著『1930年以降のモーリアック、解かれた小説』(Marie-Françoise Canérot, *Mauriac après 1930. Le Roman dénoué*, Paris, SEDES, 1985, P.25.)。この一節については第5部第2章「『キリスト者の苦悩と幸福』における『火』のイメージ」の箇所でも再び取り上げることにする。

(23) モーリアックはファイヤール版『モーリアック全集』第7巻の序文で次のように書いている。「〔この巻に集められた文章は〕作家の実人生におけるキリスト教的魂の温度を示すものだ。ほとんどの文章は1925年から1930年にかけて通り過ぎた信仰の危機に関連している。その中でも『キリスト者の苦悩と幸福』は頂点を記すものだ」(*OC VII, Préface*, p.II .)。モーリアックは「信仰の危機」を1925年から1930年の間に位置づけているが、おそらくそこでは小説の出版年が念頭にあったものと思われる。つまり1925年は『愛の砂漠』が出版された年であり、1930年は「回心」以後最初の小説『失われしもの』が刊行された年である。「キリスト者の苦悩」は『新フランス評論』の1928年10月号に掲載され、「キリスト者の幸福」は1929年4月号に掲載された。彼の「回心」はしたがってその間に位置すると思われる。おそらく「回心」のきっかけを与えたと思われる出来事については『マスク』誌に掲載されたダニエル・ゲランの証言「フランソワ・モーリアックの苦悩」がある(Daniel Guérin, *Le Tourment de François Mauriac,* in *Masques* no.24, Hiver 84/85.)。また ジャック・モンフェリエ著『フランソワ・モーリアック―「まむしのからみ合い」から「ファリサイの女」へ』(Jacques Monférier, *François Mauriac — du « Nœud de vipères » à « La Pharisienne »*, Paris, Champion, 1985, pp.22-26.) 参照。

(24)『良心あるいは神への本能』(*Pl II, Conscience ou instinct divin*, p.10.)。

(25)「火」『聖書神学用語事典』(Xavier Léon-Dufour et d'autres, « feu » in *Vocabulaire de théologie biblique,* Paris, Cerf, 1962.) 参照。

第2章「砂漠」のイメージ

「砂漠」—不毛の土地

『らい者への接吻』から『宿命』にいたる1928年までのモーリアックの小説作品の中で、「砂漠」のイメージは「火」のイメージとともに、彼の小説の「閉ざされた世界」を支える重要なイメージのひとつである。しかし「火」のイメージがそうであったように、「砂漠」のイメージもけっして画一的ではなく多様である。モーリアックは「砂漠」ということばを他のさまざまなことばと結びつけて用いる。「砂漠」は第一に生きものの住まない荒涼とした大地、不毛の空間として提示されている。

たとえば『テレーズ・デスケィルゥ』を例に挙げるならば、テレーズとベルナールが新婚旅行先のパリにいるとき、テレーズが義理妹アンヌから送られてきた手紙を読む場面があるが、恋の虜になったアンヌの「火のようなことば」を眼にしたテレーズは、手紙を引き裂き、窓の外に投げ捨てる。

> テレーズは窓を開き、石の淵(gouffre de pierre)にかがみ込み、手紙を粉々に引き裂いた〔…〕紙の破片は渦を巻き、下の階のバルコニーに落ちていった。あの若い娘が吸っていた植物の香りをどこの田舎がこのアスファルトの砂漠(désert de bitume)にまで送り届けてきたのだろう。彼女は歩道に潰れた自分の身体のしみ(la tache de son corps en bouillie sur la chaussée)を想像していた、— その回りには警官や見物人たちの渦が…(*TD*, pp.45-46.)。

テレーズがかがみ込み、のぞき込んだ「石の淵（gouffre de pierre）」の底にあるのは、このように「アスファルトの砂漠（désert de bitume）」である。彼女がはっきりとは意識していない自殺願望は、空虚な空間、そして「歩道に潰れた自分の身体のしみ（la tache de son sorps en bouillie sur la chaussée）」を覆い隠す「砂漠」と無関係ではない。荒涼としたランドの砂地はこの小説の主要な舞台のひとつだが、自分自身を愛することのできないテレーズは、しばしば不毛の土地、「砂漠」と同一視される。彼女は「わたしはこの不毛の土地に似せて作られた女、生きものの何も住まないこの土地のような女」（*ibid.*, p.77.）なのである。

『らい者への接吻』の冒頭近くの一節で、人々が鎧戸を閉め、暑さを避けて家に閉じこもっているにもかかわらず、なぜか外の世界に惹きつけられたジャン・ペルエイルが酷暑の戸外に出て行くとき、そこは「何ものも生きておらず、何ものも生きている気配がない」（*BL*, p.450.）場所である。また彼が自分の人生を振り返るとき、彼の人生は「砂漠」そのものに他ならない。「ジャンは一瞥にして、自分の生涯の砂漠（le désert de sa vie）を推し測った」（*idem.*）。そしてジャンが死後に行く場所も同じ「砂漠」の不毛の土地なのである。「死体をミイラにして腐らないようにするこの乾いた砂地の大地の中で（dans ce sable sec）、ジャン・ペルエイルは死者の復活を待った」（*ibid.*, p.496.）。

『宿命』は三人の作中人物、エリザベト、ボブ、そしてエリザベトの息子ピエールの間で物語が展開されるが、三人の心象風景はそれぞれ「砂漠」のイメージで提示されている。たとえば、ピエールの嫉妬を含んだ中傷によって恋人ポールを失ったボブは、彼女のいない日々を絶望的な気持ちで次のように思い描く。

> ポールのいない生活…彼は悲嘆にくれた眼で、暗闇の空、地平線上の稲妻が時折切り裂く世の終わりの空の下にまどろむ鉛色の平原と同様、砂漠のような未来の日々（ses jours futurs, aussi déserts）を推し測った。他人にむさぼられ、その砂漠（ce désert）の中に深く入り込まなければならない、絶えず自分が少しばかり老いていると感じなければならないだろう（*D*, p.175.）。

ボブの眼前に広がるブドウ畑と荒涼とした平野の景色は、彼自身の心象風景、その希望のない未来、不毛の日々と二重写しになっていることは明らかである。また、自暴自棄になったボブは結果的に死を急ぐことになるが、そのボブに対して長い間母親のように接しながらも、恋心を内に秘めていたエリザベトは彼の死後、彼女の虚ろな心の前に広がる景色の中に、ボブと同じように「砂漠」を見ている。

> 夕日が赤く照り映えている。ブドウ畑が遠くに眠っている。エリザベトは自分が悲しんでいるとは思ってはいない。けれども突然、なんとこの土地が砂漠のように思われることか（que ce pays, soudain, est désert）！どんな未知の大洋がこの平原から引き下がってしまったのだろう。彼女にはその場所がまるで海の底のように、何もない巨大な闘牛場（immense arène vide）のように見えるのだった（*ibid.*, p.185.)。

そして小説の結末近く、俗世を捨て、法衣につく決心をしたピエールが自分の未来、その死を思い描くとき、「ピエールは、彼が復活を待つのはあの四つ辻ではないと思う。彼は自分の白骨化した軽い身体が砂漠（le désert）と混じり合う姿を想像する。」（*ibid.*, p.203）と書かれているように、彼の思いは「砂漠」のイメージと混ざり合っているのである。

このようにモーリアックの小説の「砂漠」のイメージは、第一に不毛の空間、愛の不毛さあるいは不毛の愛によって作り出される空虚な広がりであり、それは作中人物たちの心の空虚さを映す鏡のような景色であるということができるだろう。

「砂漠」— 孤独の土地

「砂漠」は不毛の広がりであると同時に、その距離の長短にかかわらず、人と人とを隔てる冷たい、何もない空間、物質的あるいは精神的にどうしても越えがたい距離のメタファーでもある。たとえば『ジェニトリックス』の冒頭、瀕死のマチルドをただひとり部屋に残し、彼女の夫フェルナンと姑フェリシテが横切る空間は、マチルドの視点から「砂漠」と表現されている。「今度は、彼らは急いで玄関の冷たい砂漠（le désert glacé du vestibule）を横切った。この玄関はマチルドが住んでいる離れと母と息子が暮らしている隣り合わせの部屋の離れとを隔てている」（*G*, p.583.）。

『愛の砂漠』はタイトルに「砂漠」ということばが使われていることからもわかるように[1]、「砂漠」のイメージが果たす役割は非常に重要だが、この小説の中では、さらに具体的にこの「人と人とを隔てる空虚な空間」としての「砂漠」のイメージが繰り返し描かれる。

> 〔レイモン〕はこうした人々の中にいると安らぎを感じた — しかし突然、人々を隔てるように階級を隔てる砂漠（le désert qui sépare les classes comme il sépare les êtres）が出現するには、たった一言発すれば済むのだとは思ってもみなかった。人々の間に起こりうる最大限の心の交流も、おそらくはこうした接触、夜の郊外を切り裂いて進んでゆく列車の中に共に浸っているという事実からできあがっているものだった（*DA*, p.766.）。

この一節はレイモンが初めてマリア・クロスに出会ったときの市街電車の車中の描写である。レイモンは、「だれもが彼と同じようにだらしない格好をしているし、見苦しい服装をしている」（*idem.*）列車の中で、「安らぎを感じ」る。ここでは「人々を隔て」「階級を隔てる」空間が「砂漠」と呼ばれている。その対極にあるものは「最大限の心の交流」である。それゆえ「砂漠」とは心の交流の不可能性のメタファーであると言うことができるだろう。

レイモンの父クレージュ医師もまたこの「砂漠」を知っている。準備したマリアへの恋の告白の中で、彼は家族と自分との間の隔たりについて次のように表現している。

> 〔わたしの家族のものたちは〕わたしを必要としていないのです。生きながら埋められたものは、できるなら、息をふさいでいる墓石を押しのける権利もある。あの妻、あの娘、あの息子、彼らからわたしを隔てている砂漠（le désert qui me sépare de cette femme, de cette fille, de ce fils）を、あなたは

計り知ることはできますまい。わたしが連中に語りかけることばも、彼らのところに届きさえしないのです」（*ibid*., p.780.）。

そして彼とマリアとを隔てる心の距離もまた、この同じ「砂漠」である。「たとえ25歳だったとしても、彼は自分とこの女との間に横たわる砂漠（le désert entre lui et cette femme）を乗り越えることはできなかっただろう」（*ibid*., p.831.）。『愛の砂漠』においては、レイモン、マリア、クレージュ医師という3人の主人公のそれぞれの間にこの「砂漠」が存在する。彼らはそれぞれ愛するものから愛されることがない。「愛の砂漠」とは、このように愛する対象から人を隔てる絶対的な距離、あるいはそこに横たわる乗り越えがたい隔たり、「心の交流の不可能性」に他ならない。

モーリアックは自伝的なエッセー『ある人生の始まり』の中で、この「砂漠」の意識について次のように述べている。

> ある子供は心の交流が不可能なことについて非常にはっきりとした意識（conscience très nette de l'incommunicable）を持っている。わたしは覚えているが、それはわたしの敬虔さを成す要素のひとつだった。「わたしたちの心の底を読み取り、すべてを知り給う神」…何も言う必要もなく、神はすべてを知っている。愛の砂漠！　わたしはこの砂漠を生まれたときから知っている（Le Désert de l'amour ! Je suis né avec la connaissance de ce désert）。そこから出ようなどとは、初めから諦めてしまったのだ[2]。

「わたしたちはそれぞれひとりひとりが一個の砂漠である（Chacun de nous est un désert）」（*DM*, p.808.）と、モーリアックは宗教的エッセー『神とマンモン』の中に記しているが、このように愛する対象と自分との間に横たわる乗り越えがたい空間、「心の交流の不可能性（incommunicabilité）」という孤独の意識が「砂漠」であるならば、それはまた信仰の次元においては単に空虚な広がりではなく、人間を越えた存在、神との出会いを妨げるものの不在の場所ともなり得るはずである。その点でこの「砂漠」は聖書的な「砂漠」、イスラエルの民が神の声を聞いた「砂漠」のイメージに通じるものであると言う見方も可能である。モーリアックは執拗に小説の中にこの「砂漠」のイメージを導入することによって、間接的ながら作中人物たちと神との出会いの可能性を暗示しようとしていると言うこともできるかも知れない。『ある人生の始まり』の中で、上の一節に続けて彼は次のように述べている。

> このあきらめの気持ちを一時わたしたちから取り去るのは愛である。人間がかつての小さな子供にもっともよく似ているのは、人間的な愛からもはや何も期待しなくなる（ne plus rien espérer de l'amour humain）年齢においてなのだ。ある人々においては、少年時代と壮年期が共通して他者から何も期待しないという特徴を持っている。そして同じ理由で、彼らは神の呼びかけ（l'appel de Dieu）に従うのだ。少年期にはまだ被創物を愛することがなく、壮年期にはもはや人間を愛さないと心に決めているからだ[(3)]。

「神の呼びかけ（l'appel de Dieu）」に従うためには「人間的な愛からもはや何も期待しなくなる（ne plus rien espérer de l'amour humain）」必要がある[(4)]。モーリアックの「砂漠」は、人間的な愛に希望を失ったものが被創物を超えた存在へと目を向ける飛躍の場ともなり得るのだ[(5)]。

『テレーズ・デスケィルゥ』の中では、テレーズが唯一彼女自身の闇の出口を見つけられそうな出会いの相手として、ひとりの青年司祭が登場する。わずかに素描されるに留まってはいるものの、モーリアックは彼の横顔に「砂漠」のイメージを付け加えている。

> ああ、もしかするとあの人だったのかも知れない。彼なら自分の中にあるこの混沌とした世界を、助けて解きほぐす手伝いをしてくれただろう。他の人たちとは違って、彼もまたつらい賭けをしていた。司祭服がそれをまとった人間の周りに作り出すあの砂漠（ce désert）に、内面の孤独を付け加えていたのだ（*TD*, p.68.）[(6)]。

しかし、聖書的な意味を帯びた「砂漠」のイメージを見出すことができるとしても、モーリアックの1928年までの小説作品の中では、作中人物たちにとって「砂漠」が実際に神との出会いの場となることはない。読者はわずかにその可能性が暗示されているのを読み取ることができるに過ぎず、「砂漠」は作中人物たちの間に横たわる心の無限の距離、「心の交流の不可能性」のメタファーに留まっているのである。

「砂漠」― 渇きの土地

先に述べたように、モーリアックの作中人物たちはみな、何らかの形で「火」に焼かれる人々である。その「火」は彼らの外側と内側にあり、彼らに「乾き」と同時に心の「渇き」を引き起こす。彼らの心象風景である「渇きの土地」を、小説家は「砂漠」のイメージを使って表現する。それは、作中人物たちが抱える彼らの「内なる砂漠」である。1925年に出版された第3詩集『嵐』には「欲望」と題する次のような一篇の詩がある。

内なる砂漠（Désert intérieur）　息詰まる夕暮れ
君の膝を濡らしただけの悲しい海
ぼくがそこに囚われているとしたら　燃えているのはぼくの中だ
渇きの土地はぼくたちの中にある（Le pays de la soif est au dedans de nous）

神がこの死んだ海を潤らしてくれるだろうと　ぼくは思った
この海を満たすには　空だけで十分だろうと
しかし人は自分が抱えている砂漠（désert que l'on porte）から逃れられない
人は自分自身の砂漠（son propre désert）から逃がれられないのだ[7]

「砂漠」は外側にあると同時に自分自身の中にある。それは「内なる砂漠」であり、そこは「渇きの土地」に他ならない。この「内なる砂漠」をモーリアックは小説の中でも、作中人物たちの内側に描いている。『火の河』のダニエルはジゼールに魅惑され、「砂漠（le désert）のただ中で、のどの渇いた人が小石を吸うように、“ジゼール …ジゼール”と〔繰り返す〕」（*FF*, p.528.）。

また『ジェニトリックス』のマチルドを小説家は、「その当時彼女〔マチルド〕は、全身これ無愛想、無情さそのものだった。すなわち水の涸れた悲しい大地（sécheresse, [qu'] aridité : triste terre sans eau）だった。」（*G*, p.592.）(8)と、「砂漠」そのものとして描き出す。マチルドの夫フェルナンにも「砂漠」のイメージがつきまとう。「彼〔フェルナン〕の眼前には、陰鬱な砂漠（désert morne）のような彼の生涯が横たわっていた。どうして彼は渇きに死に（mourir de soif）もしないでこの砂原を横切ることができただろう」（*ibid*., p.618.）。

『愛の砂漠』の中で少年レイモンに対する「望みのない恋の魅力に身を委ね」（*DA*, p.819.）、「もはや火事（l'incendie）に対してどのような手も打とうとは〔しない〕」（*idem*.）マリア・クロスの心の「渇き」は、次のように表現されている。

> もし彼〔レイモン〕が来ないとしたら！　その不安はたちまち苦しみに変わった。「そうだ！　いくら待っていようと、あの子はもう来ないんだわ。もう彼をここに引き止められないんだわ。〔…〕」明らかな事実！　少年は決して二度と来ないだろう。マリア・クロスは彼女の砂漠の最後の井戸（le dérnier puits de son désert）を埋めてしまったのである。後には砂（du sable）しかない」（*ibid*., p.818.）。

レイモンにもう会えないと知ったときのマリアの心象風景は「砂漠」に他ならない。それは彼女の内なる「渇き」の原風景であり、「井戸」とは唯一その「渇き」を沈める水の在処、レイモン、彼女の愛の対象だということは明らかである。

モーリアックは『テレーズ・デスケィルゥ』の中で、「永遠の孤独という罰を受けた女」（*TD*, p.25.）テレーズの心の「渇き」を表現するために、必ずしも比喩を多用しないが、「地の果て」（*ibid*., p.30.）アルジュルーズとランドの砂地、「どんな小さな水の流れもない」（*ibid*., p.33.）「渇きの土地（le pays de la soif）」（*idem*.）は、小説の舞台背景のひとつであると同時に、彼女自身にも定かではない情熱に焼かれるこの「生きながら火あぶりにされた女（brûlée vive）」（*ibid*., p.25.）テレーズの心象風景そのものとなっている。家という「無数の生きた格子に囲まれた檻」（*ibid*., p.44.）(9) からの脱出を考える彼女の想像は、祖母ジュリー・ベラード、「ラロック家やデスケイルゥ家では、この女の肖像画も写真も見あたらない。だれも彼女のことについては知らない、ある日どこかに消えてしまったということ以外」（*ibid.*, p.21.）と言われるその祖母と、荒野の奥深く逃げ込んだ殺人犯ダゲールに結びつく（*ibid.*, p.83.）。

> わたしはあのダゲールのようにある晩南仏の荒野に向かって出て行くべきだったのだろうか。わたしはあの荒れ果てた土地のひ弱な松林を歩いて行くべきだったのだろうか。歩いて、歩いて疲れ果てるまで。わたしは入り江の水に顔を沈めるだけの勇気はなかっただろう〔…〕でも、砂（le sable）の上に横たわり、目を閉じることはできただろう …（*ibid.*, p.104.）。

しかし「砂漠」への逃避は、はたしてテレーズに真の解放をもたらすことになっただろうか。そうでないことは明らかである。彼女自身と同じくらい渇いた砂の土地は、せいぜい彼女の死の証人にしかなり得なかっただろうから。モーリアックの「砂漠」は、果てしない広がりであると同時に、出口のない閉ざされた空間である。テレーズが感じる「わたしの人生の無益さ、わたしの人生の空虚さ、果てしない孤独、出口のない運命」（*ibid.*, p.75.）、それを映す心象風景として、「砂漠」はもっとも適したイメージなのである。

モーリアックは1928年刊行の『小説論』の中で次のように述べているが、この時期の彼の小説において、人間の情念とそれが作り出す「砂漠」のイメージが彼の小説作品において占める重要性について考える助けになるだろう。

> 今日わたしたちが考えている小説は、ますます情念の認識（la connaissance des passions）の中に踏み込んで行こうとする試みである。わたしたちはもはや、祖先によって作られた古い地図上のどこか知らない土地にペイ・デュ・タンドル[10]が隠されているとは認めない。しかし、わたしたちが砂漠（le désert）の奥に踏み込んでゆくにつれて、水の欠如（l'absence de l'eau）がいよいよ容赦なくわたしたちを苦しめ、わたしたちはいっそう渇き（notre soif）を覚える[11]。

この一節の中の「ますます情念の認識の中に踏み込んでゆ〔く〕」という表現は、「わたしたちが砂漠の奥に踏み込んでゆく」という表現に対応している。モーリアックの思考は「情念の認識」から一挙に「砂漠」というメタファーに移行する。1928年までのモーリアックの主要な小説作品は、このような情念の認識を掘り下げようとする試みである。「情念」は「火」のイメージによってさまざまに描き出され、そして「情念」の「火」にあぶられる作中人物たちの心の風景は「砂漠」のイメージによって提示されている。「砂漠」の中で作中人物たちは「水の欠如」に苦しみ、「いっそう渇きを覚える」が、彼らの「渇き」をいやす水は、ほとんど描かれることがないのである。

註記

(1) この小説のタイトルはアルチュール・ランボーの散文詩「愛の砂漠（Les déserts de l'amour）」から取られたということは十分にあり得ることである。興味深いことに、モーリアックの小説のタイトルはランボーの散文詩のそれとは違い、単数形である。この小説の中でモーリアックは、この「砂漠」を「人と人とを隔てるもの」、「心の交流不可能性（incommunicabilité）」のメタファーとして、ひとつのものと捉えていたと思われる。

(2)『ある人生の始まり』（*Pl V, Commencement d'une vie*, p.78.）。

(3) *ibid.*, pp.78-79.

(4) モーリアックにおいては、被創物への愛が神への愛とは一致しないということなのであろうか。そこには誇張があるといわざるを得ない。ともかく1928年頃、モーリアックは人間と神を隔てる溝の深さ、人間に対する愛と神への愛、このふたつの愛の決裂について強調しすぎる傾向があることは確かである。「二人の主人に仕えることはできない（On ne peut servir deux maîtres）。しかし二人の主人によって引き裂かれることはあるのだ。あるいは一方を愛し、他方を憎むだろう（Ou il aimera l'un et haïra l'autre）…ああ！　わたしたちはわたしたちが裏切ったこの神を慈しみ続けている。肉体的な存在であるわたしたちは裏切りの感情を持たないがゆえになおのことである」（*SBC*, p.134.）。

(5) モーリアックは『キリスト者の苦悩と幸福』の中で次のように書いている。「神とはおそらく、すべての感覚的喜び、神がその口実となっている喜びさえも放棄したものへの報酬なのだ。神はわたしたちがまず砂漠（le désert）を求め、そして無一物になることを要求する」（*ibid.*, p.125.）。

(6) テレーズの救いの可能性は、実現することのなかったこの青年司祭との出会いにかかっていたのであろうか。彼女は司祭と一対一で会いたいと願う。「〔テレーズ〕は週日の彼〔この青年司祭〕のミサに立ち会いたいと願ったことだろう。合唱隊の子どもたち以外誰もいないところで、司祭は何かつぶやき、一片のパンの上にかがみ込んでいた」(*TD*, p.68.)。「今後はミサには出なくていいんだ …」と彼女にいうベルナールに対して、「彼女はミサに行くのはちっとも〔退屈じゃない〕んだけれど、と〔口ごもる〕」(*ibid.*, p.88.)。

(7)「欲望」詩集『嵐』(*OC VI, « Désir »* in *Orages*, p.440.)。1925年刊行の詩集『嵐』は、1911年の詩集『青春への決別』と1940年の詩集『アチスの血』の間に位置し、モーリアックのエッセーとは別の仕方で彼の当時の内面をかなり明らかに伝えていると考えられる。

(8) この文は『聖書』「詩編」第63番2節の次のようなことばを思い起こさせる。「神よ、あなたはわたしの神。／わたしはあなたを捜し求め／わたしの魂はあなたを渇き求めます。／あなたを待って、わたしのからだは／乾ききった大地のように衰え／水のない地のように渇き果てています。」マチルドが苦しんでいる「渇き」も、真実の愛、神の愛によってしかいやされることがないということを、作者は暗示しているのであろうか。

(9) この小説には「砂漠」のイメージと共に、閉鎖性、閉塞性を表す多くのイメージを見出すことができる。それらはテレーズの「慰めのない孤独」(*TD*, p.46.)、彼女の「出口のない運命」(*ibid.*, p.75.) を想起させるために使われている。たとえば松林、「その向こうには黒いコナラの木々の一群が松の木々を隠していた。しかし松脂のにおいは夜を満たしていた。姿は見えないがすぐそばに迫った敵の軍勢のように、彼らが家を取り囲んでいることをテレーズは知っていた。彼女はそのかすかな嘆き声を聞く。監視人たちは彼女が冬の間に衰弱し、酷暑の日々に喘ぐのを見るだろう。彼らはその緩慢な窒息の証人になるだろう」(*ibid.*, p.80.)。そして雨、「無数の松の木でも足りないかのように、絶え間なく降る雨が家の周りに無数の動く格子の数を増やしていた」(*ibid.*, p.67.)。あるいは小説の序文にあるように、家庭それ自体、「何度わたしは、家庭という生きた格子を通して、おまえが雌オオカミの足取りで動き回るのを見ただろう。意地の悪そうな悲しい眼をして、おまえはわたしを見つめていた」(*ibid.*, p.17.)。さらに「これからは家庭という力強い力学がわたしに対抗して打ち立てられるのだろう — それを止めることはできなかったし、ちょうどよいときにその歯車から抜け出すこともできなかった」(*ibid.*, p.82 .)。

(10)「カルト・デュ・タンドル（恋愛地図）」に描かれた土地。17世紀、スキュデリー嬢の小説『クレリー』の冒頭に挿入された地図に描かれた土地で、恋心の芽生えから出発してその成就または失敗までを寓意的に地図に表現したもの。

(11)『小説論』(*Pl II, Le Roman*, pp.770-771.)。

第3章 「水」のイメージ

渇きをいやす「水」

モーリアックの小説世界の中に描かれている「水」のイメージ、特に人々の渇きをいやす「水」について考えるとき、まず気づくのは『火の河』の中で、主人公ダニエルが感じる激しい「渇き」と対照的に提示されている、小説の背景のひとつであるピレネーの渓谷の澄んだ水の流れである。

> しかし田舎では、嵐を含んだ晴れの日々には手足の法則は普遍的な法則に一致するものだ。そこで自分と戦うことは、潮の満ち干を手なずけ、上げ潮に打ち勝ち、河を不動のものにしようとするようなものである— 生き生きした水（生きた水）(eau vive) の川と植物を育てるより隠れた川。〔…〕そうして病んだ犬のように、ダニエルは渓流添いを走った。時には服に火がついた男 (un homme de qui les vêtements brûlent) のように、燃え上がる松明 (torche vivante) となって流れに身を任せた (*FF*, p.536.)。

「服に火がついた男」のように、あるいは「燃え上がる松明」となってダニエルが流れに「身を任せた」渓流は、この一節では「生き生きした水（生きた水）(eau vive)」の川と表現されている。この「生きた水」という表現の起源には『聖書』の語彙が背景にあると考えられる。たとえば「エレミヤ書」の「生ける水の源であるわたし (moi la source d'eau vive)」[(1)] あるいは「その人の内から生きた水が川となって流れ出る (De son sein couleront des fleuves d'eau vive)」[2]。これらの「水」は「命の泉（source de vie)」[3]または「永遠の命にいたる水（source d'eau jaillissant en vie éternelle)」[4]と同一視される。

この「生きた水」のイメージは『火の河』の全体を通して繰り返し見出される。たとえば「透明さへの奇妙な渇き」（*FF*, p.507.）に苦しむダニエルが、彼の興味を目覚めさせる出会ったばかりの若い娘ジゼールと話をするために、夜を待って散歩に出かける場面は次のように描かれている。

> 彼〔ダニエル〕は渓流のささやきを聞いた、生き生きした水（生きた水）(eaux vives）の漠然としたあの音を。それはピレネーの渓谷全体に、夕方、超自然的な優しさ、永遠の休息を与える — まるで魂が、聖書に約束されたようにそこで浄化と平和（le Rafraîchissement et la Paix）を味わうかのように（*idem.*)。

ダニエルは次の日も、夕食後のちょっとした散歩をしようと外に出る。ジゼールの純潔を傷つけてしまうのではないかと恐れつつも、「純潔って何だ」（*ibid.*, p.515.）と自問しながら彼はジゼールを誘惑しようとする。ダニエルの背後にあるのは、相変わらず純粋な夜の清涼な風景である。

> 厚い木の葉のこすれる音が彼の頭上でした。天体の青白い渓流、銀河がうごめくように横切る月のない空の下、田舎には生き生きした水（生きた水）(eaux vives）が流れていた。地上と空の形の定まらない流れは、あらゆる汚れの浄化（un effacement de toute tache)、水による再生（une rénovation par l'eau）という思いつきを抱かせた（*idem.*)。

興味深いことに、上の二つの引用で渓流の「水」には「生き生きした水（生きた水)」ということばが使われている。その「水」は地上の「水」の流れであると同時に、天上の「水」の流れでもある。その「水」がダニエルに「浄化と平和」、「あらゆる汚れの浄化」と「水による再生」を想起させ、「火」に焼かれる主人公の「渇き」と対照されているのである。モーリアックは『火の河』のドラマの背景にこの「生きた水」の流れを置くことによって、作中人物たちの情念の内的ドラマを非常に印象的に提示していると言うことができるだろう。

もうひとつ重要な指摘をすることができる。ダニエルの「渇き」はジゼールを通して、実はこの「生きた水」へと向かっていることがわかるのである。「〔ジゼールがダニエルの気に入ったのは〕まず、今夜、ミントと純粋な渓流の苔のにおいをかぐように、彼が渇きを覚えていたあの『透明さ』を彼がジゼールに感じたからだった」(*ibid.*, pp.534-535.)[5]。あるいは下の一節では、彼が追い求めていたものが何だったのかということに、よりはっきりとわたしたちは気づくことができるかも知れない。

> 〔もしダニエルが〕〔ジゼールを欲している〕だけだったとするならば、彼はジゼールを自分の欲望に似せて作り直していただろう。しかし彼は欲望を超えて、〔ジゼール〕の内にかつて聞いたことのないどんな泉（en elle, au-delà du désir, quelle source entendue autrefois）を、どこかでかいだことのあるどんな芳香を探そうとしていたのだろうか。彼の情熱は、もはや選んだ人物を自分の好きなように作り上げたりはしていなかった（*ibid.*, p.530.)。

ダニエルが真実「渇き」を覚えているのは、狩人が獲物を狩るように追いかけている若い女性ではなく、彼がまだその味を知らない、「わたしが与える水を飲むものは決して渇かない」[6]と言われた「サマリアの女に約束された」(*SBC*, p.124.)「生きた水」であったのではないだろうか。小説家はダニエルの「渇き」を「澄みきった」渓流のイメージと共に提示することによって、ダニエルが「欲望を超えて」探し求めているものがこの「生きた水」に他ならないということ、少なくとも主人公のドラマを信仰の次元において問題にしているということを暗示していると言うことができるだろう。

この小説の中で「渇き」を感じているのはダニエルだけではない、ジゼールもまた「飢え、渇いた」女である。

> 「わたし〔ジゼール〕がダニエルを愛していることはわかっているわ …」
> 運命は彼女にこの顔しか与えなかった。飢えた女（l’affamée）は決して満

たされることはなかった。わたしたちは自分に似合った人を愛するものだ。子供が、おもちゃがないときにはぼろきれから人形を作るように、人の心の巧みさは運命のもっとも貧しい分け前から愛を作り出す（*FF*, p.558.）。

しかし「渇き」が実際には決していやされることのないダニエルとは対照的に、ジゼールの「飢え」は最終的には「生きた水」によって満たされる。「生きた水」は「何度も、7 の 70 倍も堕落した後で、ジゼールのような女を洗い清め、彼女に無垢なるこの限りない生まれ変わりを保証するのだ …」（*ibid.*, p.579.）。

『火の河』をこのように「水」のイメージを通して読み解くとき、ド・ヴィルロン夫人がジゼールに宛てた手紙の次のような一節は、この小説のドラマを明らかにする鍵になるかも知れない。「〔…〕福音書はある部分死にいたる泉から離れた渇きが生きた水（l'eau vive）を見出す物語なのです。その時、彼らが裁かれていた貪欲さがまさに彼らを救うのです」（*ibid.*, p.560.）。この小説の中では、「火の河」の背後に「命の川」(7) が隠されていることを、読者はピレネーの渓谷の「生き生きとした水（生きた水）」のイメージを通してわずかに感じ取ることができた。そして同時にこの物語を人間的な情念によって引き起こされたいやしがたい「渇き」と「どんな渇きをも鎮めるだろう水」（*DM*, p.788.）のドラマとして思い描くこともできるだろう。

『テレーズ・デスケィルゥ』では、「渇き」を鎮めるかも知れない「水」のイメージが描かれている一節を一箇所だけ見つけることができる。小説の冒頭、裁判所から出たテレーズは父親と弁護士と共に歩き始める。すると突然、「ある日出て行ったということ以外、だれも何も知らない」（*TD*, p.21.）祖母の見たことのない姿が脳裏を横切る。出口のない孤独といやされることのない「渇き」に苦しむ、「生きながら火あぶりにされた女」（*ibid.*, p.25.）テレーズ、死に対する漠然とした欲求を秘かに身内に養い、「彼女もそうやって消えてしまうこと、何もなくなってしまうことができるかも知れない」（*idem.*）と考える彼女の心に浮かんだのは、幼い娘のマリの姿である。

マリはこの時間、アルジュルーズの寝室でもう寝付いている。テレーズは

> 今晩遅く、そこに帰って行くだろう。そして若い夫人は暗闇の中に、子供の眠る音を聞くだろう。彼女はかがみ込み、その唇はまるで水を求めるかのように（comme de l'eau)、まどろむ命を探すだろう（*idem.*)。

テレーズの「唇」が死の淵で探し求めているものは、彼女の「渇き」をいやすに違いないその小さな「生きた水」に他ならないことを、モーリアックはここで暗に示していると言うことはできないだろうか。

暗い「水」

1928年までのモーリアックの小説世界は、「生きた水」のイメージよりはるかに多くの多様な「暗い水」によって表現されている。作中人物の心の「渇き」をいやす「水」は、『火の河』の中では「生きた水（生き生きした水)」が流れる谷川の清流のイメージとともに、同じ『聖書』のことばによって示されていた。しかし反対に「暗い水」のイメージは多様で、おそらく1928年までに書かれたモーリアックの小説作品のほとんどすべてに見出される。『らい者への接吻』を例に取るならば、死の床のジャン・ペルエイルが自分の人生を振り返る時、彼の人生の日々は非常に対照的な二つの「水」のイメージによって捉えられている。

> 「かわいそうなやつ」と、ジャンはいつもひとから言われてきた。自分がそういう人間だということを、疑ったことは一度もなかった。振り返ったとき、彼の人生の灰色の水（l'eau grise）の眺めは彼を自分に対する軽蔑の中に置き去りにした。なんというよどみ！しかしそのよどんだ水（eaux dormantes）の下には、生きた水（eau vive）の隠れた流れが震えていた。これまで死者のように生きてきた彼は、今、蘇るように死んでゆこうとしているのだった（*BL*, p.490.)。

誰からも愛されたことがなく、自己嫌悪の連続でしかなかったジャンの孤独な人生は、ここでは「灰色の水（eau grise)」と「よどんだ水（eaux dormantes)」に喩えられ、それらは「生きた水」と明瞭なコントラストを成している。前者の二つの「水」がジャンの「死者のよう」な人生を象徴するとするならば、後者の「水」は彼の「蘇り」を象徴している。ここで「生きた水」ということばは、『火の河』について指摘した時と同じように、明らかに『聖書』の語彙である。小説家は、死に直面した主人公について描きながら、彼の霊的救済を暗示していると言うことができるだろう。

『火の河』についても、「生きた水」のイメージとは別の「水」のイメージを指摘することができる。作者は、ダニエルを愛し始めたジゼールの「眠ったような心」を、ダニエルがその外見とは裏腹に、平静さを失って落ち込んでしまうかも知れない「危険な水」にたとえている。「〔ダニエル〕はもう決してこれ以上この眠ったような心（cœur dormant）、この危険な水（eau traîtresse）に潜り込んではならないと思った」（*FF*, p.523.）。「危険な（裏切りの）水」は「澄みきった水」ではなく、「灰色の水」である。それゆえ、とりわけひどい「渇き」を覚える人間を欺く「水」となることもある。「生きた水」を捜しながら「灰色の水」を飲んでしまうこともあるのである。『愛の砂漠』には次のような興味深い一節がある。

> 市街電車の中で、この顔は彼女の目の憩いになり始めていた。いや、彼女〔マリア〕は悪いことを考えていたわけではなかった。疑わしいところなどほとんどない愛情に対して、どうして彼女は抵抗しただろう。ともかく渇きを覚える人間は、出会った泉を疑ったりはしないものだ（Un être qui a soif, d'ailleurs, ne se méfie pas d'une source qu'il rencontre）（*DA*, p.810.）。

マリアとレイモンが初めて出会う場面を描いたこの一節において、「渇きを覚える人間」とはマリアを、「泉」はレイモンを指していることは明らかである。マリアは一目見て、天使のような風貌の少年レイモンに夢中になった。しかし、「渇きを覚える」マリアが「出会った泉」を「疑ったりはしな」かったように、彼は実は「不純な天使」（*ibid.*, p.796.）だったのである。マリアの家でのレイモンとの最初の密会の後、彼女はまだ決まってもいない次の逢い引きが待ち遠しく次第にやつれてゆく。もうレイモンには会えないのではないかという焦燥感は彼女の中で大きな不安を引き起こす。平静さを失ったマリアの心は

「濁った暗い水」の波と渦のイメージで提示されている。

> しかし今となっては 彼〔レイモン〕はいない。もう彼には二度と会えないのではないかと彼女は疑った。<u>彼女の中の濁った波</u>（ce flot trouble en elle)、<u>暗い渦</u>（ce remous obscur）を警戒したとして何になるだろう。もし<u>彼女の渇き</u>からこの果実が遠ざけられなければならないとしたら、その未知の味わいをどうして禁じる必要があるだろうか（*ibid.*, p.818.)。

作中人物たちの心の中の「暗い水」を描くために、モーリアックはしばしばより深い「闇」を感じさせる「黒い水」(eau noire）という表現を使っている。『テレーズ・デスケィルゥ』の中で、テレーズとアンヌの恋人ジャン・アゼヴェドが一緒に散歩をする場面で、二人はジャンに夢中になっているアンヌに、ジャンへの恋を思いとどまらせようとして共謀してアンヌに出すことにしている手紙の文面を考えることに専心する。その時ジャンはテレーズにこの土地には飽き飽きしたという様子で、次のように語る。

> 「ごらんなさい」と、ジャンはわたしに言った。「この巨大で均一な凍結した水の表面を。すべての人々がそこに囚われているのです。時には裂け目から<u>黒い水</u>（l'eau noire）が見えることがあります。誰かがもがき、消えて行きます。すると氷の表面は再びふさがるのです…」（*TD*, pp.61-62.)。

氷の下の「よどんだ水」(eau dormante)、凍って動かなくなった水。「暗い水」は、このように表面には現れない隠れた「水」のイメージで表現されているが、小説家はしばしばそれを存在の奥底から突然吹き出す「地下の水」として提示することもある。興味深いことに、その「水」はモーリアックの小説世界の中では、「火」と同様、「情念」や「情欲」のメタファーなのである。『ジェニトリックス』の中の次の一節は、愛することを知らずに生きてきたフェルナンが妻の死後、彼女に対する情熱的な愛情に目覚める場面だが、そこでフェルナンの「情熱」は自分にもわからない心の奥底から吹き出す「水」のイメージによって表現されている。

> 彼の種族のすべての人々と同様、彼〔フェルナン〕は愛することを知らずに死ぬべきだったのだろう。— 彼の種族のすべての人々、ほとんどすべての人々と同様に。運命はこの年老いた男の中に、何という深みの中に埋もれている水（des eaux enfouies à quelles profondeurs）を、目覚めさせる奇妙な役割を演じたことだろう！そして今や泥まみれの泉（la source bourbeuse）は彼の中に緩やかな道を切り開いていった。それがなんなのか、彼にはわからなかった（*G*, p.615.）。

「深みの中に埋もれている水」は「泥まみれの泉」と言い換えられている。「泥」は、次章で考察することになるが、モーリアックの場合、ほとんどが「汚れ」の意味で使われていることに注目する必要があるだろう。それゆえ、フェルナンが妻への愛に目覚めたとしても、彼の心の「埋もれた水」、この年老いた男の存在の深みからわき上がる「地下の水」は「生きた水」、超自然的な「命の水」とは区別されるべきである。彼の「埋もれた水」は人間的情念の吹き出し以外の何ものでもないのだ。

ここで『キリスト者の苦悩と幸福』の次のような一節は、モーリアックの「地下の水」について考察する上で非常に興味深いと思われる。

> わたしがその子供時代から観察することができた人々、わたしは、その純潔さ（pureté）がどれほど深い人であったとしても、彼らがその名前すら知らないある傾向と戦っているのを見てきた。地下の水（L'eau souterraine）はゆっくりと道を切り開き、上り、障害物を回り、何年もの間眠っているように見えるが、突如、人間の体内から吹き出すのだった。— 哀れな人間は自分が知らないうちに隠し持っていたもの（ce qu'il recelait en lui, à son insu）に彼自身愕然とするのだ（*SBC*, p.128.）。

ここでは「地下の水」は「自分が知らないうちに隠し持っていたもの」、「その名前すら知らないある傾向」であると読み取ることができる。それは必然的にキリスト者の「純潔さ」と対立するものであり、とりわけモーリアックがこのエッセーを書いた 1928 年という時期においては、それはさまざまな人間的「欲望」、直接的には「情欲」を指すものである。この「地下の水」は人間存在の奥底に埋もれ､その源泉は「人間の自然」である。そしてひとたび「人間の体内」から吹き出すと、それは信仰の要請である「純潔さ」と対立する。『キリスト者の苦悩と幸福』とほぼ同時期に執筆された『神とマンモン』の中で、モーリアックは人間の自然とキリスト教の信仰の要請との間の対立を、劇的に「地下の水」と神の恵みとの間の葛藤のイメージで表現している。

> 同じ時期、敬虔な優等生のうわべに隠れて、力強い水（une eau puissante）がわたしの内でわき出し始めていた。その水は初めはにじむ程度に過ぎなかったが、わたしはそれが行為や態度や仕草やことばを通して拡散してゆくのを見た。暗い水（eau sombre）は今や上り、流れ出していた。わたしの年齢のどの青年とも同じくらい、自分も情欲に取り憑かれた人間であることに、わたしは気づいた。敬虔な 20 年は、文字通りこの上げ潮（cette marée）を少しばかり遅らせること以外何もできなかったのだ。わたしの家族、わたしの教師たちは泉（une source）に石を積み上げたようなものだった。泉（la source）はついに道を切り開いていた。自然はゆっくりと神の恵みに打ち勝っていった（La nature l'emportait lentement sur la grâce）。その間に均衡を取り戻すことに絶望して、わたしはこれら二つの敵対する力（ces deux puissances ennemies）が互いに対抗して立ち上がるのを眺めていた（*DM*, p.788.）。

「地下の水」はモーリアックのイメージの中では、「暗い水」であり、同時に「力強い水」である。その「泉」はこの一節では「生きた水」の流れ出る「泉」ではなく、人間の情念、情欲のわき出る源泉である。情欲のメタファーであると考えられるこの「暗く」「力強い」「水」は、上の一節では「自然」の力と呼ばれている。人間の傷ついた自然について、原罪によって無垢の状態から堕落した人間の自然の問題について、モーリアックは非常にペシミスティックな、あるいはジャンセニスムに通じる悲観的な考え方を持っていたことがわかる。彼においては「堕落した人間の本性」の問題は、即座に人間の「情欲」の問題に行き着く。「暗い水」「力強い水」「地下の水」は、信仰の危機の渦中にあったモーリアックにおいて神の恵みと対立する存在である。「これら二つの敵対する力」[8] という表現に、彼が陥っていた危機の重大さを感じ取ることができる。

註記

（1）『聖書』「エレミヤ書」第2章13節。
（2）『聖書』「ヨハネによる福音書」第7章38節。
（3）『聖書』「詩編」第36番10節。
（4）『聖書』「ヨハネによる福音書」第4章14節。
（5）『聖書』「黙示録」の中で描かれている「命の川」の水は「水晶のように（澄みきった）（limpide）」と形容されている。エルサレム版フランス語訳聖書では « limpide comme du cristal » である。「天使はまた、神と小羊の玉座から流れ出て、水晶のように（limpide du cristal）輝く命の水の川をわたしに見せた」（『聖書』「黙示録」第22章1節）。
（6）『聖書』「ヨハネによる福音書」第4章14節。
（7）『聖書』「黙示録」第22章1節。
（8）『神とマンモン』の別の一節に次のような文章がある。「ただひとつの葛藤がわたしを引き裂いていた。それを解決するには、神に身を委ねるか地上の力に身を委ねるかどちらかしかなかった。この責め苦を逃れる希望はなかったし、キリスト教の領域を離れる可能性もなかった」（*DM*, p.789.）。

第4章 「泥」のイメージ

「泥」の聖書的意味

「泥」のイメージは「水」のイメージ同様、モーリアックの小説世界を支える重要なイメージである。—「泥」はともかく「水」と「土」の混合物であるということを思い起こす必要があるだろうか。モーリアックは「水」と「土」という聖書的なイメージから、その混合物である「泥」という聖書的であると同時に、彼独自のイメージを紡ぎ出す。— モーリアックは「泥」と言うとき、« boue » というフランス語以外の単語をほとんど用いることがない[(1)]。「泥(boue)」という語によって表されるイメージは独立したイメージではあるが、モーリアックの小説の中で「泥」ということばは、まず『聖書』に起源を持つことばであるということも確かである。

『聖書』における「泥」のもっとも一般的な語義は「不安定性」「不定性」である。たとえば「詩編」の次のような一節がよく知られている。

〔主は〕滅びの穴、泥沼(la vase du bourbier)からわたしを引き上げ
わたしの足を岩(le roc)の上に立たせ
しっかりと歩ませ〔…〕[(2)]。

ここでは「泥沼」は「岩」と対比されていることがわかる。信仰に基づき、

安定した固い基礎を示す「岩」とは反対に、「泥沼」は「滅びの穴」と共に不安定で変わりやすいものを指している。モーリアックはしばしば「泥（la boue）」ということばを、たとえば『キリストの苦悩と幸福』の次のような一節におけるように、この『聖書』の用法と同じ意味で宗教的なエッセーの中で用いている。

> 「わたしは深い沼（une boue）にはまり込み、足がかりもありません」堕落した被創物の自由が戻って行くのはこの不安定性（inconsistance）である。おまえがどう言おうと、そこにはまり込まないではいられない。おまえが置かれた場所の自然がおまえにそれを強いるのである。放蕩には事情はない。枯渇、飽満、周囲の事情、しかしおまえの意志が泥にはまり込むことをやめさせることはできない。泥の中の自由は存在しないのだ（La liberté dans la boue n'existe pas）（*SBC*, p.164.）[3]。

また『聖書』の「泥（boue）」ということばには、神の人間創造の時の「地の塵」[4] に関連づけられた「死すべき存在」あるいは「滅びに向かうもの」という語義があるが、「罪の汚れ」という意味は非常に稀にしか認められない[5]。しかしモーリアックが小説作品の中で使う「泥」ということばは、ほとんどの場合その「汚れ」のイメージなのである。

「泥」のイメージ（1）–「不安定性」のメタファー

『火の河』の最終章、回心したジゼールをダニエルが教会の中で見かける場面では、次のように「泥」のイメージが現実世界を示すイメージとして用いられているのを見ることができる。

> ここに優しい小羊がいる …
> 広すぎる教会の中に、古い賛美歌の一節がつつましく反響していた。〔…〕天と泥の間に宙づりになったかのように（Comme suspendue entre le ciel et la boue）、ジゼールはお祈りをする若い娘たちの間で体を揺すっていた。ダ

> ニエルは思った。「あいつが俺を見たら、もう一度転落してしまう …」彼が感じたのは、喜びだったのだろうか、それとも苦しみだったのだろうか。ダニエルは誰にも、いや自分自身にすら、このするどく痛む傷、奇跡を中断させることに対するこの奇妙な恐れについて、語ることはできなかっただろう（*FF,* p.578.）。

「天と泥の間に宙づりになったかのように」という表現は非常に独特であり、モーリアックに典型的な言い回しである。通常ならばここは「天と地の間に」と言うべきところだが、小説家は意図的に「泥（la boue）」ということばを使い、先の「詩編」の一節に書かれていた「滅びの穴」「泥沼」から奇跡的に「引き上げ」られ、今や不安定な「泥」の中に落ち込んではいないジゼールの回心を際立たせている。そしてダニエルは、彼自身はっきりとは意識していない「奇妙な恐れ」から、回心したジゼールがもう一度「罪」の「泥」― それはダニエル自身が引き込んだ場所だったのだが、― の中に投げ込まれることがないようにと思うのである。

『愛の砂漠』の中では、「不安定性」のメタファーとしての「泥」のイメージを見出すことができる。マリアがクレージュ医師に過去の恋愛話を打ち明けるとき、小説家はそれを「泥」のイメージで描き出す。

> いつもわたしがほしいと思った人たちとわたしの間には、あの悪臭を放つ土地、あの沼、あの泥（cette boue）があった …彼らはわからなかった …みんな知らなかったんだわ、わたしが彼らを呼んだのは、わたしたちが一緒にそこにはまり込むためだったということを …（*DA*, p.838.）。

マリアは、彼女と彼女が愛するひとの間に常にある何かを「あの悪臭を放つ土地」「あの沼」と呼び、さらにそれらを「あの泥（cette boue）」と形容している。「泥」はここでは「不安定性」のイメージ、人が平衡を失い、「一緒にそこにはまり込む」とマリアが言うように、身動きすることができなくなるような場所である。しかしその場所は同時に「悪臭を放つ」場所であることを忘れてはならない。そこにはおそらく、モーリアックが情欲の「汚れ」を表すときに使う「泥」のイメージが持つ独特の感覚が暗示されているように思われるのである。

「泥」のイメージ（2）–「汚れ」のメタファー

『テレーズ・デスケィルゥ』の中で、主人公テレーズは「告解の準備をするために」（*TD*, p.26.）、自分の罪の源泉を見定めるために、少女時代の夏休みの美しい日々、「彼女の人生の純粋だった日々」（*ibid.*, p.32.）にまで遡ろうとする。その場面は次のように描かれている。

> あの美しい夏…やっと動き出した小さな列車の中で、テレーズは、もしはっきり見なければならないとしたら、彼女の思考が遡るべきなのはそこだと思う。わたしたちの人生のまったく純粋な夜明けにも、すでに最悪の嵐が予想されるという信じがたい事実。あまりにも青すぎる午前中は、午後と夕方の天気を知らせる悪いしるしなのだ。それらは荒らされた花壇、折れた木の枝と一面の泥（toute cette boue）を告げている（*ibid.*, p.29.）。

この一節の中では、人生が一日の時間に喩えられている。「青すぎる午前中」によって代表される人生の始まり、それに続く「午後と夕方」の「最悪の嵐」の前兆、そして「荒らされた花壇」や「一面の泥」。ここで「泥」は、子供時代に結びついた「純粋さ」を「汚す」もののイメージであることに気づく必要があるだろう。

『愛の砂漠』においても同様の指摘が可能である。マリアという名前を聞いたとたん逃げ出そうとするレイモンの表情に困惑のしるしを読み取り、彼女が初めてレイモンとことばを交わす場面である。

> 「信じないで…信じようとしないで…」
> 彼女〔マリア〕は彼女の眼には天使のように映るこの判事の前で震えていた。しかし彼女は汚れた（l'impureté）天使を見分けることができなかったのだ。春はしばしば泥（la boue）の季節であり、この少年も汚れ（souillure）

以外のものではあり得ないことに、彼女は気づかなかったのである（*DA*, p.796.）。

「春はしばしば泥の季節であり」、「この少年も汚れ以外のものではあり得ない」という以上、「泥」は「汚れ」のメタファーであることは明らかである。モーリアック自身『神とマンモン』の中で、「情念（les passions）は、それがその泥で汚していた（elles salissaient de leur boue）土台を蝕むことはできなかった。」（*DM*, p.793.）と、「情念」を「泥」のイメージに結びつけているが、「泥」はほとんどの場合、モーリアックの作品の中では、「純粋さ」に対し「情念」によって引き起こされた「汚れ」のメタファーとしてもっぱら使われていることを確かめることができるのである。

「泥」のイメージ ―「泥」の肉体

『テレーズ・デスケィルゥ』の最終章、テレーズをたったひとりパリに残し帰ろうとする夫ベルナールと彼女が会話を交わす最後の場面を、小説家は次のように提示する。

> 彼女は虚空を見つめていた、この歩道の上、泥とひしめき合う肉体の川（fleuve de boue et de corps pressés）のほとりで。そこに身を投じ（s'y jeter）、そこでもがき（s'y débattre）、埋もれる（l'enlisement）ことに同意しようとしていたまさにその時、彼女は一条の光、夜明けの光を感じていた（*TD*, p.101.）。

テレーズが「埋もれ」ようとする場所は、「泥とひしめき合う肉体の川」である。「泥の川」と「ひしめき合う肉体の川」がここではまるでひとつのものであるかのように表現されている。少なくとも「そこに身を投じ」と「そこでもがき」という時の「そこ（y)」という代名詞の用法によって、その「川」はひとつのものとしてイメージされる。モーリアックの「泥」のイメージは、何らかの形で常に「肉体」のイメージに結びついていると言うことは確かである。

「肉体」に結びついた「泥」のイメージは、『らい者への接吻』のジャン・ペルエイルが若く美しい新妻の傍らで自分の醜い容姿に嫌悪を抱き、逃げ出したいと思う場面に見出される。

> 井戸の泥だらけの口のそばで、二人の夫婦は落ち合った。そしてジャンは、ペラグラというランドの不思議な病気にかかったあの年老いた羊飼いのことを思った。それは今でも井戸の底や潟湖の泥（la vase）の中に顔を埋めれば見つかる病気だった。ああ！彼も、彼もまた、彼が似せて作られた貪欲な土（cette terre avare qui l'avait pétri à sa ressemblance）を抱きしめ、その口づけで窒息して死にたかったことだろう（*BL*, p.471.）。

小説家はここでは「泥(boue)」の代わりに「泥(vase)」という語を使っている。「プラグラ」というランドの不思議な病気が見つかるのはその「泥（vase)」の中である。「プラグラ」は症状が悪化すると、—『らい者への接吻』というこの小説のタイトルにあるように — 実際「らい」のように身体を醜く変形させる病である。この「泥」ということばに、「病気」を引き起こすもののイメージあるいは「汚れ」のイメージを読み取ることは容易である。ジャンが「抱きしめ」ようとしたのはその「土」であり、死にたいと思ったのは、病原菌に感染した「泥（vase)」に口づけることによってである。「彼が似せて作られた貪欲な土」という表現に見られる通り、この一節においては「泥」は聖書的なイメージであり、同時にひどく醜い容姿のジャンの死すべきひ弱な肉体が形作られた「土」は、「汚れ」という意味の「泥」のイメージと分かちがたく結びついていると言うことができるだろう。

しかしモーリアックがテレーズの物語を「泥の肉体」の物語として語るとき、それは単に聖書的な「死すべき肉体」を表しているのではなく、まさしく「汚れ」としての「肉体」である。

> わたしが他のどんな主人公よりもおぞましい被創物を想像することができたことに、多くの人々は驚くだろう。美徳の流れ出るような正直な人々について、何かわたしに語ることができるだろうか。「手のひらの心（正直な人)」

に物語はない。しかし、わたしは泥の肉体（un corps de boue）に埋もれ、混じり合った心の物語を知っている（*TD*, p.17.）。

「泥の肉体」という表現は、ここでは単に「死すべき肉体」を指しているわけではない。それは、情念によって「泥」のように「汚れた肉体」である。1924年に発表された『悪』にも、同じ「泥の肉体」という表現を見出すことができる(6)。「泥の肉体」ということばは文字通り小説を締めくくる次のような一節に認められる。

しかし泥の肉体（corps de boue）を抑えつけている人間のまったく内面的なドラマ ― ことばにも仕草にも表れないような ―それをどうやって描き出せばいいのだろうか。どんな芸術家なら、あえて神秘的な真の主役、神の恵みの歩みと企みを想像するだろうか。うそをつかずに描けるものは情念（les passions）しかないというのは、わたしたちの束縛と悲惨さのせいである(7)。

「泥」はここでは『テレーズ・デスケィルゥ』と同様「汚れ」の意味、より正確に言えば「情念」による「汚れ」の意味で使われている。さらに言うならば、ここで小説家が「泥の肉体」という表現を用いているのは、「暗い水」のイメージについて指摘したような肉体的情欲によって引き起こされた「汚れ」の意味だけではなく、「原罪」によって傷ついた人間の「自然」、それを「泥」と関係づけることによって、神の人間創造の時の「地の塵（泥）」を指していると考えることはできないだろうか。聖書的な「生き生きとした水」と「原罪」に通じる神の人間創造の時の「土」との「混合物」である「泥」は、人間的、肉体的「情欲」による「汚れ」、「原罪」によって人間の中に依然として残されている「汚れ」のイメージで用いられているのである。

『キリスト者の苦悩と幸福』のテクストの中には、この考察を裏付けるような非常に興味深い用例がある。

「源泉を浄化すること（purifier la source）で十分だ」と、かつてわたしは、わたしの人生の中で小説家とキリスト者との間についに一致点を見出したと

> 思って言った。しかしそれは、源泉は浄化されても、その底にわたしの作品が隠れた根を下ろしている原初の泥（la boue originelle）が残っている、ということを忘れることだったのだ。恩恵の状態にあっても、わたしの被創物はわたし自身のもっとも濁ったところから（du plus trouble de moi-même）生まれるのだ。彼らは、わたしの意に反してわたしの中に残ったもの（ce qui subsiste en moi malgré moi）からできているのだ（*SBC*, p.157.）。

「原初の泥（la boue originelle）」という表現に注目したい。それはモーリアック自身の造語で、人間の「傷ついた自然」を指しているが、ここでは神の人間創造の時の「泥」「地の塵（glaise du sol）」のイメージと「原罪（péché originel）」のイメージが結び合わさり、さらに「情念（情欲）」により残された「汚れ」のイメージが重ねられていることに気づくだろう。文脈からすると、「原初の泥」は「恩恵の状態」にあっても存続し、モーリアックの作品はそこに根を下ろしているために、彼の作品は、「源泉〔が〕浄化」されても、「原初の泥」の「汚れ」の痕跡を残すだろうと読み取ることができる。

モーリアックの小説世界における「自然」のイメージの中で、「泥」のイメージもまた非常に重要なイメージの一つであり、彼のテクストの深い意味を読み解くためにはどうしても必要である。第1部を締めくくるにあたって、モーリアックの想像世界の中で問題になるものは外側の「自然」のイメージよりは、むしろ作中人物たちの内面を反映する内側の「自然」のイメージであるという指摘をしたい。『らい者への接吻』から『宿命』にいたる小説作品の中でモーリアックが描こうとしているものは、「人間のまったく内面的なドラマ」（*idem.*）である。「それをどうやって描き出せばいいのだろうか」（*idem.*）と作家は自問するが、その問いに対する彼自身の答えとして、モーリアックは「火」や「砂漠」や「水」そして「泥」といったイメージによって、作中人物の心の中の激しい情熱が引き起こす孤独の悲劇、人間の内面の完全に閉ざされた世界で繰り広げられる「ことばにも仕草にも表れないようなドラマ」（*idem.*）を非常に印象的に表現することに成功していると言うことができる。

註記

(1) モーリアックが « boue » 以外の単語を用いることはまれである。しかしもし例を挙げるとするならば、『キリスト者の苦悩と幸福』の中で彼は « vase » という語を使っている箇所がある。「子供が父親からもらった小銭を使うように、わたしは『あなた』からいただいたものをその日のうちに使ってしまい、その上あなたの手のひらを眺めているのです。もし一瞬でも『あなた』が遅れたら、すぐに顔をそらし、『あなた』がわたしを捜してくれたあの『泥（vase)』のにおいのする風を吸い込むでしょう。わたしのさまよう思念は、かつての罪の場所に戻ってしまうのです〔…〕」(*SBC*, p.159.)。

(2)『聖書』「詩編」第 40 番 3 節。『神とマンモン』の次のような表現はこの詩編に基づくものであることを確かめることができる。「〔アンドレ・ジッドの回心した友人は〕霊的生活の掟に従うまで、幾たび溝に落ち込み『泥（la boue)』に窒息しかかればいいのだろう」(*DM*, pp. 823-824.)。

(3) モーリアックがここで引用しているのは「詩編」第 63 番 3 節からである。

(4)『聖書』「ヨブ記」第 4 章 17-19 節参照、「人が神より正しくありえようか／造り主より清くありえようか。／神はその僕たちをも信頼せず／御使いたちをさえ賞賛されない。／まして人は塵の中に基を置く土の家に住むもの。／しみに食い荒らされるように、崩れ去る」。「ヨブ記」第 30 章 18-19 節参照、「病は肌着のようにまつわりつき／その激しさにわたしの皮膚は／見る影もなく変わった。／わたしは泥（la boue）の中に投げ込まれ／塵芥（poussière et cendre）に等しくなってしまった」。「詩編」18 番 42-43 節参照、「彼らは叫ぶが、助けるものは現れず／主に向かって叫んでも答えはない／わたしは彼らを風の前の塵と見なし／野の土くれ（la boue）のようにむなしいものとする」。

(5)『聖書』「ペテロの第 2 の手紙」第 2 章 21-22 節参照、「義の道を知っていながら、自分たちに伝えられた聖なる掟から離れ去るよりは、義の道を知らなかった方が、彼らのためによかったであろうに。ことわざに、『犬は、自分の吐いた物のところへ戻って来る』また、『豚は、体を洗って、また、泥（le bourbier）の中を転げ回る』と言われているとおりのことが彼らの身に起こっているのです」。

(6)『悪』は 1924 年に出版されたが、ファイヤール版『モーリアック全集』でモーリアックはこの小説を『らい者への接吻』以前の小説群に分類している。それはおそらくテーマとその文体によるものだろう。『モーリアック全集』第 6 巻の序文で彼は次のように述べている。「『悪』は、数年前になくなった文芸誌『ドゥマン』誌からの注文を受けて書かれた。わたしはやっつけ仕事のようにして執筆されたこの小説にとても不満だったので、書店からの単行本としての出版を断ったくらいだった」（ファイヤール版『モーリアック全集』第6巻「序文」*OC　VI, Préface*, p.I .）。プレイヤード版『モーリアック全集』第1巻の註で、ジャック・プティは次のように述べている。「〔…〕最初の二つの手書き原稿の日付は、おそらくは1917年か1918年に遡る。3番目の原稿は第一次大戦に近い頃である。1923年の終わりに、モーリアックはうち捨てられていたこの小説を再び取り上げ、急いで書き直したのだ」（ジャック・プティによる『悪』についての註 *Pl　I, Jacques Petit, La Notice sur Le Mal*, p.1228.）。

(7)『悪』（*Pl　I, Le Mal*, p.734.）。

第II部

自然との「照応（コレスポンダンス）」

第1章「樹」のイメージ

「樹」— 友人と敵

モーリアックが描き出す自然の姿は、小説の単なる背景や付属物ではない。例えば樹木は、あるときは親しい存在として、またあるときは人間に対立する存在として、作中人物と関わり影響を及ぼす。小説家が描く木々の姿は非常に「人間的」である。

モーリアックが描く樹木の中で最も特徴的であり、頻繁に登場するのは松の木である。松は大西洋から吹き来る強い西風からブドウの木を護り、松やにを取るためにランドに植えられる。『らい者への接吻』では、松林は孤独な主人公ジャン・ペルエイルに寄り添う親しい友のように描かれている。司祭の助言を受け、新婚の妻を残してたったひとりパリに向かう車中、彼は列車の窓から親しい松の木を眺め続ける。

> ジャン・ペルエイルは小さな列車が横切る親しい松林を眺め続けた。彼はヤマシギをとらえ損ねた薮を見つけた〔…〕ランゴンでは<u>友人たちに別れを告げるかのように、最後の松林にさようならを言った</u>（il dit adieu aux derniers pins comme à des amis）。彼らはできるだけ遠くまでジャンに付き従い、とうとう立ち止まり、その枝で彼を祝福しているかのようだった（*BL*, p.474.）。

誰からも愛されたことのないジャンにとって、木々は唯一の「友（amis）」であり、孤独な主人公の独り言を聞く打ち明け相手だった。小説の冒頭近く、「何ものも生きておらず、何ものも生きている気配がない」（*ibid.*, p. 448.）酷暑の戸外に、彼はたったひとり出て行く。「そこが彼に孤独を保証してくれたから」（*idem.*）である。そして彼のパントマイムにつきあうのは庭の木立である。「ここでは寛容な木々（les arbres indulgents）が彼の孤独な独白の上に覆い被さっていた」（*ibid.*, p.449.）。「木々」には「寛容な（indulgents）」とまるで人間に対して用いられるような形容詞が使われている。

父親のジェローム氏からノエミとの縁談の話を聞かされたとき、ジャンは「今こそが奴隷の群れを離れ、主人として振る舞うとき」（*ibid.,* p.459.）だと考え、「一人前の男になる」（*idem.*）ために縁談を受け入れる。ひとりになった彼を包むのは、やはり松林である。

> 夕食後、ジャン・ペルエイルは村を横切った。〔…〕とうとう最後の家々を通り過ぎると、まだほの白い道の上に二列に並んだ黒い松の軍隊（entre deux noires armées de pins）が、暑い室のような息吹を彼〔ジャン・ペルエイル〕の上に吐きかけていた。松の木々に取り付けられた無数の壺は松脂でいっぱいになり、森林のカテドラル（la cathédrale sylvestre）をまるで吊り香炉のようによい香りで満たしていた。そこで彼は笑い、肩を揺すぶり、指を鳴らし、「俺は主人だ、主人だ、主人だ！」と、叫ぶことができた〔…〕（*idem.*）。

「俺は主人だ」というジャンの叫びは、ここでは直接的には、彼が貪り読んだ「ニーチェの『善悪の彼岸』の箴言第260番の二つの道徳、主人のそれと奴隷のそれ」（*ibid.*, p.450.）の知識から来ているのだが、彼の両脇に控える松林は、主人の号令を待つ彼が率いる「軍隊」のようであり、また「森林のカテドラル」は、その松脂の香りで彼の結婚を祝福するかのようでもある。

『ジェニトリックス』においても同じような表現を見出すことができる。そこでは木々の姿は主人公の保護者のように描かれている。主人公フェルナンは妻のマチルドの孤独な死を看取った後、彼女への愛に目覚め、母親の呪縛から逃れようとする。二人の間には亀裂が生ずるが、猛暑がおさまると共に対立もやわらいで行く[1]。しかし家庭で起っている悲劇がどのようなものであろうと、庭の木々はかわらず彼らの「守護者」である。

> 中断したドラマの周りで、ユリノキやポプラやプラタナスやコナラの大木

たちが嵐の後和らいだ空の下、雨にぬれた葉叢を揺すっていた。彼らは他人の目から息子とその母親を保護していた（Ils défendaient contre les regards étrangers le fils et la mère）（*G*, p.622.）。

モーリアックの小説の中では、樹木はただ親しい「友」、「保護者」であるだけではない。ときには、それは主人公を監視し、自由を抑圧する存在としても描かれる。『テレーズ・デスケィルゥ』においては、夫ベルナールによって自宅に幽閉されたテレーズの目に、自宅を囲むコナラの木々とその先のランドの松林は彼女を取り囲む敵の軍勢のようなものとしてテレーズには感じられる。

その向こうには黒いコナラの木々の一群が松の木々（les pins）を隠していた。しかし松脂のにおいは夜を満たしていた。姿は見えないがすぐそばに迫った敵の軍勢のように（pareils à l'armée ennemie）、彼らが家を取り囲んでいることをテレーズは知っていた。彼女はそのかすかな嘆き声を聞く。監視人たち（gardiens）は彼女が冬の間に衰弱し、酷暑の日々に喘ぐのを見るだろう。彼らはその緩慢な窒息の証人（témoins）になるだろう（*TD*, p.80.）。

「監視人たち」は苦しみもだえるテレーズの「証人」であるだけではない。逆に不眠の夜々、「松林の巨大なつぶやき」（*ibid.*, p.92.）は、子守歌ように彼女の苦しみを慰めることもできる。

アルジュルーズの静けさは彼女の眠りを妨げた。風が吹く夜の方が彼女は好きだった。— 木々の梢の際限のないうめき声は人間的な優しさを秘めていた（cette plainte indéfinie des cimes recèle une douceur humaine.）。テレーズはその揺らめきに身を任せた。春分の日の頃の荒れた夜は静かな夜よりもよく眠りにつくことができた（*ibid.*, p.86.）。

テレーズを取り囲む松の木々には「人間的」な優しさがある。彼女は子守唄を聴く子供のように、松の木の葉ずれの音に身を委ねる。松の木の唄がテレーズを慰めるとしても、それは楽しげな唄ではなく「うめき声」であることに注目しなければならない。どうして松の木はうめくのであろうか。ちょうどテレーズが慰めもなく出口のない孤独の中でうめき声を上げるように「森は、人間が自らに涙するように、うめき声を上げる」（*ibid.*, p.100.）のである。松の木の「声」は「人間的」なやさしさと苦悩を帯びている。モーリアックの描く樹木の姿はこのように「人間的」なのである。

「人間的な」樹 ―「樹」に喩えられる人間

モーリアックの小説世界において樹木はどのように「人間的」なのであろうか、レトリックの観点から見ると、それは比喩の多用となって表れているように思われる。作中人物は「樹木」に喩えられる。例えば『らい者への接吻』の２人の主要な作中人物ジャンとノエミの内、ノエミの豊満な体は実を付けた木のイメージで表現される。「ジャンの中では、ノエミは実を差し出す果樹のように（comme un arbre qui tend son fruit）そのやさしく重たいやわらかい胸をした姿で、無言のまま付き従う様子で突然現れるのだった」（*BL*, p.475.）と書かれている。この場合、「実を差し出す果樹」はノエミの直喩である。またジャンはこの小説においては終止コナラの木に直喩の形で喩えられている。

> 「彼〔ジャン〕は、一瞬自分の信仰が根こぎにされたコナラのように（pareille à un chêne déraciné）横たわっているのを見たような気がした。彼の信仰はこの酷暑の日に打ち倒されて、横たわっていたのではないだろうか。いや、いや、樹木はその無数の根によって彼の信仰を抱きしめていた。この突風の後で、ジャン・ペルエイルはおのれの心の中に、愛する木陰を、この生い茂った葉叢の下に再び不動のものとなった神秘を見出していた」（*ibid.*, pp.450-451.）。

ノエミはジャンの死後貞潔を守ってきたが、実はジャンの治療をした青年医師に対して情熱を抱き続けている。小説の結末の場面で、彼女は偶然医師を目撃する。死んだ夫に対する貞潔を破り、青年のもとに走りたいという彼女の本能的な欲求は、「彼女の本能とは別の掟」（*ibid.*, p.499.）によって阻止され、「彼女は死者への貞節が自分のつつましい栄光となることを悟る」（*idem.*）。ノエミはその場から走り去る。次の引用はこの小説を締めくくる最後の一節だが、そこではジャンはやはりコナラの木、今度は枯れたコナラの木に喩えられている。

> こうしてノエミはヒースの荒れ地の中をあてもなく走り続け、靴は砂で重くなり、疲れ果て、一本の貧相なコナラの木を抱きしめるしかなかった。その木は枯れ葉の修道服をまとい、火の息吹（un souffle de feu）に震えていた。それはジャン・ペルエイルに似た一本の黒いコナラの木だった（un chêne noir qui ressemblait à Jean Péloueyre）（*ibid.*, p.499.）。

「枯れ葉の修道服を〔まとった〕」「貧相な」コナラの木は、彼自身を初めとして、ノエミ、さらには青年医師の情熱の「火の息吹」の中で、まるで木が枯れるようにやせ細り死んでいったジャンのイメージと見事に重ね合わされていることがわかる。

『火の河』には作中人物を樹木に喩えた表現は見当たらないが[2]、『ジェニトリックス』の中には数多く見いだされる。死の床にあるマチルドは、激しい嵐に抗い生き延びようとする「木」に喩えられている。「マチルドはもはや疑いはしない。死の嵐が彼女の体をよじり、揺すり、彼女の中に入り込み、執拗に生きようとする若木（un jeune arbre vivace）を引き抜こうとしているのだ」（*G*, p.596.）。「執拗に生きようとする若木」」はマチルドのメタファーである。また高熱の中で悪夢を見るマチルドは、「彼女〔マチルド〕はもう震えてはいなかった。今彼女は恐ろしい高熱のかまどの中に入り、松の若木のように（comme un jeune pin）全身火だるまになっていた」（*idem.*）[3] と、直喩の形でも表現されている。

『愛の砂漠』の中では、作中人物たちはメタファーや直喩の形でしばしば「木」に喩えられ、人間の集団は「森」に喩えられる。

> 苦しみながら成長する若芽の下で、若い人間の森は（la jeune forêt humaine）数ヶ月のうちに、苦しみつつも弱々しく伸びようとしていた。俗世間とその習慣がそれら良家の若木（ces baliveaux de bonnes familles）を刈り込んでいく（émondaient）中で、レイモン・クレージュだけは厚かましくもやりたい放題だった（*DA*, p.753.）。

ここでは中学生の集団が「若い人間の森」に喩えられ、それが「苦しみつつも弱々しく伸びようとしていた」というようにメタファーによって表現されている。さらにそのメタファーは、「俗世間とその習慣」がその拘束によって人を変えていく様子として、「良家の若木を刈り込んでゆく」というように紡がれてゆく。その中でレイモンだけは自由に振る舞い、「刈り込み」を逃れていた。しかし彼がこの小説の中で「木」に喩えられていないかと言えばそうではなく、マリアとの出会いによって恋に目覚めたレイモンの変容ぶりは、「ひとりの女の熱い眼差しのもとで、このうち捨てられた肉体は、突然眠っていた女神が動き出した古代の森のごつごつした若い木の幹（jeunes troncs rugueux）のようだった。」（*ibid.*, p.771.）と、やはり森の「若木」に喩えられている。

『テレーズ・デスケィルゥ』においても、同様の指摘をすることができる。テレーズの夫ベルナールは、その頑丈そうな外見とは裏腹に、一種死の恐怖のようなものに取り憑かれている。テレーズから眺められたベルナールは肥えた土地に植えられた「松の木」である。

> 暇で栄養のよい人種から出た大食漢の肉体は、力強く見えるのは外見だけだった。畑の肥沃な土地に植えられた松の木は（Un pin planté dans la terre engraissée d'un champ）成長は早いが木の芯がすぐに腐ってしまい、元気なうちに切り倒さなければならなくなる（*TD*, p.52.）。

『テレーズ・デスケィルゥ』において人間が松の木に喩えられるのは、松林がこの小説の中において常に物語の背景にあり、作中人物にとって親しい存在であることと関係があることは確かだが、この先で考察するように、モーリアックにおいて「松の木」は特別な意味を持った存在なのである。

「木」がひとりの「人間」の似姿、「人間」そのもののイメージであるとするならば、その「根」は誕生以来の人間の歩みに喩えられるだろう。『テレーズ・デスケィルゥ』における「木の根」のイメージは見過ごすことのできないものである。夫への「告解を準備する」（*ibid.*, p.26.）テレーズは、彼女の罪がどこから来るのかを見定めるために、彼女自身の少女時代に記憶を遡ろうとする。しかし彼女の罪深い行為がどこから来たのか彼女自身にも捉えることはできない。彼女は自問する、「欲望や決心、そして予測できない行為の入り組んだ連なりを言い表すにはことばで足りるのだろうか。」（*idem.*）と。このテレーズの問いは、別の箇所では「木」の「根」に喩えられている。「わたしたちの行為はどこから始まるのだろう。わたしたちの運命は、それだけ取り出そうとするとすべての根と一緒に（avec toutes leurs racines.）引き抜くことができない植物に似ている」（*ibid.*, p.28.）。

小説の最後の場面、たったひとりパリに残されたテレーズのモノローグの中ではパリの「群衆」は「森」に喩えられている。

> わたしが愛するのはこの石の町ではない。講演会でも美術館でもない。人々が動き回り、どんな嵐よりも激しい情熱が穴をうがつ人間の森（la forêt vivante）なのだ。アルジュルーズの松の木々のうめき声が、夜わたしの心を動かしたのは、それが人間的（humain）だったからなのだわ（*ibid.*, p.106.）。

風が吹けば揺らめき、嵐にたたかれ、夜にはうめき声を上げるアルジュルーズの松の木々と同じように、おそろしい情熱の嵐に打ちのめされる人間たちの嘆き声をもまたテレーズは聞くだろう。パリで彼女は、「人間の森」の立てるざわめきとうめき声に耳を傾けることになる。このようにモーリアックの小説の中では、「樹木」は「人間的」な姿で描かれ、作中人物は「樹木」に喩えられる。「自然」の中で、「樹木」と「人間」の間には隠れた深いつながりがあるように見えるのである。

「人間的な」樹 ―「人間」に喩えられる樹

テレーズが「松の木々のうめき声」に心揺さぶられるのは、「それが人間的だったから」である。モーリアックの小説世界の中で、「樹木」は作中人物たちと「人間的な」関わりを持っている。『愛の砂漠』の中でもそれと同じ指摘をすることができる。レイモンがもう来ないのではないかという不安にさいなまれ、「希望のない恋の魅力に身を任せる」（*DA*, p.819.）マリアが戸外の嵐の景色を窓越しに眺める場面は、次のように描かれている。

> 嵐の中で不思議なのは、その騒々しさではなく、嵐がこの世界に押しつける沈黙と麻痺の状態である。マリアは窓ガラスに顔をつけて、まるで絵に描いたように動かない木の葉を眺めていた。生気を失った木々は人間的だった（L'accablement des arbres était humain）。まるでそれらが無気力と茫然自失

と麻痺を知っているかのようだった（*idem.*）。

ここで、マリアの心の中に起こった嵐が外の世界の嵐に呼応しているのを見て取ることができる。彼女が無気力で、茫然自失し、麻痺状態に陥っているのとまったく同じように、彼女が眺める木々は死んだように、生気を失っているのである。

モーリアックの小説の中では人間が樹木に喩えられるだけではない。興味深いことに、樹木もまた人間に喩えられる。人間と樹木の関係は言わば相互的である。樹木の比喩が最も多く見出されるのは、疑いようなく『らい者への接吻』だが、そこには「人間」に喩えられた「木」の用例を数多く見つけることができる。この点において注目すべきは、「松の木」のイメージである。ランドの松林、乾燥した土地に生えたその惨めにやせ細った姿、しかしそれでも大空へ向かって枝をさしのべているけなげな姿は、「つつましい人々」に喩えられている。「おお、狩猟の朝！褒め称えられるべきつつましい人々（humbles）のように、つやのない灰色の梢を大空に伸ばした松の至福よ！」（*BL*, pp.494-495.）そして次のような一節の中には、モーリアック独自の「人間的な」「松」の木のイメージを認めることができる。

> ハリエニシダが乾燥したシダの茂みに黄色いシミをつけていた。コナラの木では枯れ葉が震え、熱い南風にあらがっていた。潟湖の丸い鏡が松の木の長く伸びた幹、その梢と青空をきれいに映していた。無数の幹で生々しい傷跡が血を流し焼けるように熱く、この一日をよい香りで満たしていた（Aux troncs innombrables, de fraîches blessures saignaient et brûlantes, embaumaient cette journée）（*ibid.*, p.482.）。

大空にまっすぐ伸びるやせ細ったその長い幹と、松脂を採取するために幹に傷をつけられた松の木の姿は、「生々しい傷跡が血を流し」という表現によって、いやおうなく脇腹を刺され血を流す十字架上のイエスのイメージを読者に想起させる。『らい者への接吻』の中には、他にも「赤くねばねばした切り口（aux entailles rouges et gluantes）を見せている無数の松の木」（*ibid.*, p.498.）、あるいは「ジャン・ペルエイルが所有する松の木は大西洋とピレネー山脈との間で、血を流す巨大な軍団（l'immense armée qui saigne）の前線を成している」(*ibid.*, p.495.) というように、傷ついて「血を流す松の木」のイメージが随所に見出される[(4)]。

「血を流す松の木」のイメージは、小説の中では具体的にはそれ以上展開されることはなかったが、このイメージは実はモーリアック文学を解き明かす一つの鍵とも言える重要なイメージであり、彼はそれを自分の文学的な「遺言」[(5)]として、1940年に出版され、1925年の詩集『嵐』の続編ともいうべき詩集『アチスの血』の中で完成させることになる。しかし実際にその詩集が書かれていたのは、モーリアック自身『キリスト者の苦悩と幸福』の中で、「もう何年にもなるが、わたしはわずかな暇を見つけては『アチスの涙』と題する一篇の詩に打ち込んでいる。」(*SBC*, p.142.) と書いているように、ちょうど『らい者への接吻』から『宿命』にいたる小説が執筆されていた時期に重なっている。したがって、モーリアックの小説における「血を流す木」のイメージを考える上からも、ここで取り上げる必要があると思われる。

大地の女神シベールは牧人アチスに恋をする。しかし大地であるシベールにはアチスを抱きしめる腕がない[(6)]。満ち足りない心のシベールは、いたるところ、森や畑や川でアチスを取り囲み、彼につきまとう。アチスは眠りの中に逃れる。眠りの中で彼は、自分と同じ人間の形をしたニンフを知り、彼女に恋をする。無視されたシベールは、永久にアチスを所有するために、彼を松の木に変えてしまう。神々に愛され、捕らえられる少年少女の話はギリシャ神話にしばしば見受けられるものだが、モーリアックはそのようなギリシャ神話の物語をキリスト教の救霊のたとえ話に一変させる。

松の木に変えられたアチスは、大地に根を張りながら、一方天に向かってその枝を伸ばす。根は完全にシベールに捕らえられながらも、梢は天を望んでいる。詩集中の一篇「松の木に変えられたアチス」の中では、シベールの側から見たアチスが次のように描かれている。

アチスよ　わたしは嫉妬している振りをした　そしてわたしは
天上の神々のうわべを装い　得意になっている
真っ赤な樹液が流れる人間の大木
おまえのその脇腹から　樹脂が蜜のように流れるために

聖なる本質の方に向かう若い松は
その長い腕で　天上に合図をする
その梢は神を求めるが　根はゆっくりと
（Sa cime cherche un dieu, mais ses lentes racines）
わたしの闇の肉体の中に　緩やかな道を掘る
（Dans mon corps ténébreux creusent de lents chemins）[(7)]

モーリアックは1931年の『聖木曜日』のなかで、「キリストはわたしたちに、キリストがブドウの木でわたしたちがその若枝であると教えているが、シベールはわたしたちの肉体に同じことを教える」[(8)] と書いているが、松の木に変えられたアチスの姿を通して彼が表現しようとしているものは、やはりこの時期モーリアックが抱えていた彼固有のドラマであると言うことができるだろう。大地の女神シベールは、ここでは、現世的欲望、キリスト教の要請に反するすべてのもの、「聖なる本質の方に向かう、」つまり神に向かおうとする人間存在における「霊的なもの」に対して、「肉的なもの」を象徴していると解釈することができる。したがって天と地の間に引き裂かれたアチスの姿には、この世にあって神を待ち望むひとりのキリスト者の姿、モーリアック自身の姿を認めることができるのではないだろうか。

昔からボルドーでも、ランドに近い人々は大西洋からの強い西風からブドウ畑を守るために沿岸に松の木を植えていた。ランド地方には広大な松林が広がっており、人々は収入の一つとして松の木から松脂を採取し生計を立てている。松脂は、松の木の樹皮をはがし、そこに傷をつけ、流れ出た樹液を木に取り付けた小さな壺に集める。傷口から松脂がでなくなると、その上に新たな傷をつけ、そうしてもうそれ以上松脂がでなくなると、松は立ち枯れるのである。死ぬまで血を流し続け、死の時も大地から逃れられないランドの松、西風に吹きさらされうめき声を発する松の木、『テレーズ・デスケィルゥ』にも描かれているように、「どんなに静かな日にも、森は自分自身に涙するようにうめき声を上げ、体を揺すり、眠りにつく。そして夜ははっきりしないささやきの声とひとつになる」（*TD*, pp.99-100.）。モーリアックはそこに神を待ちながらも、罪の内に死んで行く悲惨な人間のドラマを見ていたに違いない。

わたしが愛した松の木は　無残な青年
生け贄にされた子供の上半身になり
互いに絡み合って　わたしの上にくずおれる
樹皮と血のにおい（le parfum du sang）の中で[9]

地上の愛に捕らえられ、死んでもなおシベールに支配される無数のアチス、いわばアダム以来のすべての人々の苦悩の後に、ついにその苦悩を超越し、シベールの支配し得ない最後のアチスが現れる。

しかし最後にやってきたものは　シベールの上に身を横たえた
彼は死すべき人間の女の名をつぶやかず
彼の手は不在の肉体の陰を探し求めなかった
静かにそして純粋な若い血が　多量に流れ出ていた
（Tranquille et pur coulait ce flot du sang）
暗い肉体と燃える大地の間で　圧し潰された
房からは　あらゆる欲望が消えていた
それは同じ子供　まどろんだ大空のあの松のひとつひとつとは別の
もうひとりのアチスだった
この束の間の存在の中で　ひとりの神が苦しんでいた
シダの陰に模様をつけられ　固い地面が
その熱気で火をつけたその上半身の中で
シベールが恐れる血に覆われた神が
（Un Dieu couvert de sang dont Cybèle avait peur）[10]

モーリアックは『カトリック信者のことば』のなかで、「問題はキリストをまねることではなく、キリストと一体になることである」[11]と述べているが、人間の有限性を超えた最後のアチスの内に「血に覆われた神」、人間のすべての罪を引き受けた十字架上のイエスと一体となったキリスト者のイメージを認めることができるだろう。シベールに所有されていたそれまでのアチスは、その根を通って体内に流れ込む地上的愛に苦しみ、悲痛な叫びを上げていた。しかしキリストと一体となった最後のアチスは、もはや地上的な欲望の支配を受けていない。逆に、「シベールは、血に覆われた見知らぬ木の根（les racines d'un arbre inconnu, couvert de sang）がその体に入り込んでくるのを感じていた」（*SBC*, p.165.）のである。キリスト者アチスが受けた天からの恵みが、枝から幹を通り、シベールに伝えられる。神の愛がシベールにまで行きわたり、シベールも神の恵みにあずかる。地上の愛は清められ、神の愛が実現する。人間の中における自然的なものと超自然的なもの、肉体的なものと神の恵みとの出会いを、このようにモーリアックは神の恵みによる自然的なものの浄化という形で捉えているということがわかるのである。したがって彼の小説世界に登場する「うめき声をもらす松の木」、傷ついて「血を流す松の木」のイメージの背後には、地上的なものと天上的なもの、肉体と精神の間で引き裂かれ、苦悩する小説家自身のドラマがあり、彼はこの「人間的な松の木」のイメージを小説の中に配し、作中人物たちと関わらせることによって、彼らのドラマを信仰の次元において問題にしていると言うことができる。

モーリアックの小説世界の中で描かれる樹木の姿は「人間的」である。それは表現のレベルにおいては、まず比喩の多様という形で確認することができる。「人間」は「樹木」に喩えられ、また「樹木」も「人間」に喩えられる。「人間」と「樹木」は相互に切り離しがたい関係性の内に描かれている。それは、天上的なものに対して地上的なもの、神の創造による「自然」を共有しているという意味において初めて成立する関係性である。樹木の中でも特に松の木はモーリアックの小説世界を支える重要なイメージだが、傷をつけられ、「血を流す松の木」のイメージは、『アチスの血』の中でさらに展開されている。モーリアックはそこに現世的な欲望と信仰の要請との間で引き裂かれた人間、情念に身を焼かれながらも、神の恵みを待ち望む傷ついた人間の姿を投影していると考えるべきである。またそのように「人間的な」樹木のイメージを小説の随所に配することによって、小説家は人間の情念が作り出すドラマにいっそうの緊張感を与え、それをさらに印象深く表現しているということができるだろう。

註記

（1）下段に引用した一節の前に、次のような興味深い文章を読みとることができる。「火の国では人間の情熱は空の激しさに一致する。しかしときには、それとともに静まるのだ。休みの間、フェルナンは憎しみのこもった沈黙をもはや母親に向けなかった」（*G*, p.622.）。

（2）『火の河』で注目すべきなのは、むしろ人間を「獣」に喩えた表現である。

（3）「松の若木のように」という表現は、ここでは暖炉の薪として燃やされる松の木のイメージである。

（4）『らい者への接吻「最終章」』にも同様の表現を見出すことができる。「ノエミが子供の時は岸に沿って歩くことがむずかしかった小川、森の一番奥で低林とハンノキを通って道を切り開いていた小川も、伐採された木の幹がまだ血を流している戦場の真ん中で、今や服を脱ぎ捨てた体のように震えていた」（『らい者への接吻「最終章」』*Pl II*, *Le dernier chapitre du Baiser au lépreux*, p.535.）。『らい者への接吻「最終章」』はモーリアックが 1933 年頃に、書き足した一章である。その時期、モーリアックは以前の小説を書き足したり、作中人物を再登場させたりということをしていた。

（5）エディット・モラ著『フランソワ・モーリアック、どうしてあなたは詩をやめたのか』（Édith Mora, *François Mauriac, pourquoi vous êtes-vous arraché à la Poésie?* In *Les Nouvelles Littéraires*, 18 juin 1959.）参照。モーリアックは『内面の記録』の中でこの詩集について、「アチスの詩は、わたしが書いたすべてのものの中で、今でももっとも失望を与えない作品だ」（*Pl V, Mémoires intérieurs*, p.408.）と、書いている。

（6）マルク・アランの『アチスの血』についての興味深い指摘を参考にするべきかも知れない（マルク・アラン著『フランソワ・モーリアック』Marc Alyn, *François Mauriac*, collection « *Poètes d'aujourd'hui* » no. 77, Paris, Éditions Pierre Seghers, 1969, pp.93-112. 参照）。

（7）「松の木に変えられたアチス」『アチスの血』（*Pl III, « Atys changé en pin »* in *Le Sang d'Atys*, p.945.）。

（8）『聖木曜日』（*OC VII, Le Jeudi-saint*, p.174.）。

（9）「アチスの戦い」『アチスの血』（*Pl III, « La Guerre des Atys »*, *ibid.*, p.947.）。

（10）「キリスト者アチス」『アチスの血』（*Pl III, « Atys chrétien »*, *ibid.*, p.947.）。

（11）『カトリック信者のことば』（*Paroles catholiques*, Paris, Plon, 1954, p.19.）。

第2章「獣」のイメージ

「獣化された」人間 — 戯画化される作中人物たち

モーリアックの小説世界における自然のイメージの中で、「人間的」であるのは「樹木」に限ったことではない。『らい者への接吻』から『宿命』にいたるモーリアックの小説作品の中では、作中人物たちが喩えられるのは「樹木」だけはないのである。直喩の形であれメタファーの形であれ、ほとんどすべての主要な作中人物たちは、何らかの形で「動物」やときには「昆虫」にも喩えられている。それはこの時期の彼の小説に共通して見られる特徴である。

『らい者への接吻』には最も多くの例を見出すことができる。中でも興味深いのは、ジャン・ペルエイルが昆虫に喩えられた表現である。小説の冒頭近く、彼はいきなり「ワラジムシ（cloporte）ジャン・ペルエイル」（*BL*, p.452.）と呼ばれる。次いで彼は、婚約相手として紹介された若い娘、ノエミの前で「コオロギ」になってしまう。

> 薄暗い部屋の中には、まるで昆虫学の実験のためであるかのように、すばらしく美しいメスを前にした小さな黒いオスしかいない。ジャン・ペルエイルはもはや身動きもできず、目を上げることしかできない。〔…〕その処女は、彼女の運命であるこの幼虫の姿（cette larve）を目で推し測る。〔…〕司祭館の薄暗がりの中で、彼の姿は霞んでゆき、応接室の一番暗い隅に迷い込んだコオロギ（ce grillon）と見分けがつかなくなる（*ibid.*, p.461.）。

ノエミの目から見たジャンは「コオロギ」に喩えられているが[1]、新婚の床のジャンを「ウジ虫」と表現するとき、語り手はいっそう辛辣である。「汗まみれになったジャンはもはや動こうとはしなかった—捨てられた死骸のそばのウジ虫（un ver）よりも、彼は醜かった」（*ibid.*, p.466.）。ジャンが「ワラジムシ」や「コオロギ」や「ウジ虫」に喩えられるのは、髪が黒く背の低い彼の容姿の醜さから来ていることは明らかである[2]。貧相な容姿が昆虫に喩えられているとするならば、彼のぎこちなくおどおどした動作は動物に喩えられている。「その肩に埋まった首としばたたく目は、まるで夜鳥（un oiseau nocturne）が真昼に放たれたようだった」（*ibid.*, p.462.）。ほかにもジャンは「妻の方に殴られた犬（chien battu）のような眼を上げた」（*ibid.*, p.473.）と表現される。また、パリでのひとり暮らしの不摂生から病気になったジャンは、「ショーウィンドーに沿ってネズミ（un rat）のようにちょろちょろと走り回り、〔…〕彼は死んだ猫のように（comme un chat mort）川から拾い上げられるのだろうか」（*ibid.*, pp.478-479.）と容赦なく描かれている。

さらに、この小説の中で「動物」に喩えられているのはジャンだけに限ったことではない。ほとんどすべての作中人物に「動物」の比喩表現を見出すことができるのである。例えばノエミは「ヤマウズラ（perdrix）」（*ibid.*, p.492.）であり、彼女に恋心を抱く青年医師は「アンダルシアの雌ラバ（mule andalouse）」（*ibid.*, p.485.）、ジャンが近づくと口をつぐむ隣家の人々は「沼のカエルたちのよう（comme les grenouilles d'une mare）」（*ibid.*, p.459.）、ノエミの母親の歩く動作は「犬のよう（comme les chiens）」（*ibid.*, p.462.）、女中カデットの孫は「若い雄鶏（comme un jeune coq）のよう」（*ibid.*, p.455.）である。その他にもジャンがパリで出会う娼婦たちは「やせた雌オオカミ（maigres louves）」（*ibid.*, p.478.）、ジャンとノエミ夫婦はノエミの母親から「キジバトたち（les tourtereaux）」（*ibid.*, p.463.）と呼ばれている。どの人物の視点から描かれているにせよ、これらの動物のたとえは『らい者への接吻』の場合、ほとんどすべて作中人物たちの特徴を際立たせ、戯画化する役割を果たしているという指摘をすることができるだろう。

動物の比喩による作中人物の戯画化の例は『らい者への接吻』ほどではないとしても、それ以外の小説においても同じように見出すことができる。たとえば『火の河』においては、主人公ダニエルは「その歯が片時も噛むのをやめることができないげっ歯類（ces rongeurs）」（*FF*, p.507.）に喩えられている。彼は恋人ジゼールに「雌牛のような目をするな（ne pas faire ses yeux de vache）」（*ibid.*, p.509.）と言う。彼女はまた「銃で撃たれた山ウズラ（perdrix atteinte）」（*ibid.*, p.513.）にも喩えられている。彼らが投宿したホテルの女主人については、「甲虫類の前翅のように（comme des élytres）コルセットに締め上げられたその腕」（*ibid.*, p.506.）に言及されている。『ジェニトリックス』においては、マチルドは、彼女が家庭教師をしていた家の子供たちを「二匹のクラゲ（deux méduses）」（*G*, p.593.）になぞらえてる。彼女の夫フェルナンの血走った目は「年老いた犬の目のよう（comme ceux d'un vieux chien）」（*ibid.*, p.614.）だと描写され、年老いた女中マリの孫は「病気のツグミのよう（comme un merle malade）」（*ibid.*, p.640.）だと表現されている。『愛の砂漠』においては、小説の書き出し近く、レイモンが 17 年ぶりにマリアを目撃する場面では、彼女の顔は「40 代という歳がこの顔の下半分にあちこち跡を残していた。皮膚はくたびれ、牛のように肉垂れ（fanon）し始めている」（*DA*, p.740.）と、表現される。マリアは中学生のレイモンと出会い恋をするが、彼女にとってレイモンは、ある時は「彼女の野鳥（son oiseau sauvage）」（*ibid.*, p.805.）であり、またある時は「やっと手なづけた子鹿（faon, devenu famillier à force de soin）」（*idem.*）、またそれが突如「大きな若い雄犬（grand jeune chien）」（*ibid.*, p.821.）となって現れることもある。『テレーズ・デスケィルゥ』においては、テレーズが家の中を歩き回る様子は「雌オオカミのように抜き足差し足で（à pas de louve）」（*TD*, p.17.）であり、ジャン・アゼヴェドとの恋愛に破れ、恋路を絶たれたアンヌが庭を歩き回るようすは「牝鹿のような足取り（à pas de biche）」（*ibid.*, p.47.）である。性の快楽に夢中なテレーズの夫ベルナールは、彼女の目には「若い豚たち（jeunes porcs）」（*ibid.*, p.38.）のひとりと映る。ジャン・アゼヴェドの顔でテレーズが好きだったのは、「暑がっている若い雄犬の口（gueule d'un jeune chien）」（*ibid.*, p.57.）を思わせる彼の大きな口である。そして『宿命』では、失恋し深く傷ついたボブ・ラガーヴはぶどう畑の中に、「野うさぎのように（comme un lièvre）」（*D*, p.174.）うずくまる。モーリアックのこの時期の小説には、このように作中人物を動物や昆虫に喩えることによって、その特徴を誇張しあるいは戯画化した表現が数多く認められるのである。

「獣化された」人間 ―「獣人」

特定の動物のたとえが作中人物のさまざまな特徴を誇張したり、戯画化する例は数多く認められるが、動物化された人間のたとえとはまた違った動物のたとえが、この時期のモーリアックの小説の中には見出すことができる。小説家はしばしば名前のない「獣（bête, brute）」あるいは「動物（animal）」ということばを単数形で使っている。それは特定の動物の比喩が作中人物の特徴を戯画化していたのとは違い、人間を「獣」そのものに喩えた表現である。たとえば『ジェニトリックス』の中には次のような一節がある。そこではフェリシテは一匹の「獣」として表されている。

> まるで貝殻の中で潮騒の音を聞くように、上った血が耳にささやいていた。舌がもつれていたが、彼女は何かしゃべりたかったのだろう。〔…〕なにか見えない手が彼女をベッドの方に押しやり、マチルドが苦しみ、死んでいった寝床の上に彼女を押し倒した。老婆は獣のように（comme une bête）はいつくばり、待った（*G*, p.610.）。

嫉妬の化身フェリシテの苦しみもだえる姿が、ここでは「獣」のイメージで捉えられている。このようにモーリアックは、ただひとつの激しい感情に支配される作中人物を「獣」のイメージによって表現する。『宿命』の主人公エリザベトの場合も同じである。年下のボブに道ならぬ深い愛情を抱いていた彼女は、ボブの突然の死によって、悲しみの底に突き落とされる。もはやいかなる存在によってもいやされることのない悲嘆に支配される彼女の姿にもまた、小説家は「獣」のイメージをあてはめる。「ピエールはもう彼女を引きずり出そうとはしなかった。〔…〕この息を切らせた女は彼の母親なのだ。彼女は腹を下にして息をしている年老いて傷ついた獣（une vieille bête blessée）のようだった」（*D*, p.197.）。激しい感情はひとを孤独に追い込むものだが、「出口のない運命」（*TD*, p.75.）の中で「慰めのない孤独」（*ibid.*, p.46.）に苦しむテレーズの姿も、やはり一匹の「獣」である。

〔テレーズ〕はもうジャン・アゼヴェドのことも、この世の誰のことももはや考えてはいなかった。たったひとりで、めまいを感じながらトンネルの中を横切っていた。彼女はそのトンネルのもっとも暗いところにいるのだった。なにも考えず、一匹の獣のように（comme une bête）、この闇から、この煙から抜け出し、自由な空気にたどり着かなければ、はやく、はやく！（*ibid.*, p.73.）。

彼女自身の心の闇のトンネルを「一匹の獣のように」横切るテレーズは、「この闇の中から、この煙から」という表現によって、闇の中を疾走する夜汽車の情景と重なり合う。モーリアックの小説世界のさまざまなイメージについて常に指摘することができることだが、作中人物を取り巻く外側の世界は彼らの内面世界と反響し、深層において溶け合う。「獣」のようなテレーズの姿は、「闇に慣れた目には通りの角の小作地が見えた。数軒の低い家は、寝そべって眠った獣（bêtes couchées et endormies）に似ていた」（*ibid.*, p.75.）と、彼女が馬車の窓から眺める外の景色につながって行く。「獣」のように激しく、「獣」のように孤独なモーリアックの作中人物たち。「獣」のイメージは、第一にこのように激しい情念の支配とそれが作中人物たちのまわりに作り出す孤独のイメージである。

『愛の砂漠』の中で、恋の炎に身を焦がすマリアもまた「獣」に喩えられる作中人物のひとりである。

うずくまった庭の彼方に郊外が広がり、次いで石の町になる。そこでは嵐が起ると、その後九日間は蒸せかえるような暑さが続くのだった。この鉛色の空の中で、獰猛な獣がまどろみ、徘徊し、うなり、うずくまる（une bête féroce est somnolente, rôde, gronde, se tapit）。彼女もまた、庭や誰もいない部屋の中をうろつき回る。マリア・クロスは次第に望みのない恋に身を任せていった。そこには自分自身であることを感じるという惨めな喜びしかなかった（*DA*, p. 819.）。

「まどろみ、徘徊し、うなり、うずくまる」「獰猛な獣」という表現は、直接的には「嵐」のメタファーだが、それは同時に「彼女もまた」という表現によって、「庭や誰もいない部屋の中をうろつき回る」マリアの姿、さらには「望みのない恋の魅力に身を任せ〔た〕」彼女の心の「嵐」へとつながっていく。ここで「獣」の喩えは「嵐」という単なる自然の力だけではなく、それに劣らず激しい「人間」の「心の嵐」でもある。「不思議な顔、知的であると同時に動物的な（animale）顔、そうだ、すばらしく美しい獣の顔（la face d'une bête merveilleuse）、冷淡で笑うことを知らない顔だ」（*ibid.*, p.771.）と、描かれるマリアの顔が垣間見せるように、彼女は「獣」を内に秘めた存在なのである。―「獣」を内に秘めているという点ではテレーズもまた同様である。ただ彼女の内側の「獣」は「爬虫類」のイメージなのだが。「このような平和をテレーズは未だかつて知らなかった。― だが彼女が平和だと信じていたものも、彼女の胸の中に潜む爬虫類（ce reptile dans son sein）のまどろみ、冬眠に過ぎなかったのだ」（*TD*, p.36.）。この「爬虫類」[3] は、別のところでは「彼女の心の中の黒っぽい力」（*ibid.*, p.37.）あるいは「わたしの内側と外側にある凶暴な力」（*ibid.*, p.26.）と呼ばれるもののメタファーであると考えられる。テレーズはそれが彼女を罪深い行為に駆り立てたと認識しているのである[4]。モーリアックにおける自然と悪の問題については後段に論じることとして、ともかく作中人物たちの心の中の「獣」は人間の内なる「自然」の力のメタファーであると言うことができるだろう。

青年、自己の内部に抗しがたい自然の力を抱えた存在は、同様に「獣」に喩えられるだろう。『愛の砂漠』の中で、レイモンはしばしば次のように「獣」のイメージを持って描かれる。「息子から理解される方法はまったくなかった。彼はまだ自分のすぐそばにいるのだが。〔クレージュ医師〕は若い獣（jeune animal）の熱気とにおいを感じていた」（*DA*, p.803.）。あるいは「いつも通りを走り回って、汗だくで戻って来ると、不機嫌に獣のように（comme une bête）食べ物に飛びかかる息子から、何を期待することができるだろう」（*ibid.*, p.755.）。父親からレイモンを隔てる彼の若さ、本能的な行動、貪欲さ、つまり人間の内なる自然の力が「獣」に喩えられているのである。

人間の内なる自然の力、モーリアックはそれを「人間存在が持つ本能的な部分（la part instinctive de l'être）」[5] あるいは「獣性（animalité）」[6] と呼んでいる。それは「獣」のイメージを通し、特に男女のつながりを示す場面において印象的に表現されている。『愛の砂漠』の中で、レイモンの姉マドレーヌは、「彼女の耳以外には他のだれにも何ひとつ聞こえない」（*ibid.*, p.744.）にもかかわらず、夫の帰宅を「狂いのない第六感」(*idem.*)で察知する。小説家はそれを「まるで〔マドレーヌ〕は他の動物とは別の種に属しているかのようだった。雌ではなく雄が闇を通して相手を惹きつけるため、においを放っているかのようだ。」(*idem.*)と表現している。また「テレーズ・デスケイルゥの最初の素描」[7]となった中編小説『良心あるいは神への本能』の中で、主人公「わたし」が夫に対する敵意を育む最初のきっかけとなったのは、主として夫の強い性的衝動である。

〔…〕何年も苦しんだ後、今でもわたしは喜んで認めます。夫はもっともよい人でした。友人の間でもっとも寛大でした。ただ夜の闇がやってきて、あの人を息を切らした醜い獣(cett bête hideuse)に変貌させない限りは[8]。

肉欲によって醜く変貌した「わたし」の夫は、ここでは「獣」のイメージで表現されている。

雌は雄を惹きつけ、雄は雌を追う。自然界で展開される動物たちのドラマとちょうど同じようなことがモーリアックの小説世界では起こっている。『愛の砂漠』でレイモンと父親が「遠く隔たった二匹の蝶が、強いにおいを放つ雌が閉じ込められている箱の上で落ち合うように、彼らもまた欲望がひとつになる道を辿り、目に見えないマリア・クロスの上に隣り合わせにとまった」(*DA*, p.799.)とあるように、人間の内なる自然、「動物性」のメタファーとしての「獣」のイメージにあふれるモーリアックの小説世界は、追うものと追われるもののドラマであると言うことができるだろう。

「獣化された」人間 —「狩猟」のイメージ

モーリス・モーキュエはその著『テレーズ・デスケイルゥ — モーリアック』の中で『テレーズ・デスケィルゥ』の小説世界を次のように要約している。

モーリアックの小説世界は暴力と束縛の世界「狩るものと狩られるものの世界(un univers de chasseurs et de chassés)」である。彼らは網を張り獲物を待ち伏せする。あるいは罠を逃れ、生き延びるためにうずくまる。ほんのちょっとした不注意も命取りになり、自由を脅かす。牝鹿を閉じ込める囲い、撃たれたモリバトの袋、家庭という檻、重罪裁判所がある。ベルナールはまず狩人であり、彼の行為、嗜好、趣味は狩りに結びついている。アンヌも夕暮れにヒバリを撃つのが好きであり、クララ伯母でさえ、かつてはモリバトを狙った。テレーズだけは、他のすべての人々とは違い唯一狩猟が嫌いである。彼女の立場は犠牲者の側にある(9)。

モーキュエは『テレーズ・デスケィルゥ』の小説世界について「狩るものと狩られるものの世界」という表現を使っているが、この重要な指摘は『テレーズ・デスケィルゥ』のみならず、およそ『らい者への接吻』から『宿命』にいたるモーリアックの小説すべてにあてはまる指摘ではないだろうか。『テレーズ・デスケィルゥ』の中で、ベルナールを初めとする作中人物たちの多くが「狩るもの」であるように — モーキュエは「テレーズだけは、他のすべての人々とは違い唯一狩猟が嫌いである」として、彼女を「狩られるもの」の側に位置づけている。しかし後段検討するように、実は「狩られるもの」であると同時に、彼女もまた「狩るもの」のひとりなのではないだろうか。— モーリアックの小説の主要な作中人物たちはみな「狩り」を好む。

『らい者への接吻』のジャン・ペルエイルは、何よりもまず狩りの名手、「カササギの不倶戴天の敵」（*BL*, p.448.）、「カササギの殺害者」（*ibid.*, p.492.）であり、彼には「狩人」のイメージがつきまとう。たとえばノエミとの婚礼の日、ジャンはノエミを憐れむ人々のささやきに耳を澄ます。「騒々しい鐘の音の中を行列は進んでいったが、狩人のように鋭敏なその耳（sa fine oreille de chasseur）は、群衆の憐れみの声を何ひとつ聞き漏らさなかった」（*ibid.*, p.465.）。そしてノエミに恋をする青年医師もまた、「待ち伏せして狩りをするランドの人々の辛抱強さをもった」（*ibid.*, p.492.）「狩人」のイメージで提示される。彼の場合「獲物」は人間の女なのだが。

「しかし、俺〔青年医師〕は打ち損じはしなかった」と、この狩人（ce chasseur）は思った。「彼女〔ノエミ〕は傷ついている …」いつ女の獲物（gibier féminin）が追い詰められ、命乞いをするか、彼は本能的に知っていた。彼は若い肉体の叫び声を聞いていた（*ibid.*, p.491.）。

ノエミは青年医師の「女の獲物」であり、狩人によって「半ば捕らえられたヤマウズラ」(*ibid.*, p.492.) に他ならない。ノエミは青年医師にとって「獲物」であるだけではない、興味深いのは、夫ジャンにとっても彼女は「獲物」として描かれていることである。

> 時にはノエミは、暗くて彼女の目に入らなくなったので醜さも薄れたあの顔の方へ手を伸ばし、そこに熱い涙を感じることがあった。そんな時、後悔と憐れみの気持ちがいっぱいになり、あたかも円形競技場でキリスト教徒の処女がひとっ飛びで獣に身を投げたように (comme dans l'amphithéâtre une vierge chrétienne d'un seul élan se jetait vers la bête)、目を閉じ、唇を結び、ノエミはこの哀れな男を抱きしめるのだった (*ibid.*, p.468.)。

ノエミは青年医師から追われる「獲物」だが、ジャンの前では逆に自ら進んで身を投げ出そうとする「獲物」である。夫を愛することができないにもかかわらず、努めて愛そうとするノエミの自己犠牲的な感情は、他にも「天国を信じている臨終の女が死を見つめるように、彼女はその夫を正面から見据えていた。もうすぐ死のうとしているひとをはぐらかす (donner le change) ように、彼女は口に微笑みをたたえていた」(*ibid.*, p.469.) — ここでは「はぐらかす (donner le change)」ということばが使われているが、これは狩猟の用語でもあり、「猟犬の目をはぐらかすために、獲物が猟犬に向かって別の獣を放つこと」を意味している。—「未だかつてどんな犠牲者がその死刑執行人からこれほど愛されたであろうか」(*idem.*) という表現から読み取ることができるように、ジャン、ノエミ、青年医師という『らい者への接吻』の3人の作中人物たちをめぐる関係の図式、愛するものからは愛されず、愛することのできないものを愛さねばならず、愛し合うものは結びつくことができないという図式は、このように「狩るもの」と「狩られるもの」の「狩猟」のイメージを背景に成立していると言うことができる。

「狩猟」という観点から眺めるとき、『火の河』はまさしく「狩猟」のドラマである。ジャン・ペルエイルと同様「空の火に慣れたランド人」(*FF*, p.577.) の主人公ダニエルは、終始「狩るもの」であり、ジゼールは「獲物」

である。彼は「歯を使う情欲（la passion où il usait ses dents）から離れることができない」(*ibid.*, p.527.)「齧歯目」(*idem.*)であり、「飢えたオオカミ」(*ibid.*, p.540, p.565.)、「飢えて死にそうなみだらな猟犬（meute immonde）」（*ibid.*, p.547.）に他ならず、ジゼールは「銃で撃たれたヤマウズラ」（*ibid.*, p.513.）、「孤独な獲物（une proie solitaire）」（*idem.*）、「逃げようなどと思いもしないあの簡単な獲物（ce doux gibier）」（*idem.*）として提示される。そしてダニエルがジゼールを獲得する過程は、まさしく「待ち伏せして狩りをするランド人」（*BL*, p.492.）の手法によって跡づけられる。「透明さへの奇妙な渇き」（*FF*, p.507.）に苦しめられていたダニエルはジゼールを見出す。「未婚の母」（*ibid.*, p.537.)、「処女なる母」（*ibid.*, 538.）ジゼールに、ダニエルはすぐに目がくらむ。

> ダニエルは彼の獲物のことを思いながら、道に沿って歩いた。苦痛とも喜びともまだ判別のつかない思いで、彼は楽しげにかつまた猛り狂って、歩いていた。今後、このげっし目には歯を使うべきものが見つかったのだ（Le rongeur avait de quoi désormais s'user les dents）（*ibid.*, p.511.）。

ダニエルはジゼールを無理に追いはいない。ランドの狩猟家ダニエルは、獲物ジゼールを「ひとっ飛びで捕まえられると知りながら、走り回らせ、自由だと勘違いさせ」（*ibid.*, p.515.）ておく、「もう捕まることがわかっている獲物の悪あがきを楽しむ猟師（chasseur）のように、彼女を追いかけはしない」（*ibid.*, p.517.）のである。そして二人の会話の中で、彼の何気ないことばに気を悪くしたジゼールの反応から、すかさずダニエルは次のように考えるのである。

> 何も言わずに彼女〔ジゼール〕は遠ざかった。女から流れ出た血の跡（sa trace du sang）を追って行けばよかったのではないか。彼は彼女の傷口（l'endroit d'une blessure）に触れたことを疑わなかった（*ibid.*, p.519.）。

ダニエルに残されているのは、「とどめの一撃」（*ibid.*, p.527.）を加えることだけである。

この小説で興味深いのは、ジゼールの「教道者」（*ibid.*, p.542.）、ド・ヴィルロン夫人とジゼールの関係に、「狩猟」のイメージが投影されていることである。ジゼールとの一夜の情事の後、ダニエルは彼女に早く部屋を出るようせかしていう。「ジゼール、あの女〔ド・ヴィルロン夫人〕が俺たちを狙っている（guette）と、言っただろ」（*ibid*., p.549.）。事実、「哀れな小羊をじっと見張る（couver du regard）」（*ibid*., p.550.）「番人（la gardienne）」（*idem*.）、ド・ヴィルロン夫人は、二人の絶望的な情事の間、一晩中くらい廊下で、ダニエルの「部屋の前で、壁に釘つけになって（crucifiée contre mur）待っていた」（*ibid*., p.554.）[10] のである。パリでダニエルとジゼールの別れ際に、ド・ヴィルロン夫人は、ジゼールが再び火の河に転落することを恐れ、彼女を説得して連れて行こうとする場面では、ド・ヴィルロン夫人のようすは、「彼女〔ド・ヴィルロン夫人〕は頭の中で障害物のまわりをうろつき、そのにおいを嗅ぎ（rôdait〔…〕autour de l'obstacle, le flairait）、いらだっていた」（*ibid*., p.562.）というように、あたかも猟犬が獲物の足跡を嗅ぎまわるかのように描かれている。

興味深いのは、モーリアックが『らい者への接吻』から『宿命』にいたる小説が書かれていた時期に執筆されたエッセーの中では、次の一節に見られるように、神にはしばしば「狩人」のイメージがあてはめられることである。

> 神は狩人（chasseur）である。足跡を見つけ、藪の縁で獲物を狙う（guette sa proie）。神はわたしたちの悲しい肉体がどこを通るのか知っている。神は、その本能に導かれ、同じ時刻に、同じ道を通り、同じ快楽の方へ向かう人間という獲物（gibier humain）の足跡を見張っている（*SBC*, pp.121-122 .）。

モーリアックは、「救済」という名で神が行う「狩猟」の「獲物」に人間を喩えている。そしてまた神の「救済」という「狩猟」の方法も小説と同様に、「待ち伏せして狩りをする」方法である。したがって『火の河』の物語は、「同じ本能に導かれ、〔…〕同じ快楽へと向かう人間という獲物」を互いに追いかけ合う人間同士の「狩猟」のイメージの背後に、そうした「人間という獲物」を「待ち伏せして」救おうとする「救済」という名の神の「狩猟」のイメージが二重写しになった「狩るものと狩られるもの」のドラマとして読み解くことができるのではないだろうか。

『ジェニトリックス』のフェルナンは、文字通り妻マチルドと母フェリシテの双方から追われる「獲物」である。フェルナンとの結婚を望んだのはマチルドの方であった。ちょうど「大きな魚（le gros poisson）が、自分から進んで仕掛けた魚梁の中に（dans la nasse tendue）飛び込んだ」（*G*, p.590.）ように、彼はマチルドとの結婚生活にはまり込んだのであったし、彼の人生はそもそも「〔…〕彼の母親が彼を守るために、半世紀もの間彼のまわりに張り巡らした網、そのねばねばする網（dans ce réseau, dans cette toile gluante）の中で、彼は捕まった大きなハエ（grosse mouche prise）のようにもがいていた」（*ibid.*, p.618.）に過ぎないのである[11]。そして死んだマチルドも、フェルナンの「肉欲の獲物（proie charnelle）」（*ibid.*, p.616.）に他ならない。「肉の獲物（la proie charnelle）が、防腐剤を施された餌食が溶解し、もはや名前すらないおぞましいものになってしまったとき」（*idem.*）初めて欲望を自らに感じるというフェルナンの悲劇。この小説の中では、フェルナンにせよマチルドにせよ、「狩るもの」であり、また同時に「狩られるもの」として描かれている。

『テレーズ・デスケィルゥ』の小説世界の特徴としてモーキュエが指摘して使った「狩るものと狩られるものの世界」という表現に、付け足して言うならば、『愛の砂漠』や『テレーズ・デスケィルゥ』においては、「狩るものが同時に狩られるもの」であり、「狩られるものが同時に狩るもの」であるような世界であるという形容の仕方が可能ではないかと思われる。そしてそこにおいてこそ、おそらくこの時期のモーリアックの小説世界のオリジナリティーのひとつを見出すことができるように考えられるのである。

『愛の砂漠』の主要な三人の作中人物たちは、みなそれぞれに「狩るもの」であると同時に「狩られるもの」として描かれている。たとえばクレージュ医師は、研究をしている間は「狩るもの」である。彼は「獲物（sa proie）を前にした犬のように、観察対象に〔…〕」（*DA*, p.804.）没頭する。研究対象は彼にとって「獲物」のようなものである。しかしひとたび病に倒れたとき、彼自身が妻と母親の「獲物」になるだろう。「二人の女性は、一時、仕事や研究や未知の恋愛から引き離されたこの獲物（cette proie）を、争うことなく分け合っていた」（*ibid.*, p.829.）。医師のマリアに対する情熱は、常にマリアの方へと彼を駆り立ててきたが、それは「狩猟」のイメージによって支えられてはいなかった。「狩猟」のイメージが見出されるのは、逆に彼が病に倒れ、マリアに会うことができなくなったときである。

医師は目を閉じ、頭をからにして、不思議なくらい明晰で、軽いシーツの下に体をゆったりと伸ばし、陽の当たらないところで、苦もなく思考の後を追っていた。彼の心は、散歩はするが狩りはしない主人（maître qui se promène, mais ne chasse pas）のまわりで茂みをかけずり回る犬（un chien bat les buissons）のように、見失ない、再び見出され、もつれた足跡の上でさまよった（*ibid.*, p.829.）。

「散歩はするが狩りはしない主人」とは、明らかに、病に倒れマリアを追うことをあきらめたクレージュ医師の比喩であり、「茂みをかけずり回る犬」に喩えられているものが、そのような彼の想念である以上、逆説的に、ここで彼のマリアに対する情熱は「狩猟」のイメージを背景にしていると言うことができるかも知れない。しかし少なくとも彼の情熱は、息子レイモンほど「動物的」ではないと言うことは確かである。

レイモンとマリアはまさしく、お互いに「狩るもの」であり、また「狩られるもの」である。彼らの関係は「狩猟」のイメージによって支えられている。レイモンについては、そもそも「〔彼は〕狩人の本能を持って生まれた（〔il est〕né avec instinct de chasseur）」（*idem.*）と書かれているが、マリアの家での二度目の密会の場面は、彼にとっては決定的な場面である。マリアを「ものにしようと心に決めた」（*ibid.*, p.821.）「猟犬」、「この大きな若い雄犬（ce grand jeune chien）」（*idem.*）レイモンは、力ずくで「獲物」マリアを手に入れようとして失敗し、逆に手ひどい反撃を受ける。「未来の多くの勝利も、屈服させた哀れな犠牲者たちも、この最初の屈辱の火傷をいやすことはできないだろう」（*ibid.*, p.824.）。したがってレイモンを一人前の男、本当の「狩人」に仕立て上げたのはマリアなのだ(12)。そしてマリアもまた「狩るもの」である。レイモンに近づくときの彼女の動作は、用意周到な注意深い「狩猟」に他ならない。彼女は「獲物」レイモンに向かって、「清らかな野生の小鳥を捕まえるときのように、細心の注意を払い、息を殺しつま先立ちで獲物に近づいていった」（*ibid.*, p.805.）(13) のである。レイモンとマリアは互いに「狩るもの」であり、また「狩られるもの」として描かれている。

レイモンはマリアの「獲物」であるだけではない。彼と父との関係においても、小説家は「狩猟」のイメージをあてはめる。マリア・クロスという共通の欲望の対象を持ったことで、それまで離れていた二人の心に一種の親近感が生まれる。

> 今こそ、おそらくはお互いが歩み寄ることの出来る瞬間だったのかも知れない。しかし医師の心はその時、彼が捕らえようとしていた（la capture）この少年からはるか遠くにいた。若い獲物（la jeune proie）が、今や彼に差し出されていたにもかかわらず、医師にはそれがわからなかった〔…〕（*ibid.*, p.752.）。

このように『愛の砂漠』の主要な作中人物たちの関係は、男女の恋愛に限らず、親子の愛、夫婦の愛、つまり「愛」に関しては常に「狩猟」のイメージを背景に描かれていると言うことができる。マリアに対して「狩るもの」であるクレージュ医師は、彼の妻と母親からは待ち望まれた「獲物」、「狩られるもの」であり、レイモンに対して「狩るもの」であるマリアは、同時にレイモンから「狩られるもの」、また医師からも「狩られるもの」なのである。「狩るもの」と「狩られるもの」の立場がいつでも交代可能な「狩猟」のイメージ、それによって『愛の砂漠』という小説は支えられているのである。

「狩るもの」が同時に「狩られるもの」であるという点では、『テレーズ・デスケィルゥ』についても同様の指摘をすることができる。『テレーズ・デスケィルゥ』の主要な作中人物たちは実際「狩り」を好む。モーキュエの指摘を待つまでもなく、ベルナールの最大の楽しみは「狩猟」であり[14]、アンヌもまた女学生時代の夏休み、テレーズの見ている傍らでヒバリを撃ち落とすことが好きだった。クララ伯母も「人里離れた猟小屋でモリバトを狙ったものだった」（*TD*, p.83.）。実際「狩り」を嫌う唯一の存在であるテレーズには[15]、逆に「獲物」のイメージがつきまとう。小説の冒頭、重罪裁判所から「免訴」の決定を受けるまで、「彼女は今夜まで追いつめられて（être traquée）生きてきた〔…〕」（*ibid.*, p.25.）のだが、―「追い詰める・狩り出す（traquer）」は猟犬が「獲物を追い出す」という意味の「狩猟」用語である ― 帰途についた彼女が馬車の中でみる悪夢の中では、彼女は予審判事の「獲物」である。「自分の獲物（son gibier）から目を離さないようにして、判事はテーブルの上に赤く封印のされた小さな紙包みを置く」(*idem.*)。また夫ベルナールの「肉欲」の「獲物」である。「何分かすると、彼〔ベルナール〕は再び彼女の方に転がってきた。精神が不在でも彼の中の肉体は、眠っている最中でも漠然とその手慣れた獲物（proie accoutumée）を探しているようだった」(*ibid.*, p.45.)。アンヌの恋人ジャン・アゼヴェドとの関係においても「獲物」のイメージがつきまとう。— ジャンの「鋭い歯の上にいつも開いている大きな口、暑がっている若い犬の口」(*ibid.* p.75.) は、猟犬の口を思わせる。—「彼女〔テレーズ〕は彼の方に目を上げるだけでよかった。無邪気な恋心でいっぱいにするのが彼女の秘訣だった。自分の足下にこんな獲物（Une telle proie）がいるということは青年の自尊心をくすぐった〔…〕」(*ibid.*, p.35.)。さらには、ランドの奥深く逃走し、猟犬に追われた殺人犯ダゲールとの類似によって[16]。しかも「あの哀れな男の足跡を見つけたのはデスケイルゥ家の猟犬だったのである」(*ibid.*, p.83.)。テレーズは、このように何ものかによって追われる「獲物」のイメージによって、常に取り囲まれているのである。

しかし「猟犬が近づいて来る音を聞きながらうずくまっている獣（bête tapie)」(*ibid.*, p.73.) のようなテレーズも、「狩るもの」に転ずる瞬間がある。ベルナールとの新婚旅行中に、恋するアンヌから受け取った熱に浮かされたような手紙を読んだとき、彼女は嫉妬の気持ちからか、あるいは少なくとも彼女の内に潜む「凶暴な力」(*ibid.*, p.26.) の存在を感じさせるような次のような仕草は、狩猟の動作と二重写しになっているということができるのではないだろうか。

> 「わたしはあれをやったんだ。あれをやったのはわたしなんだ …」下りにさしかかって揺れだした列車の中で、テレーズは繰り返す。「もう二年前になる。あのホテルの部屋で、わたしはピンを取り、あの青年の写真の心臓のところにそれを刺した（j'ai pris l'épingle, j'ai percé la photographie de ce garçon à l'endroit du cœur)。— かっとなっていたわけでもなく、冷静にいつものこと（acte ordinaire）をするかのように。— 洗面所で、わたしは穴の開いた写真を捨て、水の栓を引いた（j'ai tiré la chasse d'eau)」(*ibid.*, p.42.)。

「狩猟」のイメージに満ちたこの小説の中で、興味深いことに、実際の「狩猟」を描いた場面はアンヌがヒバリを撃ち落とす場面だけである[17]。そしてこのテレーズの仕草は、アンヌの「狩猟」の動作に重なって見える。「わたしはあれをやったんだ。あれをやったのはわたしなんだ」と、テレーズは振り返るが、彼女自身そのわけをはっきりとはつかんでいないこの仕草、「冷静に」狙いをつけて心臓を打ち抜く彼女の動作は、たとえそれが銃ではなく、ピンをもってであるとしても、―「いつものことをするように」と彼女は語るが― テレーズの無意識の「狩猟」の行為のように思われはしないだろうか。―偶然の一致のようにも見えるが、投げ捨てた写真をテレーズがトイレに流すとき、「〔テレーズは〕水の栓を引いた（j'ai tiré la chasse d'eau）」という文で、« chasse » は「狩猟」という意味のフランス語であり、また « tirer » は銃の引き金を「引く」と言うときに用いられる同じことばである。― 夫に毒を盛るというこの小説中最も重要な行為と共に[18]、テレーズは「狩られるもの」であると同時に、やはり「狩るもの」のひとりなのである。彼女は「罪を犯すか犠牲者になるかどちらかにならざるを得ない女なのである（〔…〕il fallait qu'elle fût criminelle ou victime ...）」（*ibid.*, p.96.）。

ヒバリを撃ち落とすことが大好きだったアンヌは恋人ジャンとの仲を裂かれ、生け捕りにされた「獲物」のように、「出ることを禁じられた庭の中を」（*ibid.*, p.47.）「牝鹿のように鉄の柵に沿って、出口を求めて歩き回り」（*idem.*）、「狩猟」に情熱を燃やすベルナールは、彼の「獲物」であったはずのテレーズに毒を盛られる。このように『テレーズ・デスケィルゥ』においても、主要な作中人物たちは、それぞれに「狩るものが同時に狩られるもの」であり、「狩られるものが同時に狩るもの」であるという、その立場がすぐにいつでも交代可能な「狩猟」のイメージを背景に描き出されたドラマであると言うことができるだろう。

『宿命』の中では『愛の砂漠』や『テレーズ・デスケィルゥ』におけるほど明確ではないが、やはり「狩猟」のイメージを見出すことができる。ボブの恋人ポールがエリザベトに語る「要するに、わたしたちは求められ、つけ狙われ（épiées）、追いかけられ（pourchassées）たいんだわ。わたしたちは生まれながらの獲物（gibier）なのよ。わたしたちは餌食（proie）なんだわ。」（*D*, p.159.）ということばは、この小説のドラマがいかなるものかを要約しているようには思われないだろうか。

「獲物」はポールだけではない。ボブもやはり「獲物」､肉欲の「餌食」である。

> 彼〔ボブ〕は悪と呼ばれるものを知っていたにもかかわらず、どれほどの多くの声があらゆる方向から彼を呼び、彼を求めたたことだろう！　無知な彼の肉体（son corps ignorant）のまわりには、どれほどの貪欲さと欲望が渦巻いていたことだろう！彼は少年時代から、声にならない欲情（convoitise sourde）に取り囲まれていた。ああ！いや、彼はあれこれ道を選んだのではなかった。他の人々が彼のために選んでいたのだ、食人鬼たちの森に迷い込んだ一寸法師のために（petit Poucet perdu dans la forêt des ogres）（*ibid.*, p.174.）。

「彼はあれこれ道を選んだのではなかった」。年少の頃からみなにかわいがられ育った美青年ボブの､無傷であると同時に「無知な彼の肉体」を取り囲み、圧倒する「声にならない欲情」の大きさ。「食人鬼の森に迷い込んだ一寸法師」のようにという表現によって、「情欲」の前で人間がいかにもろく弱々しい存在であるかと言うことを、小説家はわれわれに印象づける。「老いて傷ついた獣」（*ibid.*, p.197.）エリザベトや「獲物」ボブやポールを「狩るもの」は何だろうか。彼らを「狩るもの」、それは「情欲」、広く「情念」と言うべきものである。この小説の中では、精神と肉体、人間への愛と神への愛、人間的情熱とキリスト教的純潔さの要請との対立というこの時期モーリアックが抱えていた葛藤は、肉体、人間的情熱の力が神に向かう魂をもはや圧倒しているように見える。大地の女神シベールは、この小説の中で猛威を振るい、作中人物たちを包み込んでいる。アンドレ・ジッドの慧眼はこの小説の中にモーリアックの信仰の危機を読み取り、彼に宛てた手紙の中で、「あなたの内にあるもっともキリスト教的なもの、それこそまさに不安なのです」と書き送ったが[19]、確かにジッドの言うとおり、「あなたの小説は、罪人をキリスト教に引き戻すことよりも、地上には天とはまた別のものがあるということをキリスト者に思い起こさせる方に適しています」[20]という指摘は、この小説に限って言うならば的を射ているかも知れない。

恋人を失った失意のボブを描いた場面に、次のような描写がある。

> この重く低く垂れ込めた空は青空よりも人を圧し潰す。死んだように生気のない平原を前にして、彼〔ボブ〕はブドウの植え込みの間に、一匹の野ウサギのように（comme un lièvre）うずくまった。この巨大な闘技場の中で（Dans cette arène immense）、あちらこちらで嵐がうなっていた（*ibid.*, p.174.）。

ここでボブは「一匹の野ウサギ」に喩えられ、彼が身を隠した広大な土地は「闘技場」に喩えられている。一見唐突に見えるこの「闘技場」の比喩も、「狩るものが同時に狩られるもの」であるというモーリアックの小説世界の「狩猟」のイメージに照らし合わせて考えてみるとき、「食うか食われるかの格闘の場」である「闘技場」はまさしくふさわしい場所であると言うことができるように思われる。この「闘技場」の比喩は『宿命』にかぎらず、この時期のモーリアックの小説に描かれる重要なモチーフである。『愛の砂漠』の冒頭の場面、レイモンがパリのバーで偶然マリア・クロスに再会するとき、マリアは「闘技場の出口から出て目がくらんだように（Aveugle comme au sortir du toril）、きらきら輝くバーの入り口で立ち止まった」（*DA*, p.740.）と書かれているが、『愛の砂漠』を人間の情熱の、「狩るもの」と「狩られるもの」の動物的な格闘のドラマとして読み解くならば、格闘の中心人物のこのような登場の仕方は実に暗示的であり、印象的ではないだろうか。他にも『愛の砂漠』では、クレージュ医師がマリアに愛の告白をしようと決心して出かける場面で、あたかもこれから始まろうとする格闘と、傷つき倒れる医師の恋を予感させるかのような「闘牛」についての短い一節がある。

> 突然日が陰った。人々は空に雲が重く垂れ込めているのを、心配そうに見上げた。誰かが雨粒が落ちてきたと言った。しかし太陽からまた光が差した。いや、最後の牛が息絶えるまで、嵐は来ないだろう（Non, l'orage n'éclaterait pas avant que le dernier taurreau eût fini de souffrir）（*ibid.*, p.782.）[21]。

特に「いや、最後の牛が息絶えるまで、嵐は来ないだろう。」という表現は、「闘牛」に喩えられた医師の格闘と、負うべき傷の深さ、そしてついには恋の終わりを予感させるような表現である。

『宿命』に描かれていた「巨大な闘技場」は、広大な平原の比喩であったことに注目したい。われわれはここで、先の章で取り上げたシベールとアチスのドラマを思い起こす必要があるだろう。「闘技場」で繰り広げられる死闘は、作中人物の情熱の死闘のイメージであり、またそれは平原という「巨大な闘技場」のイメージで繰り広げられる大地の女神シベールと牧人アチスの死闘を背景にしている。『火の河』の中でダニエルについて語られる一言に、「彼は〔ダニエル〕は暑さに圧し潰されたシベールに逆らって生きるよりは（vivre contre Cybèle）、むしろ眠りたかっただろう」（*FF*, p.532.）ということばがあるが、「狩猟」のドラマ、情熱の死闘のドラマはシベールの上で繰り広げられるドラマのイメージなのである。さらに興味深いのは、モーリアックがこの「闘技場」のイメージに人間の情熱同士の格闘のイメージだけではなく、先に『火の河』のところで述べた神の救済という「狩猟」のイメージを結びつけようとしていることである。『テレーズ・デスケィルゥ』の中で、「たぶん彼なら、彼女の中でもつれたこの世界を解きほぐす手伝いをしてくれるかも知れない」（*TD*, p.68.）[22] と、テレーズが感じた青年司祭の執り行うミサに、彼女はベルナールと共にあずかるが、その場面は次のように描かれている。

> 群衆が後ろに、ベルナールが右隣り、ド・ラ・トラーヴ夫人が左隣りにいて、あらゆる方角から取り囲まれ、闇から出て行く闘牛に闘技場が開かれているように（comme l'arène au taurreau qui sort de la nuit）、彼女に開かれているのはこの何もない空間、二人の子供の間で僧衣をまとったひとりの男が腕を少し開き、立ってなにかつぶやきいている場所だけだった（*ibid.*, p.85.）。

テレーズの前に広がる「闘技場」はここでは人間同士の格闘の場ではない。キリストの代行者として司祭が執り行う、神との一致を可能ならしめる救いの儀式の場、神の「狩猟」の場である。人間同士の「狩猟」が繰り広げられる「闘技場」の背後に、あるいはそれを包み込むようにして、さらに広大な神の救いという「狩猟」が繰り広げられる「闘技場」のイメージをもって、少なくとも小説家は『テレーズ・デスケィルゥ』という小説を構想していると言うことができるだろう。

モーリアックの1922年から1928年にいたる時期の小説の中では、主要な作中人物はみなそれぞれに「獣」に喩えられている。それは単に彼らの特徴を誇張し、戯画化するにとどまらず、彼らの内側の「自然」その「獣性」を暴き出しているのである。クロード＝エドモンド・マニーはモーリアックの小説世界の「獣性」について、「半ば汎神論的『自然』への愛には、いわばその相対物として異教人『パガヌス』の狩人である農民の残酷さがある」[23] と書いているが、「獣」のイメージの中でも「狩猟」のイメージは特に重要である。作中人物たちは「狩るもの」であると同時に「狩られるもの」である。モーリアックの小説世界は「狩るものが同時に狩られるもの」であり、「狩られるものが同時に狩るものである」という「狩猟」のイメージによって支えられている。彼は人間の情熱の激しさ、人間的情念が生み出す悲劇を、「狩猟」という独自のイメージによって効果的、印象的に描き出していると言うことができるだろう。

註記

(1)「巣穴のそばで鳴いているコオロギは、彼女に自分の主人を思い起こさせた。〔…〕コオロギ（le grillon）はわたしの体をどうしようというのだろう。彼女〔ノエミ〕は、彼には愛撫の権利があるのだということがわかっていた。そしてその神秘的で恐ろしい愛撫によって、子供が真っ黒でひ弱な小さなペルエイルが生まれるのだ…コオロギ（Le grillon）、彼女は生涯それと一緒に暮らすのだ、シーツの中までも」（*BL*, p.464.）。

(2) この小説の冒頭から、作者はジャン・ペルエイルの顔の貧相な特徴を詳細に描写する。「ジャン・ペルエイルは苦い口をして起き上がった。暖炉の低い鏡が彼の貧相な顔、くぼんだ頬、辛抱強い子供が一生懸命に吸った大麦糖のように先がとがってこすれたように赤くなった長い鼻を映し出した。短い髪の毛がもうすでにしわの寄った額に鋭く曲がってたれていた。しかめ面をすると歯茎と並びの悪い歯がのぞいた」（*ibid.* p.447.）。

(3) テレーズを罪深い行為へと駆り立てたこの「爬虫類（reptile）」は、『まむしのからみ合い』の中で「まむし（les vipères）」と象徴的に表現されていることに注目する必要がある。テレーズの「爬虫類」は『まむしのからみ合い』の主人公ルイの「まむし」と同様、「悪」の力の聖書的なシンボル、悪魔の神秘主義的な表象であることは疑いようがない。『火の河』においても、「爬虫類」はジゼールにおける最初の性的な目覚めのメタファーとして使われていることを指摘することができる。「そのような言い争いの中でも、ジゼール・ド・プライィは最愛の娘をほったらかしにすることができたのだろうか。ジゼールはこの同じ時刻、夏に、リンネルのワンピースの下は裸で、テラスの石の上に寝そべり、夏の暑さを感じていた。彼女の左腕はまどろむヘビ（couleuvre endormie）のように少年たちが通り過ぎて行く通りの方に垂れ下がっていた」（*FF,* p.552 .）。

(4)『テレーズ・デスケィルゥ』（*TD*, p.26.）。「わたしは自分の罪を知らない。わたしは人がわたしに負わせているようなことは望んではいなかった。わたしの内側と外側で、あの凶暴な力（cette puissance forcenée）がどこに向かっているのか、わたしは決して知らなかったし、その力が通りすがりに破壊していったものに、わたし自身怖じ気づいていたのだもの。」（*idem.*）

(5)『わたしが信じること』（*Pl V, Ce que je crois*, p.587.）。

(6) *idem.*

(7)『良心あるいは神への本能』（*Pl II, Conscience, instinct divin*, p.3.）。

(8) *ibid.*, p.6. 性的衝動に支配され、醜く変貌した男は、この中編小説の次の一節においても、同様に「獣（bête）」に喩えられている。「デカルトが女中に子供を産ませたということは、わたしも本で読んで知っています。『情熱論』の筆者は、彼があの瞬間彼の狂気をつつましい相手に伝えることができなかったのだとしたら、彼は獣（bête）です。そして彼女は、恐怖に囚われた明晰な天使は、彼を見ないように目を閉じていたのでしょう」（*ibid.*, p.7.）。

(9) モーリス・モーキュエ著、前掲書（Maurice Maucuer, *op.cit.*, p.74.）。

(10) 小説家は「失われそして見出された小羊」（*FF*, p.542）の「番人」「壁に釘つけになっ〔た〕」ド・ヴィルロン夫人と十字架上のイエスとの類似によって、魂の救済を問題にしようとしているのであろうか。

(11) この小説の中では、妻に裏切られたマチルドの気の毒な父親も、「追い詰められ、窮地に陥った獲物」（*G*, p.590.）というように、「獲物」に喩えられている。

(12) レイモンはこの最初の失敗の後､真の「狩人」に成長して行くだろう。「もし〔マリア〕が その愛でひとりの男を作り上げたとしたら、彼を軽蔑することによって彼女の作品を完成したのだ。彼女は世界にひとりの少年を放ったのだった。自分には逆らいようがないのだということを自らに証明するということが、彼の性癖になるだろう。マリア・クロスのような女は彼に逆らったのだが。今後、未来のあらゆる恋愛駆け引きの中には、傷つけた牝鹿に慈悲を乞わせる趣味（le goût de blesser, de faire crier la biche à sa merci）､彼の内に秘めた敵意が混ざり込むだろう。彼が生涯にわたって、見知らぬ女たちの顔に流させるのは、マリア・クロスの涙だろう。そしておそらく彼は狩人の本能を持って生まれたのだが、マリアがいなければ、それも少しは弱まっただろう（sans doute était-il né avec cet instinct de chasseur, mais, sans Maria, il l'eût adouci de quelque faiblesse）」（*DA*, p.826.）。

(13) またこうも書かれている。「彼は世話をして手なずけた子鹿のようになるだろう。彼女は両手のひらにその生暖かい鼻面を感じるだろう …」（*ibid.*, p.805.）。

(14) アルジュルーズの土地では、「〔…〕土地と狩猟（la chasse）と食らい飲むという共通の趣味が、すべての人々、ブルジョワと農民の間に親密な友好関係を作り出している」（*TD*, p.55.）。ベルナールは新婚旅行の間も、早く戻って狩りをしたがり、「狩猟（la chasse）の解禁に向けた計画を話した。早くバリヨンが彼のために訓練した犬を試してみたがっていた」（*ibid.*, p.42.）。

(15)「アンヌが最初に、夕方ヒバリを撃ち殺すのが待ちきれず、伸びをしていた。テレーズは、その遊びが嫌いだったが（Thérèse, qui haïssait ce jeu）、アンヌにいてほしかったので彼女について行った」（*ibid.*, p.33.）。

(16)「ダゲールがしたように、ランドの奥深くに行ってしまった方がいいのだわ、テレーズは子供の頃、この殺人者のことをひどく気の毒がっていた〔…〕」(*ibid.*, p.83.)。

(17)「アンヌは玄関で反動の少ない 24 口径を取り出した。テレーズは斜面に立って、アンヌがライ麦畑の真ん中でまるで太陽を打ち消そうとするかのように狙いを定めるのを眺めていた。テレーズは耳をふさいでいた。酔ったような叫び声が青空に途切れると、女狩人（la chasseuse）は傷ついた小鳥を拾い上げ、慎重に手のひらに握りしめ、唇でその熱い羽を愛撫しながら絞め殺すのだった」(*ibid.*, p.33.)。

(18) もしテレーズの罪深い行為を、「獲物」のように「狩られ」「追われ」る彼女によって成された無意識の反応と捉えるならば、彼女が自分の「罪」を意識化できないことも理解できるように思われる。

(19)『カイエ アンドレ・ジッド』第 2 巻「アンドレ・ジッド＝モーリアック往復書簡 1912-1950 」(*Cahier André Gide 2, Correspondance André Gide — François Mauriac 1912-1950*, Paris, Gallimard, 1971, p.76.)、および『神とマンモン』「註」(*Pl II,* notes, p.833.) 参照。ジッドがモーリアックに送ったこの「公開書簡」はモーリアックに『神とマンモン』を書かせるきっかけとなった。「1928 年 5 月 7 日、アンドレ・ジッドはわたしに宛てた書簡を発表した。最初はわたしはうれしかった。〔…〕今わたしはアンドレ・ジッドに宛てた返事の校正刷りに手を加えている。それは手紙ではなく、『神とマンモン』という本だ」(『神とマンモン』「序文」*Pl II*, *Préface de 1958 à Dieu et Mammon*, p.1339.)。

(20)『カイエ アンドレ・ジッド』第 2 巻 (*Cahier André Gide 2, op.cit.*, pp.76-77.)、『神とマンモン』「註」(*Pl II, op.cit.*, p.833.) 参照。

(21) ひとつのパラグラフを成すこの短い一節は、前後する二つのパラグラフから切り離され、コンテクストから独立しているように見える箇所である。

(22) テレーズは考える。「〔テレーズ〕は週日の彼〔この青年司祭〕のミサに立ち会いたいと願ったことだろう。合唱隊の子どのたち以外誰もいないところで、司祭は何かつぶやき、一片のパンの上にかがみ込んでいた。しかしそんなことを言い出したら、家族にも、村の人々にも不思議に思われたことだろう。回心したのだと言われたかも知れない」(*TD*, p.68.)。そしてさらに、彼女は死のうと試みるが、その死の瀬戸際でこの司祭の顔が一瞬脳裏をよぎる。「〔…〕一瞬彼女は再び見た、酷暑の聖体の祝日、金色の長袍祭服に圧し潰されそうになった男の姿を。彼が両手で持っているもの、動いている唇、そしてあの苦悩の表情」(*ibid.*, p.84.)。

(23) クロード＝エドモンド・マニー著『現代フランス小説史』(Claude-Edomonde Magny, *Histoire du Roman Français depuis 1918*, [Paris, Seuil, 1950], Paris, Seuil,

1970, collection Points no, 23, p.124.)。強調箇所は著者自身による。モーリアックの自然への愛が汎神論的に見えるかどうかは、議論の余地がある。彼は小説作品を通して、自然への愛を表現しようとしてのではなく、むしろ「動物性」のイメージを通して、人間的情念が引き起こす悲劇、「神なき人間の悲惨」の光景を提示しようとしているのだと考えたい。

第3章「共犯」のヴィジョン

モーリアック自身「火の国では、人間の情熱は空の激しさに一致する。(les passions des homes s'accordent à la violence du ciel)」（*G*, p.622.）と書いているように、彼の小説世界の中では、作中人物の情念の激しさは彼らを取り巻く「自然」のイメージに一致する。彼らは「自然」の一部であり、ある時は「樹木」のように嘆き,「獣」のように恋愛という狩りをする。彼らの外部の「自然」は内部の「自然」と一致する[1]。「刈り取られた栗の畑やモリバトだけが知っている褐色のランド、羊の群れや風との心の中に秘めた一致（cet accord secret)」（*BL*, p.493.）を感ずるのはジャン・ペルエイルだけではない。それはモーリアックのほとんどすべての作中人物に指摘することができるのである。

興味深いことだが、作中人物の「内なる自然」の力と「外の自然」との間の関係を示唆しようとする時、小説家はしばしば「共犯（者）(complicité, complice)」ということばを用いていることに注目する必要がある。たとえば『火の河』では、主人公ダニエルがジゼールとの間に関係を結ぶきっかけを与えたのは「風」である。「孤独な獲物（une proie solitaire）に及ぼす彼の力」（*FF*, p.513.）を推し量りながら、ダニエルは狩りをする獣のようにジゼールの前にうずくまる。すると次のような場面が展開する。

プライィ嬢は実際たったひとりで乗合馬車から降りてきた。彼女の悲しみに沈んだ顔はダニエルの気持ちを掻き立てた。彼女は電報の文字を判読し、嘆いていた。〔…〕こんな機会を逃してなるものか。彼は泣いている娘の方に進み出た。彼女は目を上げた。すると共犯者の風（Le vent complice）が，彼女の膝に置いてあった電報を吹きさらっていった。ダニエルはそれを拾い上げ、彼女に渡し、話しかけた〔…〕」（*ibid.*, pp.513-514.）。

もし「風」がダニエルのために吹かなかったならば、彼とジゼールのドラマは始まらなかったに違いない。この「風」は愛の狩人ダニエルにとって文字通り「共犯者」の役を演じている。

この時期のモーリアックの小説における「共犯（者）」ということばの重要性に最初に注目したのは、イギリスの研究者マーチン・ターネルである。彼はそのフランス文学評論集『フランス小説芸術』の中で次のように述べている。

モーリアックは四季と地方の風物が人間の情熱に与える影響を「共犯」という語を使って常に強調している（Mauriac is continually stressing the effect — he uses the word 'complicity' — of the seasons and the countryside on human passions.）。実際、ある作家はランドのことを「祈りと姦淫で沸き立つ」土地と表現しているが、この表現はけっして強すぎはしない。『火の河』の中には次のような文章を読むことができる。「この雨の共犯のおかげで（Cette complicité de la pluie）、見捨てられた娘はダニエルに引き渡されるだろう。」
ある雨の日、とある田舎のホテルで若い二人が出会うが、モーリアックの小説の中では、ともかく彼らは運命的に肉体関係を持つことになってしまう(2)。

ターネルは「共犯」という語が強調しているものを「四季と地方の風物が人の情熱に与える影響」としているが、「四季」や「地方」だけではなく、モーリアックの小説では、作中人物を取り囲む「自然」全体が彼らの内に抱く欲望と情熱の協力者であり、「共犯者」である。この「自然と人間的情念との共犯関係」というヴィジョンは、『らい者への接吻』から『宿命』にいたるモーリアックの小説の中で提示されるあらゆる「自然」のイメージを基本的に支えている。またモーリアックの作品の中で、この〈共犯〉のヴィジョンは、『らい者への接吻』に先立つ1920年に刊行された『血と肉』においてすでに認められる。この小説の主人公、多感な青年クロードは、彼の聖母に捧げる祈りの中で、内心の葛藤と良心のドラマを次のように打ち明ける。

> ああ！　未だかつてないほど、聖母が彼をお守り下さいますように。今は、人間の肉体の共犯者である暑く優しい大地（la terre chaude et douce et complice de la chair des hommes）その匂いは嵐の晩など欲望の香りそのものです…、聖母が彼をお守り下さいますように、異教の兄弟から、樹木から、コナラたちの高慢さから、熱気と愛の匂いがする菩提樹から。偽りの神々の名をもって、盲目で耳の聞こえない星座よりも、聖母が彼に慰めとなりますように！(3)

「コナラたちの高慢さ」「熱気と愛の匂いがする菩提樹」という表現にみられるように、ここに描かれている「樹木」の姿はすでに「人間的」である。「聖母が彼をお守り下さいますように」とクロードは祈るが、「人間的」な自然に彼が感じ取る魅力は、彼の信仰と対立している。興味深いのは「人間の肉体の共犯者である暑く優しい大地」という表現である。「自然」が「人間的」であるのは、それが人間の「肉体」とそこから生じる「欲望」、つまり人間の「自然」の「共犯者」であるからに他ならないのだ。

この〈共犯〉のヴィジョンが最初に現れるのは、モーリアックの第2詩集『青春への決別』においてである。「共犯の夜 « Soir complice »」と題された詩の中には、次のような表現を見出すことができる。

> 共犯の夜　罪が徘徊する悲しい夜
> 　（Soir complice, soir triste où rôde le péché）
> ― 傾いた屋根すれすれに動かないお前の煙は
> そこにある　なにものにも鎮めようのない熱い欲望のように
> 　（un désir fiévreux que rien n'apaise）
> わたしは悪い想念に惑わされる子ども
> 濁った薄明かりの共犯の中で
> 　（dans la complicité du louche crépuscule）
> 良心のとがめに引き裂かれ　わたしが知ったひと
> 彼は目を閉ざし　頭を振る
> 苦痛にさいなまれて　彼は言う　「ノン」！と　そしてあらがう

不安な魂へなされる　この暑い夜の口づけに
近づいてくるだけで悲しくなるその愛に
そして賢くあることに疲れた心の持ち主は
彼の額を燃やしていた手をどける[4]

「共犯の夜　罪が徘徊する悲しい夜」という詩句に見られるように、「共犯者」である「夜」は、そこで「罪がうろつき回る」「夜」でもある。「濁った薄明かりの共犯の中で」、「自然」は人間の「罪」と結びつく。「自然」は「肉体」を通して、その「鎮めようのない（罪深い）欲望」を通して「人間」の「共犯者」となる。「樹木」や「動物」そして「獣」のすがたを通して描かれた「人間的」な「自然」のイメージの背後には、この〈共犯〉のヴィジョンがあると言うことができるだろう。

モーリアックの最晩年のエッセー『わたしが信じること』の中には，〈共犯〉のヴィジョンを考える上で非常に重要な次のような一節がある。

> わたしが信じることの中には、一つの分裂がある。それはキリスト教の掟、妥協することが一切許されないその特異な純潔さの要請と<u>自然の要請</u>（l'exigence de la nature）、そして<u>人間の自然がその外側に見出す無限の共犯</u>（l'immense complicité qu'elle trouve au dehors）との間の対立から生ずるのである。混乱の時期、暗い時代には、わたしは単純で普通の生活から、他の人々にとって幸福であるものから自分が疎外されていると感じたものだ[5]。

人間的な「自然の要請」、別の言い方をすれば「人間存在の本能的な部分」[6]あるいは「動物性」[7]は — それらがモーリアックの小説の中で、作中人物の欲望や情念を通して描かれているのであるが — 小説家自身の中で、「キリスト教の掟」、「その純潔さの要請」と対立している。モーリアックによれば、「人間の自然」はその外側に「無限の共犯」を見出すという。上の引用の中で「自然」との「共犯」について述べる時、「共犯（complicité）」という語は「隠れた同意（accord secret）」という意味で用いられているのではなく、「罪深い行為への協力（collaboration à l'acte criminel）」という意味であることに注目する必要がある。

『わたしが信じること』の中には、また次のような記述を見出すことができる。

　わたしは救い主を求める。なぜならわたしには救いが必要だから。わたしには救いが必要だ。なぜならわたしは自分が罪人であることを知っているから。わたしは自分が罪人であることを知っている。なぜならわたしは『悪』がこの世の中とわたし自身の中にあり（le Mal est dans le monde et en moi）、わたしの自然はその『悪』によって傷ついている（ma nature en est atteinte）ことを知っているからだ[8]。

したがって、「人間の自然がその外側に見出す無限の共犯」ということばは、傷ついた人間の「自然＝本性」が追い求めそして見出す外側の「自然」、それが人間の「罪」の「共犯（者）」になり得るという意味である。モーリアックの一連の小説の中で描かれる「人間的」な樹木や「動物化」された作中人物の姿は、作中人物の傷ついた「自然＝本性」と彼らを取り囲み、その暗い情念の協力者となる「自然」との一致のイメージなのである。そして「共犯（者）（complicité, complice）」ということばは、これら二つの「自然」のイメージを結びつける鍵の役割を担っている。

このような考察は、『テレーズ・デスケィルゥ』という謎の多い小説に新たな視点を導入することにつながるかも知れない。この小説では、「自然」は文字通りテレーズの罪の「共犯者」である。「マノの大火事」（*TD*, p.102.）は、彼女に夫毒殺未遂という罪の最初のきっかけを与えている。もし火事が起こらなかったならば、ベルナールは薬の滴数を間違えはしなかっただろうし、テレーズの罪も具体的な行為の形を取って表れなかったかも知れない。この火事は彼女が彼女自身の外側に見出した「自然」の「共犯者」以外の何ものでもない。

「人間の自然が見出す共犯者」は単に自然現象に限ったことではない。『愛の砂漠』の中で、息子の墓を訪れた後に乗った帰りの汽車の中で、マリアは偶然レイモンに出会う。それ以後墓参りをすることは、道ならぬ恋に落ちたマリアにとって、レイモンに会うための単なる口実になって行く。次のように、語り手自身がその小説世界に介入する方法は、モーリアックの得意とする語りの手法である。

> いや、いや、お前は死骸のそばにアリバイを捜していただけだと認めるがいい。彼女があれほど忠実に墓の息子を訪れたのも、その心地よい帰り道で、生きているもうひとりの子どものそばにいられるからだったのだ（*DA*, p.826.）。

もしマリアは墓に行かなかったならば、レイモンと出会うことはなかっただろう。死者への訪問は、小説家が次のように書いているように、彼女の情熱が見出した「共犯者」なのである。「死者は生者を救いはしない。深淵の縁に立ってむなしく彼らに祈っても、彼らの沈黙と不在は共犯（une complicité）に似ているのだった」（*ibid.*, p.817.）。

『らい者への接吻』から『宿命』にいたる小説の中に描かれた「自然」のイメージについて考えるとき、決定的な出来事が起こるのは常に夏の酷暑の雰囲気の中においてであることに気づかされる。人間の「自然＝本性」が引き起こすドラマを演出するには、耐え難い激しさと熱を帯びた夏のイメージがもっとも好都合な舞台背景であり、それが「人間」と「自然」との〈共犯〉のドラマを支えているのである。この点でモーリアックが1939年に発表した『冬』という半ば宗教的なエッセーには、非常に興味深い記述がある。彼はその中で、四季について彼が持つ独特なイメージについて、次のように述べている。

> 〔冬〕以外のすべての季節は肉体の共犯者である（Toutes les autres saisons [que l'hiver] sont complices de la chair）。春はわたしたちの中にある。春は樹木と人間を同じ一つの支配のもとに置き、同じ掟に従わせ、そして混ぜ合わせる（Il confond dans un même règne les arbres et les hommes, et les soumet aux mêmes lois）。春は押し寄せる血と樹液をこの世界から奪い取る力を得て、それを盲目的に、植物から、獣から、人間という動物（l'animal humain）から要求する。苦しむ心、精神、そしてそこでもがく魂のことは顧みることがない。夏は、何かよい考えを持とうとするものにとっては致命的

な季節である。あの酷暑の中で目ざめているのは情念だけである。情念は肉体の奥でうなり声を上げ、神の不在が死んだように生気のない平原に重く垂れ込めている（Seules les passions veillent dans cette canicule. Elles grondent au fond des corps. L'absence de Dieu pèse sur la campagne morte）。〔…〕秋はわたしたちの悔恨を養い、わたしたちを腐敗と虚無の匂いの中に眠らせた。ただ冬だけが、古びた中庭を横切るとき、わたしに父なる神の顔を示してくれたのである[9]。

この一節にはモーリアックが四季について抱くイメージのすべてが凝縮されている。「〔冬〕以外のすべての季節は肉体の共犯者である」、「春は樹木と人間を同じ一つの支配のもとに置き、同じ掟に従わせ、そして混ぜ合わせる」。また「あの酷暑の中で目覚めているのは情念だけである。情念は肉体の奥でうなり声を上げ〔る〕」と、彼は書いている。「人間の傷ついた自然」が見出す「共犯者」を暗示するためには、夏はもっとも好都合な季節なのである。同時にそのような「共犯関係」によって、作中人物たちの内側の「自然」と外側の「自然」は「秘かな一致」の内に響き合い、照応する。それはまた「神の不在が死んだように生気のない平原に重く垂れ込めている」と書かれているように、「神の不在」の世界のイメージによって表されているということを忘れてはならないだろう。「人間」と「自然」の「共犯関係」というヴィジョンは、小説家にとって「神の不在」のヴィジョンに他ならない。彼が描き出す「人間的」な「自然」のイメージは、このように「共犯」のヴィジョンによって支えられているのである。モーリアックがこの時期の小説作品の中で提示しているドラマは、逆らいようのない激しい欲望と情念に支配される作中人物が引き起こす孤独の悲劇である。カトリック作家モーリアックは、そうした「神」を知らない「人間」が作り出す悲劇を、傷ついた「人間」の「本性（自然）」とその外側の「自然」との「共犯」のドラマ、「神の不在」のイメージを背景に描かれた「神なき人間の悲惨」[10]のドラマとして読み解くことができるだろう。

モーリアックは『冬』の中でさらに述べているように、「神の不在」のイメージで表される「夏」とは対照的に、「冬」は「わたしたちに神の姿を隠す物の不在」[11]の季節であり、「神秘の手前での浄化」[12]を可能にする季節、つまり「共犯者」の不在の季節である。モーリアックは「回心」以後、1930 年以降の小説作品において、そのドラマ、「神秘の手前での浄化」のドラマを「冬」という季節を背景に描き出そうとするだろう。

註記

（1）この点については、ピエール＝アンリ・シモン の次のような指摘は示唆に富んでいる。「〔…〕モーリアックの新しい小説を読むたびわれわれを惹きつけるのは、読んだ後にわれわれの心に残るものは、小説の筋ではなく、登場人物像でもない。それは物質的な雰囲気のニュアンスに親密に溶け込んだ精神的なニュアンスであって、それは必ずしも性格というわけではない。それは文体によって表現された風土 — 詩的な声によって表現された精神的な現実である」（ピエール＝アンリ・シモン著『彼自身によるモーリアック 』Pierre-Henri Simon, *Mauriac par lui-même*, Paris, Seuil,〔1953〕1977, p.52.）参照 。

（2）マーチン・ターネル著『フランス小説芸術』（Martin Turnell, *The Art of French Fiction*, London, Hamish Hamilton, 1959, P.300.）。

（3）『肉と血』（*Pl I, La Chair et le sang*, p.208.）。

（4）『青春への決別』（*OC VI, L'Adieu à l'adolescence*, p.376.）。

（5）『わたしが信じること』（*Pl V, Ce que je crois*, p.587.）。

（6）*idem.*

（7）*idem.*

（8）*ibid.*, p.584.

（9）『冬』（*Pl III, Hiver*, p.916.）。

（10）ブレーズ・パスカル著『パンセ』（Blaise Pascal, *Pensées*, Brunchvicg, no.60, Paris, Hachette, 1976, p.342.）。

（11）『冬』（*Pl III, op.cit.*, p.916.）。

（12）*idem.*

第 III 部

1930年以降の小説と「冬」のイメージ

第1章　小説の構造

1922年から1928年までの時期は短い期間ではあるが、それは『らい者への接吻』『火の河』『ジェニトリックス』『愛の砂漠』『テレーズ・デスケィルゥ』『宿命』など、モーリアックの代表作が書かれた時期である。それらの小説が提示する世界は、夏の酷暑の中で作中人物たちが情念の「火」に炙られる出口のない孤独の中で繰り広げられる「罪」のドラマであった。そのドラマを小説家は作中人物たちの内側の「自然」と外側の「自然」の一致のイメージを背景に、「共犯」のヴィジョンを以て印象深く描き出していた。1928年末のモーリアックの「回心」以後、彼の小説世界はいわば一変する。この章では主に「回心」直後に書かれた『失われしもの』、そして『まむしのからみ合い』『夜の終わり』『黒い天使たち』を取り上げ、モーリアック後半生の代表作の中の「自然」のイメージについて考えてみたい。

「閉じた世界」から「開かれた世界」へ

マリ゠フランソワーズ・カネロはその著『1930年以降のモーリアック、解かれた小説』の中で、モーリアックの「回心」を軸として、その前後の時期における代表的な小説作品を取り上げ、内容、構造の両面から詳細な研究を行っている。カネロはモーリアックの「回心」そのものについては宗教的なアプローチをすることは避けているように見えるが、「回心」がモーリアックにとって「小説作品の中で、きっぱりと心理学の次元を離れ、神学の次元に身を置くべき機会」[1] であったと捉えることにおいては、終始一貫しているように思われる。モーリアックの小説が表現している世界は、カネロの指摘を待つまでもなく、「回心」の前後で著しく異なっていることは明らかである。1922 年から 1928 年までの小説が提示する世界は、作中人物たちが酷熱の太陽の下で情念の「火」に焼かれる不毛の、そして出口のない閉ざされた世界であり、そこでは「人間の自然がその外側に見出す無限の共犯（関係）」[2] によって縛られ、外側の自然と一体となり、混ざり合い、デュ・ボスが「蒸し風呂」[3] と呼んだ息苦しい世界を構成していた。そしていたるところに「閉じた世界」のイメージを認めることができた。作中人物たちの家を遠くから「取り囲む」ランドの松林、家を「囲む」コナラの木、酷暑の夏に人々は閉め切った家の中に「閉じこもる」。さらにはテレーズやマリア・クロスが歩き回る家の中、アンヌが囲いに沿って出口を捜すかのように歩き回る家の前庭、作中人物たちには「どこにも出口はない」（*SBC*, p.133.）。テレーズを取り囲む「無数の生きた格子で囲まれたあの檻」（*TD*, p.44.）、たとえ彼女が逃げ出せたとしても、彼女は「すでに自分の体の周りを何か漠然としたざわめきと渦のようなものが取り囲むのを予感する」（*ibid.*, 106.）。彼らは孤独であり、自分自身の心の殻の中に閉じ込められている。1930 年以降の小説においては、作中人物たちの内側の「自然」と外側の「自然」との「共犯関係」は排除され、彼らを追い詰め閉じ込める存在は消滅する。そして彼らの周りには一種「空虚さ」のような物が存在する。その「空虚さ」をモーリアックは「わたしたちに神の姿を隠す物の不在」[4] の場所として、つまり神の恵みの働く領域として構想していたのではないか、と考えることができるのである。「わたしは、生まれながらにして堕落し、汚れてしまった人間を描く画家である」[5] ということばがモーリアックにはあるが、1930 年以前の小説においては、たとえ小説家の意図が「神なき人間の悲惨」を描くということにあったとしても、作中人物たちの「回心」、人間を超えた世界の存在を暗示するまでにはいたっていない。それに対して 1930 年以降の小説では、人間の悲惨さの描写はあくまでも変わらないとしても、わずかながら救いの可能性が常に示されていることに気づかされる。作中人物たちは「愛」を経験する。その時彼らは「信仰」と「希望」を同時に見出すだろう。そのような描かれ方には、三体神徳（信仰・希望・愛）を相互に不可分な物として表現しようとする作家自身の意図を読み取ることができるように思う。カネロの指摘にあるように、「回心」をはさんだモーリアックの小説世界の変化を「心理学的ヴィジョンから神学的ヴィジョン」への移行として捉えることは、おそらく誤りではないだろう。

カネロの指摘の中で特に興味深いのは、「回心」以後のモーリアックの小説世界における作中人物たちの増加傾向と、それに伴って生じる小説技法上の変化である。彼女は次のように述べている。

> 演出技法の維持、あるいはその変革というべきものによって、1930年以降の小説作品は、ひしめく空の星のごとく多数であると同時にはっきりと個性を描き分けられた（individualisés）作中人物たちを小説の中に共存させることを目指している。作中人物の数はほぼ二倍に増えていることは確かである。4，5人の作中人物を数えるだけだった小説に引き続いて、10人ほどの人物を要する小説が登場するのだ。また、早くけりをつけようとはやる小説家によって、ときにないがしろにされることはあるにしても、それらの作中人物たちはみな、彼ら自身の「物語」をもっているのである[6]。

カネロは1930年以降のモーリアックの小説作品に認められる作中人物の増加傾向について上のように説明をしているが、そのような傾向をモーリアックの「回心」を契機として彼の作品に生じた変化の一つとして捉えていることには注目すべきである。個性を描き分けられた作中人物たちが同一の小説の中に多数登場するということは、カネロによれば、「個々の成員がまったく平等に存在し、他の成員と共に精神共同体を作っている、そういう人間の集団に主人公たちを加え」[7]、「主人公たちの間に神の恵みのより豊かな流れを打ち立て」[8]、「超自然的な絆によって、彼らを互いに結びつけようとする」[9] モーリアックの意図を示すものであり、したがって「この個人の集団への帰属は、小説家の『回心』の豊かな成果」[10] だというのである。

小説の視点

1930年以降の小説において、小説的に真の現実性に到達した作中人物がそれ以前の小説と比べて増加しているということは、単に数の問題にとどまるものではない。― 作中人物の数という点だけに限って言うならば、モーリアックの初期作品には多数の人物が登場する。―「回心」以後の小説におけるそのような変化には、小説の視点の問題が深く関わっているように思われるのである。たとえば『テレーズ・デスケィルゥ』や『宿命』という小説は、ほとんどテレーズ、エリザベトというひとりの作中人物の心理と視線とを通して眺められた世界だけで構成されている小説であり、読者はどうしても主人公の目を通してのみ小説の内部世界を捉えざるを得ず、彼らを通して眺められた周りの登場人物たちは、大部分現実性を奪われてしまう結果になっている。モーリアックは 1928 年のエッセー『小説論』の中で、ジュリアン・グリーンの小説『アドリエンヌ・ムジュラ』を取り上げ、グリーンがこの小説をアドリエンヌという苦悩する一女性の視点だけに限って描いていることを批判して次のように述べているが、不思議なことに、それはこのエッセーの前年に出版されたモーリアック自身の小説『テレーズ・デスケィルゥ』と、同年の『宿命』にそのままあてはめることのできる興味深い批評である。

> ジュリアン・グリーンは読者をアドリエンヌの独房に閉じ込めてしまう (Julien Green enferme son lecteur dans le cachot d'Adrienne)。わたしたちは、この生き埋めにされた女性と共に窒息してしまう。しかし、わたしたちは狂人ではないのだから、彼女には聞こえないものを聞き、いろいろなにおいを吸い込み、さまざまな顔に愛着を抱くに違いないのだ。わたしたちはなにものにも取り囲まれていないという印象を持つ〔…〕」[11]。

1930 年以降の小説においては、作中人物の数が増加すると共に小説の視点も多様化する方向に向かう。―『まむしのからみ合い』は例外である。次に考察するように、この小説においてモーリアックは、再び限定された視点によって小説世界を構築している。しかし主人公である話者ルイの主観を次々に否定することによって、物語の客観性を維持しようとしている点がそれまでの小説とは大きく違う。― 個々の小説は、小説の作中人物としての実在性を与えられ、それぞれに独立し対等な存在であると同時に、人々の間に在るものとして、人間集団に属するものとして描かれることになるのである。この視点の多様化への配慮は、「回心」直後の小説『失われしもの』においてすでに認められる。プレイヤード版『モーリアック全集』の編者ジャック・プティは、『失われしもの』についての註の中で、それに言及して次のように述べている。

> アランとトタ・フォルカス、マルセル・ルヴォー、エルヴェとイレーヌ・ド・ブレノージュ、ド・ブレノージュ老伯爵夫人は、みなそれぞれ内的独白によって小説の主人公に与えられるあの「実在性」（cette « existence » que donne au héros romanesque le monologue intérieur）を有している。特に彼らひとりひとりは、小説のある時点において一場面全体、一章全体にわたる中心人物であり、小説家の視点を秩序立てる人物となっているのである[12]。

そして視点の多様化の傾向が一応の完成をみるのは、『海への道』においてであると考えられる[13]。

『テレーズ・デスケィルゥ』や『宿命』の場合と同じように、1930年以降の小説においても主人公の単一な「視点」を通して眺められた世界によって構成された小説がある。代表的な例は先に述べた『まむしのからみ合い』と『夜の終わり』だが、「視点」は単一であったとしても、そこには大きな違いがある。『まむしのからみ合い』は主人公ルイの日記という体裁を採った一人称の小説であり、話者ルイの目を通してしか読者は他の作中人物について知ることができない。そしてこの話者は憎悪と嫉妬にさいなまれ、彼が敵対視する親族に対して自分の財産を守ることに腐心している。いわばこの小説はモーリアックがジュリアン・グリーンの小説『アドリエンヌ・ムジュラ』について指摘したような、主人公の限定されたゆがんだ視点のみを通して小説世界を眺めるという構造によって出来上がっているのである。しかしモーリアックは、一人称でありながら他の作中人物の「本当の」姿が読者にわかるように工夫を凝らしている。『まむしのからみ合い』の前半は、過去から現在にいたる話者ルイの長い回想の記録であるが、その時間の流れは彼の憎悪の生成過程に一致している。しかしその過程において、話者の主観は次々と打ち消される。たとえば小説の前半部に次のような一節がある。

> 口論は昼食中に再燃した〔…〕お前は席を立ってしまった。〔…〕わたしはお前の寝室までついて行った。お前の目は乾いていた、お前はとても冷静

> な態度で話した。お前の関心は、わたしが思っていたほどわたしの生活からそれていなかったことが、その日わかった（Je compris, ce jour-là, que ton attention ne s'était pas détournée de ma vie autant que je l'avais cru）（*NV*, p.431.）。

「思っていたほどお前の関心はわたしの上からそれていなかったことが、その日わかった」、つまりルイの妻イザは、ルイが考えていたほど彼に対して無関心だったわけではない。このように話者は自分の主観に対して疑念を抱くのである。小説の後半部では、話者の主観はさらにはっきりと打ち消される。まず、彼は初めてイザをあるがままに、客観的に眺める。「イザは両手で顔を隠した。この日のように、お前の太い静脈、皮膚のシミに気づいたことはなかった。」（*ibid.*, p.477.）と、彼は書いている。そしてイザのあるがままの姿を見た後、彼は自分のものの見方そのものに根源的な疑念を抱く。「この瞬間、ある疑いがわたしをかすめた。ほとんど半世紀にわたって生活を共にしてきた人間の一側面だけしか見ていないなどということが、果たしてありうるだろうか（Est-il possible）」（*idem.*）。さらに次のことばによって、話者はイザに対する誤った見方を捨て、彼の主観は決定的に裏切られるのである。彼はこう書いている。

> 他者を単純化してしまう致命的な傾向（Tendance fatale à simplifier les autres）。滑稽な誇張を和らげ、カリカチュアをより人間的なものにするような特徴をすべて取り払ってしまうこと。そのカリカチュアを必要としているのは、わたしたちの憎しみが自らを正当化するためなのだ…（*idem.*）。

話者ルイの主観の漸進的な挫折の過程を通して客観的な、いわば「真のイザ」の姿が現れる。モーリアックはこの過程を注意深く描いている。まず、「思っていたほど」ということばによって、話者の心に彼自身に対する懐疑が芽生え、次いでイザの両手の「太い静脈、皮膚のシミ」という客観的な対象の発見、そして「果たしてありうるのだろうか」ということばに表れているように、根源的な疑念が生じ、「他者を単純化してしまう致命的な傾向」に彼自身が気づくことによる主観的イメージの放棄へと続いているのである。この小説における客観性への配慮は、話者ルイによるイザの手帳の発見という出来事と、巻末のジャニーヌの手紙にはっきりと現れている。

カトリックの気鋭の批評家シャルル・デュ・ボスは『まむしのからみ合い』を「傑作」と評価するが、モーリアックがこの小説において単一な視点を採用しながら、小説として高い完成度の成功を収めている点について、次のように述べている。

> だが、この物語の受け手は果たして彼の妻イザなのだろうか。〔…〕そこにこそ小説全体の完璧な成功の内部に、透視による傑作、その精妙さの極地があるのだ。というのも、イザは、話者を通してしか、夫のひどく偏り、矛盾した意識を通してしかわたしたちの前に現れることはないにもかかわらず、わたしたちは常に、まず真のイザの姿を見抜き、そして見るからである（Isa ne nous apparaît qu'à travers le narrateur, qu'à travers les sentiments si partiaux, si contradictoires de son mari, et cependant tout le temps nous devinons d'abord, puis nous voyons l'Isa véritable）[14]。

「イザは、話者を通してしか、夫のひどく偏り、矛盾した意識を通してしかわたしたちの前に現れることはないにもかかわらず」、読者が「真のイザの姿を見ぬ（く）」ことができるという点について、デュ・ボスは、ルイの主観の解体過程という捉え方はしていない。彼は「透明体」という独自の概念をあてはめるのである。1930年以前の小説、モーリアックの「回心」以前の小説世界は、作中人物たちが酷暑の夏、炎熱の太陽の下で情熱の火に焼かれる不毛のそして出口のない世界であった。デュ・ボスはそれを「蒸し風呂」[15]と呼び、その「濁った要素」[16]を「諸感覚の混合物」[17]と評した。そして「回心」以後の小説世界を「透明体」ということばで説明する。

> 真理の神聖さへのまさにキリスト教的な愛に常に忠実であり、人間に関わるあらゆる要素をあるがままの姿で復元することによって、『まむしのからみ合い』という小説の中では、人間の真実はあの透明体（corps transparent）になっている。そしてそれ以外のものは、すべてそれを通して見通すことができるのである[18]。

デュ・ボスのこの「透明体」という概念は彼のキリスト教的世界観に基づくものであり、モーリアックの「回心」以後の小説世界の特徴をよく言い表している。憎悪にさいなまれる主人公である話者を通して、その憎悪の対象のひとりである妻イザの真の姿を見ることができるのは、この物語が語られない真実をも見通すことのできるような「透明体」を構成しているからである。デュ・ボスの考察は興味深いが、この「透明体」こそ、話者ルイのゆがんだ視点が修正され、彼の主観が漸進的に崩壊して行く過程において立ち現れる作中人物たちの客観的な事実の集合体なのではないだろうか。

『テレーズ・デスケィルゥ』の続編である『夜の終わり』に関してもほぼ同様の指摘をすることができる。そもそも『テレーズ・デスケィルゥ』は、三人称で書かれた小説であるにもかかわらず、その小説世界はほぼテレーズという自己の闇に囚われた女性の目を通して眺められた世界である。そのため彼女以外の作中人物たちは、多かれ少なかれ誇張され、戯画化される結果になっている。ベルナールに関しては、特に客観的な描写は非常に少なく、細部にいたるまでテレーズの目が浸透しており、ゆがめられている。小説家自身がテレーズの立場に立ち、テレーズに寄り添い、荷担しているように見えるのである。しかし『夜の終わり』は、小説全体を通してほぼテレーズの視点によって眺められた世界であるにもかかわらず、『まむしのからみ合い』について指摘したように、主人公の主観性が次々と打ち消されることによって、物語内部の客観性が維持されていることに気づかされる。テレーズは娘マリの恋人ジョルジュから彼の友人モンドゥーについての話を聞く。だがテレーズはモンドゥーという人物に会う前から、彼を頭の中で思い描き、確信に満ちた判断を下す。

> 「それなんです、いつもモンドゥーがぼくに言うことは」。テレーズは尋ねた、「モンドゥーってだれ」。しかしテレーズには前もってモンドゥーが誰だかわかるのだった (elle savait d'avance qui était Mondoux)。この年代の青年たちなら必ず知っているすごい奴で、何でも読み、どんな楽譜も読めるし、また神秘思想を持っているような友人だ。そのすばらしい男のことを彼らは紹介したくてたまらないのだが、女は会う前から、その男が嫌いなのだ (*FN*, p.131.)。

テレーズは「モンドゥー」という名前を聞いただけで、まずこのように想像する。そして「にきびやのどぼとけが目立つ若者で、はにかみ屋で傲慢で嫉妬深い人物なのだ」（*idem.*）と判断する。この一節だけでも、テレーズの想像力が病的なまでに肥大しているということはよくわかる。だがさらに彼女は、「モンドゥー」という名前を聞いただけで、彼について何ひとつ知らないにもかかわらず、次のように断定するにいたる。「マリはモンドゥーのことで心配することなど何もないわ」（*idem.*）。テレーズは娘マリの心配までするのである。確かにここには、モーリアックの表現技法の特徴のひとつである「省略（ellipse）」を認めることができるだろう。しかしそれにもましてテレーズの特異な想像力の方が一層際立っていることは確かである。モーリアックの客観性への配慮は、テレーズがモンドゥーと出会う場面に表れている。テレーズの想像はことごとく裏切られるのである。

〔テレーズ〕が想像していたような滑稽な人物ではないことに、彼女はまず気づいた。華奢な肩、丸めた背中、しかし子供っぽい顔にはほとんど直視することができないほど<u>澄んだ目</u>（des yeux d'une limpidité）があった（*ibid.*, p.135.）。

テレーズの主観的な想像は根底からくつがえされる。「澄んだ目」、心を映す鏡は、モーリアックの重要なモチーフであり、それはまずキリスト教的「純潔さ（pureté）」を象徴している。一目でテレーズを「罪の女」だと見抜いたモンドゥーの「澄んだ目」を、彼女は直視することができないのである。このように『夜の終わり』という小説は、テレーズという主人公にほぼ限定された視点を通して描かれているにもかかわらず、彼女の主観性を打ち消すことで物語世界の客観性に配慮されている。デュ・ボスが「透明体」というイメージによって説明した1930年以降の小説世界は、たとえ主人公の単一の、ゆがみそして濁った視点 — モーリアックの主人公はみな「罪人」であり、必然的に内面的なゆがみを持っている — を通して描かれた物語世界であるとしても、主人公の主観性が漸進的に解体されることによって客観性への配慮がなされている。あるいはデュ・ボスの表現を使うならば、「回心」以降のモーリアックの小説世界は、そのように「浄化」されていると言うことができるのである。

小説の構造—「円環の構造」から「線分の構造」へ

1930 年以前の小説には、もうひとつ明らかな特徴を見出すことができる。「回心」に先立つ 1925 年から 1928 年の間の三つの小説『愛の砂漠』『テレーズ・デスケィルゥ』『宿命』は、小説の筋の流れを辿って行くと、ひとつの緩やかな円を描いていることがわかる。小説の結末の状況は、小説の冒頭の状況に一致する。作中人物たちには、未知のあるものに変化して行く可能性は与えられておらず、結末において、必然的にもとのままの自分自身を見出さざるをえないのである。たとえば『テレーズ・デスケィルゥ』を例に挙げるならば、彼女の内面の歩みはまさに循環である。孤独感、漠然とした不安と苦悩から死への願望 — 彼女が殺人者となるにせよ、犠牲者となるにせよ、一時的な解放の希望の後、また孤独と苦悩への再転落という歩み。小説の持続時間はその権利を失い、時間は初めの状況を再び導入するためにしか役立っていない。テレーズの「出口のない」（*TD*, p.75.）運命は、小説の冒頭においても結末においても変わらないのである。さらに小説の冒頭、彼女は裁判所の前の歩道に降り立つが、小説の結末部において、パリに一人残された彼女が歩き出すのも歩道である。小説家はこの小説の序文で「わたしがおまえを残して行くこの歩道（ce trottoir）で、せめておまえがひとりではないということを願っている。」（*ibid.*, p.17.）と書いているが、テレーズが取り残されたのは裁判所の前の歩道なのか、それともパリの歩道なのか判然としない。むしろ「歩道」はテレーズが抜け出すことのできない、この小説の円環の構造を閉じる鉤のようにも思われるのである[19]。『愛の砂漠』には『テレーズ・デスケィルゥ』『宿命』において明確になる円環の構造を支える要素がすでに十分に認められる。— そしてモーリアック自身のことばによれば、彼の信仰の危機はその時期から始まるのである[20]。—『愛の砂漠』という小説の冒頭の状況は、間にレイモンの回想をはさんで結末の状況に一致している。最終章の次のようなことばによって、過去と現在の状況の一致を指摘することができる。

> 昔、郊外の道を窓に雨の伝うクーペが二人を乗せていったように、今一台のタクシーが医師とレイモンを乗せて走っていた。あの忘れられた昔の朝と同じように、初め二人は黙っていた（*DA*, p.855.）。

これは17年前の「昔」と17年後の「今」の、二人の作中人物を取り囲む外的状況の一致である。また小説の冒頭の一文、「長年の間、レイモン・クレージュは往来でマリア・クロスと再会する期待を抱き続けてきた。」(*ibid*., p.737.) という文からもわかるように、レイモンのマリア・クロスに対する恋愛感情は17年という年月にもかかわらず、時の変質作用を受けていない。時間は確かにこのふたりを外面的には変えることができたとしても、— 父親に関しては、「親父もずいぶん老けたものだ。それにあの衰え方といったら」(*ibid*., p.859.) というように、肉体に及ぼす時の浸食を感じさせるが、レイモンに関しては、「レイモンは目を上げ、鏡の中を眺めた。彼の若さはすでに崩れかけており、老いの兆しが現れている」(*ibid*., p.849.) という文章によって表されている老いと、「彼は、あちらこちらの鏡に映った濃い髪の毛の下の自分の顔を熱心に眺めた。— その顔は35歳という年齢を感じさせなかった。」(*ibid*., p.739.) という対照的な描写が同時に見いだされる。— しかし、内面的には何も変えることはできなかったのである。この点は非常に重要である。モーリアックのこの時期の小説作品における「円環の構造」は、外的な状況の如何に関わらず、小説の初めと終わりにおける作中人物たちの内的な状況の一致によって示されるからである。

『テレーズ・デスケィルゥ』においては、先に述べたように「円環の構造」はテレーズの運命の循環に認められる。家庭という「無数の生きた格子で囲まれたあの檻」(*TD*, p.44.) からの脱出だけを夢見ていたテレーズは、小説の最終章において初めてそれを実現するのだが、テレーズにとって一見解放とも見えるパリへの逃避によっても、彼女の内面の状況は、アルジュルーズという地の果ての「人里離れた一軒家」(*ibid*., p.23.) に幽閉されていたときと何も変わらないのである。

> テレーズはもう孤独を恐れてはいなかった。じっとしていればそれでいいのだ。南仏の荒野に、もし自分の体が横たわっていたならば、蟻や犬が集まってきただろうが、それと同じように、ここでも彼女は、すでに自分の体の周りを何か漠然としたざわめきと渦のようなものが取り囲むのを予感していた (*ibid*., p.106.)。

この小説の結末は、テレーズにいかなる救いをももたらしてはいない。パリへの逃避もランドの荒れ地への逃避も本質的には何の違いもないのである。結末の状況は、もとの状況を再現するためにしか役立ってはいない。小説の時間はテレーズの内的状況をいささかも変えることはなく、「わたしには歳なんてないんだわ」という彼女のことばが象徴的に示しているように、時間はテレーズに何の影響も及ぼさないのである。「円環の構造」は小説の持続時間を無化するような構造である。モーリアックの信仰の危機を反映するテレーズという作中人物の救いようのない孤独の苦悩、心の闇の中でもがき、堂々巡りを繰り返すその未来のない運命を暗示するためには、このような小説構造はもっとも適していたのである。

『宿命』においても、『テレーズ・デスケィルゥ』と同じことを指摘することができる。女主人公エリザベトの運命は、テレーズの運命と同様に繰り返しを余儀なくされている。単調な日常生活に対する漠然とした不満から、ボブ・ラガーヴへの愛情によって目覚めた快楽へのあこがれ、そしてボブの死によってその愛が彼女自身にも明らかになると同時に、再び単調な日常生活へと落ち込んで行く。「再びエリザベト・ゴルナックは、日常生活の流れに運び流される死者の人になっていた。」（*D*, p.210.）このように「円環の構造」は 1928 年までの小説に特徴的に認められる構造である。

1930 年から 1941 年の間の小説『失われしもの』『まむしのからみ合い』『夜の終わり』『黒い天使たち』においては、小説の筋の流れは一定の方向性を持ち、結末の状況が小説の冒頭の状況に一致するということはない。主要な作中人物たちは、どれほど罪深い人間であろうとも、救いの道を辿るにせよそうではないにせよ、繰り返しの運命の呪縛からは解放されているのである。そこには、それまでの「円環の構造」に代わって、いわば「線分の構造」が認められる。1930 年前後の小説における主要な作中人物たちを比較してみると、1930 年以後の作中人物たちは、年齢の点でそれ以前の小説の作中人物たちを上回っていることがわかる。『愛の砂漠』のレイモンは 35 歳、マリア・クロスは 44 歳であり、— クレージュ医師は例外的に 70 歳近くである —『テレーズ・デスケィルゥ』のテレーズは、正確な年齢は不明だが、『夜の終わり』のテレーズとは 15 年間の隔たりがあることから、30 歳前後だということがわかり、『宿命』のエリザベトは 40 代後半である。それに対して『まむしのからみ合い』のルイは60代であり、―『失われしもの』のエルヴェ・ド・ブレノージュは例外的に若いが―『夜の終わり』のテレーズは45歳、『黒い天使たち』のガブリエルはおよそ50歳である。1930年以前の小説では、年齢にかかわらず主人公の若さが強調されていることも事実である。エリザベトは自分の半分ほどの年齢の若者に恋をするだけの内面の若さがあり、レイモンは「35という年齢を感じさせない顔」（*DA*, p.739.）をしている。唯一の老人であるクレージュ医師も、年齢にはまったくそぐわない若々しい恋愛感情を持ち続けており、逆に精神的な若さの方が目立っている。「わたしには歳なんてないんだわ」と言っていたテレーズは、『夜の終わり』の中では老化のしるしが顕著である。「彼女〔テレーズ〕は、男のように髪が抜け、そうだ、老人のように額がはげ上がっている」（*FN*, p.89.）。― テレーズの若さの描写があることも事実である。この小説の最も重要な場面では、情熱によって若々しく変貌したテレーズと、ジョルジュが恐れをなすほど醜く老け込んだ素顔のテレーズという彼女のふたつの顔が見られるが、それらの対比を通して一層際立つのは老いたテレーズの方である。そこでは彼女が髪をかき上げる動作が重要な意味を持っているが[(21)]、それはつまり、彼女のはげ上がった額が彼女の真の姿だからである。― またガブリエルは、「わたしはもう若くはありません。毎週毎月歳を取って行くのです …」（*AN*, p.243.）と書き、ルイは、「わたしは無残な老いのために世間の喜びから隔てられた老ファウストのようにひとりぼっちだ」（*NV*, p.419.）と、記している。しかし注意しなければならないのは、外面的にせよ内面的にせよ、彼らが単に年老いているということだけではなく、彼らが彼ら自身の老いをはっきりと自覚しているという点である。彼らは、いわばその人生の大半を歩み終えた時点にいるのであって、彼らの人生の主要なドラマはすでに過去のものとなっている。それゆえ1930年以降の小説作品において時間は、まず過去から現在にいたる回想という形で描かれることになる。

『黒い天使たち』のプロローグには、次のような文章がある。

> もし、ある人生全体について告白を受けるようなことがあったとしたら、あなたは無味乾燥な罪の一覧表だけでは満足しなかったはずです。<u>あなたはその運命の全体を見通したいと思ったことでしょう</u>（vous avez exigé une vue

d'ensemble de ce destin)。その稜線を辿り、もっとも暗い谷間にも光をあてたことでしょう（*AN*, p.216.）。

このような書き出しで、ガブリエルは自分の人生を振り返り、彼がどのような経路を辿って現在の自分にいたったのかを、司祭に宛てた手紙の形で詳しく語るのである。作中人物の回想によって物語が始まるという点では、『まむしのからみ合い』も『黒い天使たち』と同じ構造を持っている。『まむしのからみ合い』の前半部は、主人公である話者ルイの人生における主要な出来事の長い記述、つまり長い持続時間の描出である。それは「あの呪わしい夜に引き続く最初の年から、すぐにわたしがおまえを憎み始めたとは思えない。わたしの憎悪は、おまえのわたしに対する無関心がよくわかってくるに連れて、だんだんと生じてきたのだ。」（*NV*, p.422.）と、ルイ自身が書き記しているように、彼の憎悪の生成過程に一致している。「ほとんど日一日と、わたしが<u>降りていった</u>（je descendais）あの地獄」（*ibid.*, pp.417-418.）ということばからもわかるとおり、ルイの憎悪の生成過程は「下降」のしるしのもとに置かれている。『まむしのからみ合い』の前半部、ルイの長い回想の記述は、そのような果てしない「下降」の物語であると言うことができる。しかし同時に、この「下降」は彼自身の内面世界への「下降」、彼の内省の動きでもある。ルイはその行き着く果てにおいて、彼自身の内側においてキリストを「知る」のである。それに対して『夜の終わり』のテレーズには絶え間ない「上昇」の動きを認めることができる。ここで再びテレーズの「運命のリズム」を問題にする必要があると思われる。「<u>よじ登って、よじ登って、よじ登る</u>（Je grimpe, je grimpe, je grimpe）…でも一気に滑り落ちてしまい、わたしはまたあの冷たく邪な意志に捕らえられてしまう。それこそ、わたしがまったく努力しないときのわたしという存在そのもの、わたし自身に落ち込んでしまうとき、わたしが見出すわたしそのもの」（*FN*, p.124.）。これとよく似た内容の記述が『夜の終わり』にはもう一箇所ある。「どん底から身を引き離してもまたそこに滑り落ちてしまい、それがいつまでも繰り返される。長い間、それは自分の<u>運命のリズム</u>（le rythme de son destin）なのだということに、彼女は気づいていなかった」（*ibid.*, p.156.）。ジャン＝ポール・サルトルはこの一節を取り上げ、「テレーズの運命のリズム」が物語に繰り返しの構造を与え、小説の持続時間を無意味なものにしていると述べた[22]。確かにこの小説を読む限り、一見テレーズは「どん底から身を引き離し」、少しずつ「よじ登って」行こうと「努力」しても、さらに悪を成し、再び「一気に滑り落ちて」しまうことしかできないように見える。そしてテレーズ自身、彼女の「運命のリズム」を意識していることも事実である。しかし彼女の意識の及ばないところにもうひとつ別の動き、彼女の魂の「上昇」の動きともいうべきものがあり、知らず知らずの内に彼女は上へ上へと登っているのである。たとえそこに到達することは、錯乱した精神によってしか可能ではなかったとしても。『夜の終わり』における持続時間の表現は、テレーズが魂の深みにおいて成し遂げる、そのような「上昇」の動きに一致していると言うことができる。それは『テレーズ・デスケィルゥ』におけるテレーズの心の動きが、絶えざる「下降」のしるしのもとに置かれていたこととはまさに対照的である。「テレーズは、彼女の人生のどんなときにも、反省したり、予測したりしなかった。どんな運命の急変もなかった。彼女は気づかないほどの坂道を下っていたのだ、初めはゆっくりとそして速度を増して（elle a descendu une pente insensible, lentement d'abord puis plus vite）」（*TD*, p. 29.）。一方『夜の終わり』は小説の冒頭から、テレーズの内面の深い動きは「上」を指向しているということは明らかである。

> しかしテレーズは昔ながらの習慣を直すことができなかった。パリの街に出かけるときは、お金をまき散らさずにはいられなかった。ちょうど気球が砂袋を捨てるように、この空虚から逃れ、少しでも上昇するために（pour s'élever un peu au-dessus de ce vide）〔…〕（*FN*, p.80.）。

この「上昇」の動きは小説の全編を通じて、パリのアパートの上階にある彼女の部屋へと心臓の痛みをこらえながら階段を上って行くテレーズの姿によって支えられている。— 不思議なことに、テレーズが階段を下りる姿の描写はまったく見あたらない。— テレーズは自分のアパートであれ、娘マリの恋人ジョルジュのホテルであれ、常に「よじ登って、よじ登って、よじ登る」姿を通して描かれているのである。— ジョルジュもまたホテルの上階に住んでいる。そしてテレーズは二度彼の部屋に登って行く。一度目はゆっくりと、二度目は急いで。「彼女〔テレーズ〕はその男の後から、次第に暗くなる急な階段をとてもゆっくりとよじ登っていった」（*ibid.*, p.116.）。「彼女〔テレーズ〕は急いで上っていった。こんなに急ぐと、後できっとつけが回ってくるだろう（elle payerait cher cette hâte）」（*ibid.*, p.165.）。二度目の「上り」はこの小説の中で重要な意味を持っている。なぜならテレーズは、ジョルジュの身を案ずるあまり、自分の体に対する配慮を犠牲にするからである。このような描写を通してモーリアックは、テレーズの気づかないところで行われている彼女の魂の「上昇」の歩みが、実は彼女にとって罪の償いの道なのだということ、そして彼女は神の恵みに支えられながら、キリストにならって十字架の道を全うしようとしているのだということを読者に暗示しているのではないだろうか。過去の罪を娘マリに告白し、全財産を放棄する決意をしたテレーズの「上昇」の歩みは、小説の結末部において頂点に達する。テレーズは自分が夫ベルナールに毒を注いだその家で、今度は娘マリから出された水薬を毒だと思い込みそれを飲み干す。そこで彼女は半ば狂気の内に、彼女自身の罪と対峙し、彼女なりの仕方でそれを償うのである。

> そこが頂点だった（Voilà le sommet）。ここでテレーズは立ち止まり、息をつく。彼女はもうこれ以上は進めないだろう。テレーズは人間の苦悩の限界ではないとしても、彼女の苦悩の限界に、彼女の限界にたどり着いたのだ。ここで彼女は負債を償う（Ici, elle paye son dû）。それは彼女に求められた最後の献金であり、彼女はそれを拒まないだろう（*ibid.*, p.201.）。

この「頂点」、「苦悩の頂点」は『テレーズ・デスケィルゥ』における「深淵」、「彼女〔テレーズ〕は大きく口を開けた罪の深淵に呑み込まれてしまった」（*TD*, p.72.）というときの「罪の深淵」に対応している。『夜の終わり』におけるテレーズの「上昇」の動きは、その到達点、「苦悩の頂点」において自らの罪を償うための十字架の道行きだったのである。小説の結末の場面におけるテレーズの不可解な動作も、そのように考えるとき、初めて理解可能なものとなる。そこに描かれているテレーズの姿は、キリストの磔刑のイメージと重なり合っている。十字架の道行きを歩き終えた今、テレーズは、「わたしの後に従いたいものは、自分を捨て、自分の十字架を背負って、わたしに従いなさい」(23)

というイエスのことば通り、彼女自身の罪の重荷、彼女自身の十字架を引き受け、キリストに一致し、キリストに従うのである。「苦心して彼女は左足を右足の上に重ね、両腕をゆっくりと左右に開き、両の手のひらを開いた」(*FN*, p.201.)。

『夜の終わり』の小説構造は、サルトルが指摘しているような、物語の繰り返しによって小説の持続時間が無意味なものになるような構造ではない。モーリアックは『テレーズ・デスケィルゥ』の中で運命の繰り返しのリズムに縛られた作中人物として描いたテレーズを『夜の終わり』の中で再び取り上げているが、モーリアックがそこで描くテレーズのドラマは、『テレーズ・デスケィルゥ』における彼女のドラマとは明らかに、そして本質的に異なっている。モーリアックは一見『テレーズ・デスケィルゥ』の再現とも見える『夜の終わり』の中で、実はテレーズに別のドラマを演じさせていたのであり、それを繰り返したのではなく、ある方向性を持つものとして、つまり小説における持続時間の表現として提示しているのである。『夜の終わり』の場合、そのドラマとはテレーズの罪の償いのドラマであり、モーリアックはそれに彼女の内奥に存する神への志向性にしたがってひとつの方向性を与え、「上昇」の動きとして、テレーズがその頂点において彼女自身の十字架を引き受け、罪を償うための道程として構想しているのである。『夜の終わり』の結末近く、第11章の書き出しは象徴的である。「時というものはどんな愛にも勝り、さらにゆっくりと憎悪をすり減らして行く。しかしまた憎悪にも打ち勝つものだ」(*ibid*., p.191.)。『夜の終わり』において、小説の時間は果てしない繰り返しではなく、方向性を持っているのである。

1930年以前のモーリアックの三小説『愛の砂漠』『テレーズ・デスケィルゥ』『宿命』には、「円環の構造」と呼ぶべき興味深い小説構造が認められる。そこに登場する作中人物たちの運命には明確な結末がなく、物語の循環構造の中で必然的に繰り返しを余儀なくされている。それに対して1930年以降の『まむしのからみ合い』『夜の終わり』『黒い天使たち』の小説構造は「線分の構造」とも呼ぶべき一定の方向性を持った構造であり、作中人物たちはその生の終局にいたるまで導かれる。1930年を境にモーリアックの小説世界は大きく変化しているが、その契機となったものはおそらく彼の「回心」であると考えられるのである。

註記

(1) マリ＝フランソワーズ・カネロ著、前掲書（Marie-Françoise Canérot, *op.cit.*, p.25.）。
(2)『わたしが信じること』（*Pl V, Ce que je crois*, p.587.）。
(3) シャルル・デュ・ボス著、前掲書（Charles du Bos, *op.cit.*, p.83.）。
(4)『冬』（*Pl III, Hiver,* p.916.）。
(5)『ガリガイ』「あとがき」（*Pl IV, Postface à Galigaï,* p.83.）。
(6) マリ＝フランソワーズ・カネロ著、前掲書（Marie-Françoise Canérot, *op.cit.*, p.74.）。
(7) *ibid.*, p.29.
(8) *ibid.*, p.76.
(9) *ibid.*, p.77.
(10) *ibid.*, p.29.
(11)『小説論』（*Le Roman,* Paris, L'Artisan du Livre, 1928, p.123.）。モーリアックは同年の『ジャン・ラシーヌの生涯』の中でも、グリーンに対する批判とほぼ同じ内容の批判をラシーヌの『フェードル』に関して行っている。「ラシーヌの傑作ではないかも知れない。というのはフェードルという作中人物は自分自身の内に戯曲のすべての人間を含み込んでいるからだ。太陽は彼女のためだけに、彼女に逆らって輝く。<u>他の人物は存在しないのだ</u>（Les autres humains n'existent pas）」（『ジャン・ラシーヌの生涯』*OC VIII, La Vie de Jean Racine,* p.103.）。
(12)『失われしもの』「註」（*Pl II, Notice*, p.1060.）。
(13) モーリアックはファイヤール版全集第 5 巻の序文で、『海への道』執筆の意図を次のように明らかにしている。「『海への道』によって、ある野心が私の中ではっきりとしたものになったことには変わりがない。作中人物を増やし、彼らが孤独だが互いに交わる自分の道を急がずに切り開いて行くようにすること。その孤独の交わりがこの本の本質的な部分を成している」（*OC V, Préface*, p.I.）。
(14) シャルル・デュ・ボス著、前掲書（Charles du Bos, *op.cit.*, p.98.）。
(15) *ibid.*, p.83.
(16) *ibid.*, p.82.
(17) *idem.*
(18) *ibid.*, p.153.
(19) カネロは「『まむしのからみ合い』から『ファリサイの女』における時間の問題」と題された論文の中でも、1925 年から 1930 年代のモーリアックの小説における「円環の構造」について言及している。「モーリアックの小説の本質的な構造はさまざまな段階を経た後で、主人公を破局へと急がせる勾配を持った構造である。1925 年から 1928 年にかけて書かれたもっとも絶望的な小説において、モーリアックは循環の構造を小説構造の中に取り入れる。まるで主人公の失墜は無限に繰り返される運命であることを暗示するかのように」（マリ゠フランソワーズ・カネロ著「『まむしのからみ合い』から『ファリサイの女』における時間の問題」『20 世紀小説研究　小説 20-50』第 1 巻、1986 年 3 月号。Marie-Franoise Canérot, *Le temps dans Le Nœud de vipères et La Pharisienne.* in *Roman 20-50, Revue d'étude du roman du XXe siècle.* no 1, mars 1986, le Centre d'étude du roman des années 1920 à 1950, Presse de l'Université de Lille III. pp.38-39.）参照。

(20) 第 1 部第 1 章「註」23 参照。

(21)『夜の終わり』「序文」参照。「テレーズに魅了されたその青年が彼女に恐れをなすように、彼女から遠ざかるように、テレーズがためらいがちな片手で荒れた額に髪をかき上げるとき、その動作はその小説全体にわたって意味を持っている」（*Pl III, La Préface de l'édition originale,* pp.1012-1013.）。

(22) ジャン゠ポール・サルトル著「フランソワ・モーリアック氏と自由」『シチュアシオン I』（Jean-Paul Sartre, *M. François Mauriac et la liberté,* in *Critiques littéraires*（*Situations I*）, Paris, Gallimard, collection Idées, [1947] 1993, pp. 61-62.）。ジャック・ドゥギーは「モーリアックを批評するサルトル」の中で、「フランソワ・モーリアック氏と自由」における小説の時間に関するサルトルの見解を取り上げ、注釈を試みているが、彼の解釈によれば、サルトルのモーリアックに対する批判は、モーリアックの小説における演劇性の問題、演劇ジャンルとの混同の問題として捉えられており、モーリアックの「回心」以前の小説に特徴的な小説構造、「円環の構造」との関わりでは論じられていない（ジャック・ドゥギー著「モーリアックを批評するサルトル」『小説 20-50、20 世紀小説研究 1 』Jacques Deguy, *Sartre critique de Mauriac,* in *Roman 20-50, Revue d'étude du roman du XXe siècle*, no.1, mars 1986, p.28.）参照。

(23)『聖書』「マルコによる福音書」第 8 章 34 節。

第2章「告解」のテーマと「冬」のイメージ

「告解」のテーマ[1]

1930年前後の小説には隠れた重要なテーマとして「告解」のテーマがある。それはおそらくモーリアックの信仰の危機に端を発し、「回心」をはさんで彼自身が自らの問題として追求し続けたテーマである。「告解」とは、正式には「ゆるしの秘蹟」と言われ、カトリックの教義の中で7つある「秘蹟」のひとつである。「秘蹟」とは、それを通して神の恵みが働く効果的な「しるし」のことである。信仰者は司祭を通して自らの罪を神に告白する。誠実に成された「告解」に対して神は罪の「ゆるし」を与える。「告解の秘蹟」はフランス語では « pénitence » であり、「告白」の行為は « confession » と呼ばれる。

1930年以前に発表された小説『テレーズ・デスケィルゥ』の中で、主人公テレーズが「告解の準備をする」（*TD*, p.26.）のは司祭に対してではなく、夫ベルナールに対してである。彼女が求めているのは神のゆるしではなく、まず夫のゆるしである。しかし彼女の心の中には、その背景に神への罪の告白がある。「告解の準備」の初めに、まずテレーズは次のように考える。

> 自由…それ以上に何を望むだろう。ベルナールのそばで暮らせるようになるには、彼女にはほんのちょっとしたことでいいのだ。心の底から彼に身を委ねること、何も暗闇に残さず。そこにこそ救いがある（Voilà le salut）。

今晩からは、隠れているすべてのものが光の中に持ち出されなければならない。この決心はテレーズを喜びでいっぱいにした（*idem.*）。

「そこにこそ救いがある」とテレーズは考える。ともかく彼女は「告解」を通して「罪」の「ゆるし」を望んでいる。『テレーズ・デスケィルゥ』には、その最初の素描とも言うべき短編小説『良心、神への本能』という作品がある。その中で、テレーズは同じように殺人未遂を犯した罪人だが、彼女は司祭に宛てた手紙の形で「告解」をしようとする。しかし彼女の「罪」の「告白」は要領を得ない。テレーズは次のように書いている。

「書きなさい、書きなさい、気の毒な子よ。何ページになってもかまいはしない。何も書きもらさないように …」確かにわたしはそのことばに喜んで同意しました。〔…〕いいえ、わたしは怖じ気づいていたのでも、恥ずかしがっていたのでもありません、ただ気後れしていたのです …わたしが使ったであろうどんなことばもわたしの気持ちを裏切ったことでしょう。ああいう人たちはみな、自分たちの罪を知るためにどうしているのでしょう。— わたしはわたしの罪を知らないのです（Je ne connais pas mes péchés）。わたしは口を開きかけていました。〔…〕でもすべてのことばはわたしの口の中にとどまったのです。わたしがあの殺人を犯そうと望んだのかわたしには確信がありません、それにそれを犯したのかどうかさえわたしにはわからないからなのです(2)。

テレーズは「告解」をして「罪」の「ゆるし」を得たいと望んでいる。けれども、「わたしはわたしの罪を知らないのです」と書いているように、彼女はそもそも自分の罪を認識することができず、「告解」自体が成立しないのである。『テレーズ・デスケィルゥ』においても、これとほぼ同様の表現を見出すことができる。

彼女は彼に何を言えばいいのだろう。どんな告白から始めたらよいのか。欲望や決心、そして予測しがたい行為の混沌とした連鎖をことばで言い表すことができるだろうか。自分の罪を知っている人たちはみな、どうしているのだろう「わたしはわたしの罪を知らない（Moi, je ne connais pas mes crimes)」〔…〕(*TD*, p.26.)。

この「わたしはわたしの罪を知らない」ということばは非常に重要であり、モーリアックの 1930 年前後の小説の中には「罪を知る」というフランス語の動詞 « connaître » を使った表現のヴァリエーションが存在する ― 動詞 « connaître » は実存的な「出会い」を表す聖書的なことばである。― そして 1930 年以前の小説では『テレーズ・デスケィルゥ』に見られるように、それは否定形であり、1930 年以後の小説においては「罪を知っている」と、それは肯定形で表されている。この「罪を知る」「罪を知らない」という表現が見出される 1930 年前後、モーリアックの「回心」に前後する小説の中で、彼は「告解」のテーマを扱っていると言うことができるだろう。

「冬」のイメージ

『テレーズ・デスケィルゥ』を初めとして、1930 年以前の小説に共通する「自然」のイメージは、先に述べたようにまず酷暑の「夏」であった。炎熱の太陽のもと、暗い情念に取り憑かれた作中人物たちは「自然」と一体になり、彼らの内側の「自然」と外側の「自然」は響き合い、「罪」のドラマが繰り広げられた。小説家はそれを「共犯」のヴィジョンによって支え、それは同時に「神の不在」のヴィジョンに他ならなかった。しかし 1930 年以降、「回心」以後のモーリアックの小説世界の「自然」のイメージは一変する。今度は「冬」が「自然」のイメージの主役になるのである。

『まむしのからみ合い』という小説は、モーリアックにはめずらしく一人称で書かれ、主人公ルイの手記という体裁を取った小説である。手記は主人公が妻に宛てた「告白」の形を取っているが、「罪」の「ゆるし」を願う彼の長い「告解」のようにも見える。資産家のルイは誰からも真に愛されず、妻の過去に嫉妬し、彼の資産をあてにしている近親者に対しては深い憎悪を抱き、貪欲さに心を苛まれている。ルイの手記の背景にある季節がそれとわかるのは小説の書き出し近く、第 3 章である。そしてそれは「夏」である。「またしても激しい怒りに屈してしまう。それは書きかけたところまで、わたしを連れ戻す。この激怒の源にさかのぼらなければならない。まずわたしたちの最初の出会いを思い出してほしい …〔…〕83年の8月、わたしは母と一緒にリュションにいた」(*NV*, p.399.)。『テレーズ・デスケィルゥ』でテレーズが、「テレーズは彼女の少女時代にまでさかのぼるのだろうか。しかし少女時代とはそれ自体終わりであり、到達点なのだが」(*TD*, p.28.)として、「告解の準備」のために「罪」の源、彼女自身の源にさかのぼろうとするように、ルイもまた彼の嫉妬と憎悪の源にさかのぼろうとする。しかし興味深いことに『まむしのからみ合い』では、1930年以前の小説に見られた特徴的な「夏」の描写は見あたらない。「夏」は日付と同様、ルイの回想の時間的な区切りのひとつとして表れるだけであって、彼の嵐のような激しい憎悪を支える「自然」のイメージではないのである。第4章は第3章から2年後の回想だが、今度は「9月」という日付を読み取ることができる。「85年9月、わたしたちがヴェニスから戻ってくると、お前の両親はわたしたちに会わないための口実を見つけた〔…〕」(*NV*, p.410.)。そしてルイが妻イザとの別居を決意したのも「8月」である。「1896年の8月初めにわたしはこの決心をした。昔の悲しく暑い夏(ces tristes et ardents étés d'autrefois)は、わたしの頭の中で混ざり合ってしまっている」(*ibid.*, p.431.)。そしてルイは「お前の返事に、わたしは猛烈に反対したことをおぼえている。わたしは席を立ち、もう食堂には戻らなかった。旅行鞄を整えると、8月15日朝6時の汽車に乗った。そして息詰まる誰もいない(étouffant et désert)ボルドーでひどい一日を過ごしたのだ」(*ibid.*, pp.433-434.)。彼が記した日付は、年代とは無関係に「8月」か「9月」である。『まむしのからみ合い』の前半は主人公ルイの憎悪の生成過程の記述だが、それは常に「夏」という季節の中で起こっていることが確かめられる。だがその「夏」のイメージも、「息詰まる誰もいない」「夏」であって、「酷暑の」燃えるような「夏」の詳細な描写はどこにも見あたらないのである。

そして、手記を書き続けるルイの心に明らかな変化が訪れる。胸苦しさに襲われた彼は、ついにキリストに思いを馳せるのである。この小説の第一部の最後の一節にキリストとの出会いが言外に暗示される。

> わたしを信じてくれるか、イザ。お前の神がやってきたのは、もしやってきたとするなら、それはお前たち義人のためではなく、わたしたちのためだ。お前はわたしを知らなかった(Tu ne me connaissais pas)。わたしが誰かお

前は知らなかった（*ibid.*, p.460.）。

イザは本当のルイを知らなかった。そして彼は今や自分自身を「知る」のである。キリストとの出会いは、彼が彼自身を「知る」ことによって初めて可能となる。

ああ！　わたしが自分自身を買いかぶりすぎているとは思わないでくれ。わたしはわたしの心を知っている、この心、このまむしのからみ合いを（Je connais mon cœur, ce cœur, ce nœud de vipères）。その重さに圧し潰され、その猛毒に冒されながらも、この心はまむしのうごめきの下で、それでもなお脈打ち続けているのだ。このまむしのからみ合いを解きほぐすのは無理なことだ。短刀のひと突き、剣の一撃で一刀両断にするしかない。「わたしは平和ではなく剣を投げ込むために来たのである」（*idem.*）。

「わたしはわたしの心を知っている、この心、このまむしのからみ合いを」と、ルイは記している。「わたしはわたしの心を知っている（Je connais mon cœur）」「まむしのからみ合い（ce nœud de vipères）」を「知っている（connaître）」という表現は、『テレーズ・デスケィルゥ』の中で、テレーズが「わたしはわたしの罪を知らない（je ne connais pas mes crimes）」（*TD*, p.26.）と言ったことばと好対照を成している。さらにルイの心の中の「まむしのからみ合い」という表現は、テレーズの「胸の中に潜む爬虫類（ce reptile dans son sein）」（*ibid.*, p.36.）に対応していることは明らかである。「罪を知る（connaître le péché）」という行為は何よりもまず「告解」のために必要である。そして「罪を知る」ということは「罪ならざるもの」を「知る」こと、すなわち「神」を知ることに他ならない。彼自身を「知っている」と書いたルイの脳裏に、すぐにキリストのことばが浮かんだように、「罪を知る」とはキリストと「出会う」ことなのである。

小説の最終章で、あらゆる復讐心を捨て、財産を放棄し、「回心」したルイが静穏な心境で死を迎えるとき、彼の眼差しの向かうところには「冬」の景色が、冬枯れの情景が広がっている。

重い木靴が中庭の砂利を踏みしだいて行く。頭に袋をかぶった男が通り過ぎて行く。庭はすっかりむき出しになり、もはや何ものも、ここで目を楽しませたものの無意味さを隠しはしない（rien ne cache plus l'insignifiance de ce qui est, ici, concédé à l'agrément）。葉を落としたクマシデもやせた木立もいつはてるとも知れない（étermelle）雨に打たれている（*NV*, p.523.）。

ルイはこの冬枯れの景色を通して「いつはてるとも知れない（éternelle）雨」を、「永遠なるもの」を見つめている。モーリアックがエッセー『冬』の中で、「ただ冬だけが、古びた中庭を横切るとき、わたしに父なる神の顔を示してくれた」[3] と書いたように、この「冬」の情景は、ルイにとって「神の姿を隠すものの不在」の景色に他ならない。「〔冬〕以外のすべての季節は肉体の共犯者である」[4] とモーリアックは書いたが、1930 年以降の小説世界では「肉体の共犯者」である「自然」の「不在」を示すことによって、逆説的に作中人物に「神」との「出会い」の可能性を開いていると言うことができるのである。

『テレーズ・デスケィルゥ』の続編『夜の終わり』では — モーリアック自身は続編であるということを否定しているが[5] — 主要な舞台がパリという都会であることも関係しているのか、季節がそれとわかる「自然」の描写はきわめて少ない。小説の冒頭には物語の背景になった時期が示されている。「彼女は暖炉に火をつけるだろう — この 10 月の晩が寒いからではない。よく言われるように、火は人に付き添ってくれるものからだ」（*FN*, p.79.）。『夜の終わり』におけるテレーズのドラマは、『テレーズ・デスケィルゥ』における「酷暑」の「夏」ではなく、「秋」から「冬」にかけて展開する。恋人ジョルジュを捜してパリのテレーズのところにやってきた娘のマリは、テレーズから彼女の過去のいまわしい事件の話を聞き、自分の縁談が壊れるのではないかと不安になる。マリが去った後テレーズは久しぶりに外出するが、そこには秋の情景が広がっている。「サン＝ジェルマン大通りの歩道の上、アスファルトと木の葉のにおいのする 10 月の朝の陽のあたる霧の中で、彼女は苦しんでいるとは感じていなかった」（*FN*, p.107.）。彼女も人生の秋を迎え、かつての美しい才女の面影はもはやなく、「男のように髪が抜け、老人のように額がはげ上がって」（*ibid.*,p.80.）おり、心臓病を患っている。ただ「彼女が美しいか醜いかはわからない。ただその魅力の虜になってしまう。」（*TD*, p.27.）と人々から言われた魅力はまだなお健在であり、テレーズは娘マリの恋人ジョルジュから慕われることになってしまう。そしてテレーズの罪深さは次のような一節によく表れている。

> テレーズは本棚に寄りかかり、半ば目を閉じて顔を背けた。彼女は押し殺すことができないくらい恐ろしいほどの喜びに囚われていた。彼はマリとは結婚しないだろう。何が起ころうと、あの小娘は彼を手に入れることはできないだろう。ジョルジュはあの娘のものにはならないだろう。テレーズはこの喜びを意識した。それは嫌悪感に通じるほどだった。〔…〕自分の方が愛されているというこのすばらしい喜びを感ずることを妨げるものは、この世に何もなかった（*FN*, p.147.）。

自分の真の姿を隠したテレーズは娘の恋人ジョルジュに愛されることになる。「恐ろしいほどの喜びに囚われ〔る〕」テレーズは、ここでは罪深いだけではない。『テレーズ・デスケィルゥ』で「わたしはわたしの罪を知らない」と言っていた彼女は、『夜の終わり』では彼女自身を「知っている」のである。ジョルジュが彼女から遠ざかるように、テレーズが彼に向かって、ためらいがちな片手で額にかかった髪をかき上げる動作は、彼に老いた自分の本当の自分の姿を見せようとする彼女なりの懸命の仕草、「罪」にあらがおうとするテレーズの懸命な努力なのである。

> 話をする内に、テレーズはわざと彼女の広すぎる額を覆っていた髪をかき上げ、耳が見えるようにした。この仕草は無造作に成されたが、彼女にとってはヒロイックな努力が必要だった。しかしその効果がすぐには表れないことに彼女は驚いた。― 愛はしばしば外見に無関心であるということを理解するのは、それほどむずかしことなのだ（*ibid.*, p.148.）。

娘の恋人を奪うという母親として最低の「罪」を彼女は「知っている」。そしてそれを自らの意志で遠ざけようとするのである。テレーズは何度もこの「髪をかき上げる」仕草をする。テレーズの手のひらに口づけをしたジョルジュに向かって、彼女が言うことば、「わたしはあなたを毒しているわ（Je vous emposonne)」（*ibid.*, p.151.）は、それは文字通りに訳せば「わたしはあなたに毒を盛る」である。ジョルジュはテレーズにまつわる過去の悪いうわさを思い出し、はっとするが、テレーズが夫ベルナールに「毒を盛った」とき、彼女はそれを自分の罪であるとは思っていなかった。それはテレーズに言わせれば、彼女の「内側と外側にある凶暴な力」（*TD.*, p.26.）の仕業だったのである。しかし今度は、テレーズは実際に「毒を盛る」のではないにせよ、ジョルジュを「毒している」ことをはっきりと意識している。「こちら側におそらく出口はあるのだ。先に進まなければならない、少なくとも彼が救われるために（pour que lui du moins fût sauvé）」（*FN*, p.152.）。そしてテレーズは過去の罪をジョルジュに告白する。

ああ、そうよ！　わたしは一冬の間、どんな石の牢獄よりもひどい牢屋の奥で、わたしの看守にヒ素剤のしずくを注ぎ続けたわ …それからどうなったかしら、今、犠牲になっているのはマリと、わたしを愛していると思っているあなただというのに …（*ibid.*, pp.152-153.）

テレーズは永久にジョルジュを失ってしまう。その決定的な事件が起こるのは、「晩秋」から「冬」にかけてである。「11月のその日は陽光が柔らかな太陽の光に輝いていた」（*ibid.*, p.181.）という季節を感じさせる描写がある。そして心臓を病み、神経衰弱に襲われ、娘マリに付き添われて戻ったのは夫ベルナールの住むサン＝クレールである。テレーズが犯罪を思いつき、実行した家に彼女は戻ってくるが、それは12月末、クリスマスの近くである。「クリスマスが近づく頃まで、病人〔テレーズ〕は信頼して彼女〔マリ〕の世話に身を委ねていた」（*ibid.*, p.193.）。かつて夫ベルナールに毒を盛り続けたテレーズは、半ば錯乱状態の中で娘マリから出された水薬を毒だと思い込み、それを飲み干す。それが彼女にとって彼女自身の「罪」との対峙の仕方、償いの方法だったのである。生涯にわたる自分との戦いに疲れ果てた「罪の女」テレーズは、晴朗な気持ちで死を、「人生の終わり、夜の終わり」（*ibid.*, p.211.）を待つ(6)。そして背景にあるのは次のような「冬」の景色である。「今日まで三日間少し雪が降ったが、地面に落ちるとすぐに消えていった。雪は屋根瓦の上で弱々しく輝いていた。」（*ibid.*, p.209.）と書かれている。

『まむしのからみ合い』は主人公ルイの日記、妻に宛てた告白だった。『黒い天使たち』のプロローグは青年司祭アラン・フォルカスに宛てた手紙という形式をとっている。そこで主人公ガブリエルは自分の「汚れた」人生を振り返る。彼は、内面とは裏腹に人から「天使のようだ」（*AN,* p.221.）と言われる美少年で、人々から愛され小神学校に入り、神父を目指していた。しかし彼は「黒い天使」だった。「どこまで自分の人生をさかのぼっても、おれには堕落（corruption）が住み着いていた〔…〕」（*ibid.*, p.228.）と、彼は自らを振り返るが、少なくともガブリエルは自分の「堕落」を「知っている」。彼は自分自身を「知る」明晰さ —『失われしもの』についての考察の中で後述するように、モーリアックはそれを「神」の「恵み」として描いているのだが — を持っている。ガブリエルの容貌は 50 歳近くになっても衰えてはいない。「50 に手が届くというのに、学校帰りに道で夫人たちから呼び止められ、キスされたときとほとんど同じ顔をしている」（*ibid.*, p.217.）。20 歳の時、それまで金づるのように利用してきた幼なじみの敬虔で純真な娘、従姉アディラを妊娠させ、彼女は外国で男の子を産み、その子供アンドレスは里子に出される。アディラは早世する。彼自身は娼婦に囲われて暮らすことになる。ガブリエルの心には老司祭に言われた一言、「この世の長〔サタン〕に引き渡された魂がある …」（*ibid.*, p.232.）ということばが常に引っかかっていた。

この小説の全編を通して、場面の時間的な秩序にかかわらず常に得られるのは、「冬」を中心とした季節の感覚である。子供を産んでしまったアディラとガブリエルは結婚することになるが、彼はその直前に今度はアディラの従妹マチルドに乗り換えようとする。その時のマチルドについての描写に、「まだ寒い季節（la saison encore froide）にもかかわらずむき出しの彼女の腕」（*ibid.*, p.233.）という表現がある。あるいは、別の男と結婚したマチルドは、20 年たって、ふたつの家の財産である松林をひとつにするため、相続者である青年になったガブリエルの息子アンドレスと自分の娘カトリーヌの結婚を企てているが、そのアンドレスと外で立ち話をするとき、輝いているのは「11 月の太陽」（*ibid.*, p.267.）であり、季節は「この晩秋の朝」（*ibid.*, p.272.）と表現されている。— しかしガブリエルは「いまだかつて寒さを感じたことがない」（*ibid.*, p.244.）— ふたりの結婚話が破談になり、夫の容態が悪化したとき、「今度こそ、冬だ」（*ibid.*, p.293.）とマチルドは思う。そして夫を裏切り、ガブリエルと謀議を交わすマチルドたちの住む田舎家とその周りは、ほとんど常に雨に降られている。「彼ら〔マチルドとガブリエル〕はそとの広大でしかも静かな雨音を聞いていた。不規則に屋根からバルコニーを打つ滴の音が、雨とは別に聞こえてきた」（*ibid.*, p.307.）。弱い太陽の光と冷たい雨、そして「冬」の寒さが小説を読み進めるにしたがって際立ってくる。小説が大きな転換点を迎えるのは、ガブリエルが自身の暗く罪深い生涯を綴ったノート、ガブリエルの告白を、司祭アランが読むところである。そこでもやはり小説の背景描写として「雨が勢いを増していた」（*ibid.*, p.316.）という表現が見い出される。

> 自分の中に嘘と罪しかないような人間は誰もいない（Personne n'a de soi-même que le mensonge et le péché）。神を愛するのは神のたまものであり、神の愛がわたしたちに与えたものによって、神の愛はわたしたちに報いてくれる。〔…〕悪に運命づけられたように見える人々は、もしかすると誰よりもまず選ばれた人々だったのかも知れない（Ceux qui semblent voués au mal, peut-être étaient-ils élus avant tous les autres）。彼らの失墜の深さが裏切られた召命の大きさを示している（*ibid.*, pp.315-316.）。

アランには、ガブリエルのノートは「悪に運命づけられたように見える人々」の罪深い魂の落ち行く先にある場所の一覧表のように見えた。「娼婦、女衒、ひも、同性愛、麻薬中毒、殺人者、売春宿、徒刑場、監獄」（*ibid.*, pp.314-315.）。しかし「自分の中に嘘と罪しかないような人間は誰もいない」、「悪に運命づけられたように見える人々は、もしかすると誰よりもまず選ばれた人々だったのかも知れない」。アランはガブリエルの救済を確信する。しかしちょうどその頃、「降りしきる雨の音以外に何も聞こえない」（*ibid.*, p.319.）谷底で、ガブリエルは彼の情婦アリーヌを殺害してしまう。そして彼は彼の罪深い人生を完成するのである。

小説の終末近く、ガブリエルはアリーヌを殺害した現場、彼が子供の頃アディラやマチルドとよく一緒に遊んだ採砂場で、殺人を告白する手紙をアランに宛てて書く。ガブリエルは自分の罪を「知る」。彼の周りでは「冬が支配していた（L'hiver régnait）」（*ibid.*, p.347.）と書かれている。アランの告解とは次のような内容である。

> わたしが犯した罪の内で、あの行為はもっとも罪の軽いものです …でもわたしの目には（なんと奇妙なことでしょう！）、唯一救いようのないこと（le seul irrémissible）に見えるのです。その他の罪はこの殺人に比べれば取るに足りないものです。〔…〕わたしはアリーヌが救われる最後の機会を台無しにしてしまったということでしょうか（*ibid.*, p.348.）。

しかし「罪」を告白したガブリエルは救われる。司祭アランはガブリエルに「罪のゆるし」を与える。このように「罪」の行われた場所と「罪」がゆるされる場所はともに「冬」景色に支えられている。死の床のガブリエルは看病するアランを見て、ふと不思議な感覚をおぼえる。「グラデールの目は眠り込んだアランに向けられていた。彼は不思議なとても強い感覚を抱いた。― 安楽椅子に座っている若い司祭が自分で、別の人生においては、彼が黒衣をまとい、少し太ってやつれた顔をしたこの青年だったという錯覚」（*ibid.*, p.355.）。このようにモーリアックの 1930 年以降の小説世界において、「冬」は「罪」を露わにし、同時に「罪」の「ゆるし」を可能にする「神の姿を隠すものの不在」[7] の季節として描かれているのである。ガブリエルはアランの司祭館で静かな死を迎える。この小説のタイトルは『黒い天使たち』と複数形であることに注意しなければならない、「黒い天使」はガブリエルだけではないのである。マチルドもその夫デバもガブリエルの息子アンドレスもアリーヌもアランの姉トタもみな、「罪人」である。人間の法によって裁かれる「罪」だけが「罪」ではない。はっきりとはおもてに表れない、神の目によってしか明らかなものとはならない「罪」がある。「罪を知る」とは、そもそも神の目からすればどういう人間的営みなのであろうか。小説の「エピローグ」にマチルドを通して語られる次のようなことばがある。「しかし彼自身、青い眼をした小さなグラデールはだれからそんな恐ろしい預かりものを受け取ったのか。どこまで遡らなければならないのだろう。どんな葦原を分け入り、わたしたちはその毒の源を見つけなければならないのだろう」（*ibid.*, p.363.）[8]。

『黒い天使たち』とは出版年が前後するが、1930 年の『失われしもの』は、モーリアックが 1928 年の信仰の不安を乗り越え、その直後に執筆された小説である。マルセル・アルランはこの小説を「過渡期の小説」[9] と呼ぶが、哲学者のガブリエル・マルセルは「『失われしもの』という作品の見事なページ」(10) について言及している。この小説の主人公は二組の夫婦である。特別仕事を持たない裕福なエルヴェとその妻イレーヌ、そして作家のマルセルとトタ。彼らは夫婦だが、互いに愛のない生活を送っている。マルセルは他に心にかけている女性がおり、トタは青年画家に好意を持っている。さらにマルセルは、トタの義理の弟アランに対する近親相姦的な愛情を疑っている。トタにはそれを裏付けるような振る舞いがあることは確かである。エルヴェの妻イレーヌは重い病を患っている。エルヴェは彼女をほとんどいたわることもなく、夜ごと遊びに出かけている。エルヴェとマルセルは親しい友人である。マルセルの妻トタはアラン・フォルカスの姉である。彼女は秘かに近親相姦的な愛情をアランに抱いている。アランはまだ司祭にはなっていない19歳の青年である。『黒い天使たち』に登場する人物がこの小説において初めて本格的に現れる。小説が提示する季節は冒頭から雨模様の「冬」である。「雨模様の風には再生のにおいがあった。なんと2月のこの夜のやさしいこと」(*CQP*, p.277.)。トタはアランを連れてマルセルの家に戻ってくる。マルセルはトタが自分に冷たくなった理由がわからない。それを見てエルヴェは冷笑するだけである。マルセルはトタを追い出したいと思っているが、彼が想像することはそれ以上に罪深い行為である。その時彼が思い浮べるのはボルドー地方の「酷暑」の「夏」である。

> 彼はそのドラマをバカンスの燃えさかる火の中に(dans le brasier)、人間も植物も、その生が麻痺した中にしか位置づけることができない。肉体も精神も火に立ち向かうことができず、古くからの欲望が死んだような世界によって強まるときに(lorsque le corps ni l'esprit ne sauraient lutter contre le feu, lorsque le vieux désir se fortifie de l'universel anéantissement)(*ibid.*, p.298.)。

これはまさしく1930年以前のモーリアックの小説世界であり、「罪」の営みがそこで繰り広げられる舞台装置である。興味深いのはこの小説の中では「夏」と「冬」の描写が混在していることである。上の引用のすぐ前には、マルセルの次のような思いが記されている。「どうして夏の暑さなのか。彼は冬のもっとも暗いさなか、ひとつの火の周りに椅子を並べて近づけている家族の姿を想像することもできただろう」(*idem.*)。「罪」の行われる場所がどうして「夏」の暑さなのか、それは1930年以前の小説では「夏」とそこにある「自然」が人間の「肉体」的な「情念」と「罪」の「共犯者」だったからである。

この小説の中でエルヴェと共に重要な役割を担う彼の母親ド・ブレノージュ夫人の顔の描写は印象的である。そこにはやはりあの「天を映す」「透明な青い瞳」がある。「母は彼〔エルヴェ〕にしおれた顔の中にある、彼女の子供っぽいあまりに純粋なままの瞳（ses prunelles demeurées si pures）を向けていた。— 彼もまたその青い瞳を受け継いでいたのだ」（*ibid.*, p.303.）。この小説には興味深い箇所がある。それはアランが偶然テレーズ・デスケイルゥに出会う場面である。アランはマルセルやトタと一緒にいたバーの空気がいやで、一人で歩いて帰ることにする。シャン＝ゼリゼ通りを歩いていて道に迷い、そばにあった公園のベンチに座る。そこで偶然、一人ベンチに座り、苦しそうな「追い詰められた」（*ibid.*, p.311.）ような様子をしている婦人に出会う。「人は苦しむのは誰かのためだ」（*ibid.*, p.313.）と、彼女はアランに打ち明ける。彼に名刺を差し出そうとするが、鞄の中を捜しても名刺はない。仕方なく彼女は自分の名前を告げる、「テレーズ・デスケイルゥ」と。彼は同郷人であることを知り、テレーズの苦悩を見抜くが、ふたりにそれ以上の接点はなかった。「どうしてこのおぞましい人生が彼の心の生き生きとした平和をゆがめ、暗闇で握手を交わしたこの子供の神への信頼を裏切らなかったのだろうか。」（*idem.*）と小説家は記している。

エルヴェは妻のイレーヌを愛していなかった。「彼が〔イレーヌ〕を愛したことはなかった。一時たりとも、決して」（*ibid.*, p.337.）。しかしイレーヌは不器用ながら、少なくとも彼を愛していたのだ。イレーヌは病に倒れるまで、「愛しながらも愛されずに生きてゆけると思っていた」（*ibid.*, p.339.）。エルヴェはイレーヌの看病もそこそこに、彼女が眠ったのを見計らっていつものように夜の街に逃げ出して行く。イレーヌは子供の頃からひとりぼっちだった。リセに入る前に両親は離婚し、その後父とも死別した。今夜もイレーヌはひとり取り残され、孤独な死の床にあってこう考えていた。

> 彼女はもはや見ることもない海について考える。そして漠然と、病と孤独な苦悩と死の闇の彼方に広がる海よりももっと美しい何かについて考える。彼女は、どこかわからない彼女の存在のもっとも奥底からわき上がるこの喜び

(cette joie au plus profond de son être) に驚く (*ibid.*, p.334.)。

夢とも現実ともつかない中で、イレーヌは大量の睡眠薬を飲み死んでしまう。季節は「冬」であり、「太陽の冷たい光が大きな窓から差し込んでいた」(*ibid.*, p.342.)。妻の死の床に寄り添いながらも、エルヴェは「今週の楽しい出会いや、火曜日にアメリカ人の画家のところで開かれるダンスパーティ」(*ibid.*, p.345.) が葬儀のせいで行かれなくなるという思いを頭から切り離すことができない。しかしさまざまな想念の行き着く果てで、ついに彼は「死んだ女から目を離し、彼自身のために泣いた。ちょうど自分の手を眺めるらい病患者のように」(*ibid.*, p.347.)。エルヴェは彼自身の本当の姿を直視する。敬虔な信者であるド・ブレノージュ夫人は、人気のないとある礼拝堂で告解をする。彼女は自分にできるすべての罪の告白する。彼女の長い告白の要旨をまとめれば次のようになるだろう。ド・ブレノージュ夫人は自分の存在のせいで、彼女が自らの意図に反して、義娘イレーヌと彼女の息子から神の真の姿を隠し、彼らをキリストから遠ざけ、それがあたかも憎むべき存在であるかのように見せた張本人だった。彼らを絶望に突き落としたのは他でもないこの自分だというのである。彼女は自分はこの世にあるもっとも聖なるものの戯画だと言う[(11)]。司祭のことばは、うちひしがれたド・ブレノージュ夫人を驚かせる。司祭は「喜びなさい、わたしの大切な娘よ」と言ったのである。「あなたはその瀕死の女性に付き添う必要はありませんでした」(*ibid.*, p.350.)。仰天している夫人に対して、司祭はこう語る。「主があなたに伝えるようにとわたしに教えたことばを、わたしはふるえながらあなたに繰り返すことしかできません。『彼女はその場にいなかった。しかしこのわたしがそこにいたのだ』と」(*idem.*)。

イレーヌの葬儀の日も「冬」、「二月」(*ibid.*, p.353.) の「雨模様の日」(*ibid.*, p.351.) である。エルヴェは母親と共に彼女の家に戻る。エルヴェは母親がまったく彼を責めるどころか、逆に彼に微笑んでいることに愕然とする。「わたしの愛する子」と、母親から言われた瞬間、彼の中ですべてが大きくがたがたと音を立てて崩れ落ちるような気がした。この小説の真の主人公が姿を現すのはそのときである。この小説の隠れた主人公、それは「神」の「恵み」に他ならない。

> 〔…〕ただそのことばが彼の心を開き、引き裂いた。彼の心は打ち砕かれ、その重たい男の頭はふたたび子供の場所を見出した。彼は母親の肩と首の間に目を隠した。〔…〕母親の視線は彼の行為の分厚い層を貫いて見ていた。彼女はかつてそうだったままのエルヴェを見ていた。母親が死なない限り、最低の男の中にも純粋さ（pureté）が残っているのだ！（*ibid.*, p.362.）。

彼女は言う。「あんなことがどうだというのでしょう。なんでもないのよ …すべてがうまくいっている。これ以上ないくらいうまくいっている」（*ibid.*, p.363.）。エルヴェは逆らって言う。「あなたは知らないんです。あなたの近くの人々がそこでもがいた深淵のことまでは。〔…〕それは彼らが生まれる前から、決まっていたことだったのです。彼らは深淵の底でうめき声を上げていました。彼らの口にまで泥（la boue）が入り込んでいました。彼らは自分たちがどこにいるのか、この泥（cette boue）が何なのかさえ知らなかった …」（*ibid.*, p.363.）。彼は返事を待ってはいなかった。どんな返事もあり得ないと思っていた。

> それゆえ、静かな声が聞こえたとき、彼はひどく驚いた。その声は、エルヴェ自身、数ある神の恵みの中でもとっても大きな恵み（une très grande grâce）を受けているのだと、まるで自明の理だとでも言わんばかりに語るのだった。
> —「おれがかい。」
> —「そうだよ、あらゆる恵みの中でももっとも大きな神さまのお恵み（la plus grande de toutes）だよ。おまえはあるがままにおまえ自身を見つめ、お前自身を知っているからだよ（tu te connais）。お前は泥のことを泥だと言っている（Tu appelles la boue : la boue.）。お前は泥は泥だということを知っているんだよ（Tu sais que la boue est la boue）。」
> —「確かにそうだ。」と彼は言ってしまった。思わず小さな声で「それならわかっている」と（*ibid.*, p.364.）。

夢か、とエルヴェは思うが、そのことば、その声から来る安らぎをはねつけることはできなかった。先に述べたように、「泥（la boue）」ということばは、モーリアックにとって非常に重要な語であり、彼はそれを「原罪」から派生する「罪」の「汚れ」の意味で用いている。エルヴェは「泥を泥だと言っている」、「泥は泥だということを知っている」、彼は「自分自身〔お前自身〕を知っている（tu te connais）」のである。ここには『テレーズ・デスケィルゥ』から続く、「告解」をテーマにした小説の「罪を知る（connaître le péché）」という表現のヴァリエーションのひとつを認めることができる。『まむしのからみ合い』のルイがそうであったように、「罪」を「知る」とは「罪ならざるもの」を「知る」、つまり「神」を「知る」ことに他ならない。それゆえド・ブレノージュ夫人は、それを「もっとも大きな神さまの恵み」と表現したのである。「神」を「知る」ことが「神」の「恵み」である。「わたしがあなたがたを愛したように、互いに愛し合いなさい。」[12] というイエスのことばは、人と人が「神」の愛によって愛し合うことで「神」の大きな愛の中に入ることである。「神」の大きな愛に包まれていることをエルヴェは「知る」。彼は自分の中に見失っていた「純粋さ」を見出す。ガブリエル・マルセルが『旅する人間』の中で、「『失われしもの』のすばらしいページ」として取り上げたのはこの箇所である。

翌日エルヴェは自分が別人になったように感じる。「回心」したエルヴェの姿は素描されるにとどまっている。彼は重い病に倒れてしまった母親のそばに付き添っている。そこでトタの弔問を受けるのだが、そのとき彼は「〔母親の〕枕元に座り、<u>ほとんど子供のような純粋な目</u>（aux yeux purs, presque enfintins）で土気色の彼女〔トタ〕の顔を伺う」（*ibid.*, p.372.）。トタはエルヴェの表情に驚き、彼のあまりに献身的な看病に動揺する。トタが自宅に戻ってほどなく、突然アランが現れ、父親が死んだことを告げる。ふたりは実家に戻ることになる。夜汽車の中で、トタは実家で思う存分くつろげることを楽しみにしている様子だが、アランはまったく違うことを考えていた。彼は漠然と聖職者の方に道を踏み出そうと思っていたのである。「確かにそうだ。あなたの愛があったのに、ぼくはそれを忘れていた …〔…〕ぼくたちのすぐそばに、手の届くところに」（*ibid.*, p.379.）。

1930年に前後する小説には「罪を知る（知らない）」という作中人物たちが発することばの定型表現が存在する。そしてそれらの小説の中で、モーリアックが隠れたテーマとして「告解」を扱っていることは確かである。1930年以前の小説『テレーズ・デスケィルゥ』では、テレーズの「わたしはわたしの罪を知らない」ということばが彼女の心の闇を象徴する表現だったが、1930 年以降の小説においては、作中人物たちは「罪」を「知る」ことになる。モーリアックはそれを「神」の「恵み」として描き出す。そして「罪」が「知られる」とき、「罪」が悔い改められるとき、「告解」の背景にある「自然」は、いずれの場合も「冬」の情景である。1930 年以前の小説世界は、「酷暑」の「夏」を背景にして、「情念」の「火」に焼かれる作中人物たちが繰り広げる孤独の「出口」のないドラマであり、小説家は彼らのドラマを「自然」との「共犯」のヴィジョンをもって描き出し、それは同時に「神の不在」のヴィジョンだった。しかし 1930 年を境にしてモーリアックの小説世界は大きな変化を経験する。重要な出来事が展開される場面は常に「晩秋」か「冬」である。そこでは「自然」は、もはや人間の「罪」の「共犯者」ではない。エッセー『冬』の中で書いているように、モーリアックは「冬」を「神の姿を隠すものの不在」(13) の季節として提示しているのであり、「自然」という「人間」の「肉体」の「共犯者」のいない領域を「神」の「恵み」の働く領域として構想しているのである。

注記

(1)「告解」のテーマについては、第４部第２章「フランソワ・モーリアックの『恩恵論』」の章で詳述する。
(2)『良心、神への本能』(*Pl II, Conscience ou instinct divin,* p.4.)。
(3)『冬』(*Pl III, Hiver,* p.916.)。
(4) *idem.*
(5)『夜の終わり』「序文」(*Pl III, La Préface de l'édition originale,* p.1012.)。
(6) 小説の最終場面、テレーズが娘マリと婚約したジョルジュ、彼女の未来の娘婿とことばを交わす場面で、彼女は遠くからやってくる不思議な声を聞く。その声は言う「最後に言う。これはわたしの最愛の子 …(*FN*, p.211.)。このことばは、イエスが洗礼者ヨハネから洗礼を受け、神の霊が鳩のように降る場面で聞いたことばに酷似している。「これはわたしの愛する子、わたしの心に適うもの」(『聖書』「マタイによる福音書」第３章17節)。テレーズはジョルジュを通してキリストと出会っているということを、作者は示そうとしたのであろうか。
(7)『冬』(*Pl III, op.cit.*, p.916.)。
(8) モーリアックは『黒い天使たち』を執筆しながら、「悪の神秘」が常に頭の中にあったと語っている(『黒い天使たち』*Pl III, Notice*, p.1031.)。この一節は『テレーズ・デスケィルゥ』の中で、テレーズが彼女の罪の根源に遡ろうとするときの描写に類似している。モーリアックの作品には常に、「原罪」と共に世代を越えて受け継がれる「罪の遺伝」というテーマがあることは確かである。このテーマは『失われしもの』の中でも、主人公エルヴェを通して描かれている。「この源泉は彼がこの世に生まれ出る前に始まったものだ。彼はこの泥が道を切り開いて行く生きたベッドのようなものに過ぎなかった。少なくとも彼の後には、その水は流れていなかった。彼はそれに命を与えてはいなかった。多くの世代の腐敗した水は彼の中で吹き出し、道を失ったのだ(*CQP*, pp.301-302.)。またエルヴェの妻イレーヌの死後にエルヴェの母ド・ブレノージュ夫人がする告解の中でも言及されている。彼女は言う。「わたしの情欲のすべて、わたしはそれを文字通り息子に負わせてしまったのです(*ibid.*, p.349.)。
(9) マルセル・アルラン著、前掲書(Marcel Arland, *op.cit.*, p.62.)参照。
(10) ガブリエル・マルセル著、前掲書(Gabriel Marcel, *op.cit.*, p.197.)参照。
(11)『失われしもの』(*CQP*, pp.347-350.)参照。

（12）『聖書』「ヨハネによる福音書」第 15 章 12 節。

（13）『冬』（*Pl III, op.cit.*, p.916.）。

第 IV 部
モーリアックとカトリックの信仰

第1章　モーリアックの「回心」について[1]

カトリック作家フランソワ・モーリアックには、生涯の一時期に信仰上の大きな転機があったということが、彼のエッセーや公開された書簡[2]などから明らかになっている。それを「回心（conversion）」[3]と呼ぶべきかどうかについては、研究者の間でも若干意見の相違はあるにせよ、彼の文学者としての生涯における最も重要な転換点の一つと捉えることでは共通しているように思われる[4]。

確かに代表的な小説だけを取り上げてみても、「回心」前後の作品世界を比較してみれば、マリ＝フランソワーズ・カネロの指摘を待つまでもなく[5]、その差異は際立っている。「回心」に先立つ小説が提示する閉ざされた、救いのない世界、作中人物たちがランドの酷熱の太陽の下で情念の火に焼かれる不毛の、出口のない世界のヴィジョンは、「回心」以後の神の恵みの浸透した世界、罪を犯した作中人物に救済の可能性が常に暗示される、希望と愛に向かって開かれた世界のヴイジョンとはまさに対照的である。

従って、そのように彼の文学に大きな影響を及ぼすことになった「回心」という宗教体験そのものについて考えることは、疑いなく、作品の深い理解のために必要であり、かつ有効でもあるだろう。ここでは、モーリアックの「回心」とはどういうものか、その性質について考察することによって、「回心」に前後する小説の新しい読解の方法を探る試みにしたい。

モーリアックの「回心」とは何か

モーリアックは1928年11月27日付の手紙の中で、友人の作家アンリ・ギユマンに宛てて次のように書いている。

> 話は簡単です。わたしは回心したのです（je sui sconverti）。その話はボルドーでしましょう。— ですから、人には言わないで下さい。そうと気づかれなければならないなら、信仰を公言することによってではなく、わたしの行いによってである方がいいのです。— わたしは文字通り奇跡的にいやされました（J'ai été miraculé à la lettre）。とは言っても、「否（non）」と言わないこと以外には何もしていませんし、際立った感動も、興奮も、法悦状態などというものもありませんでした(6)。

これは、モーリアック自身が「回心」という語を使って自らの体験について述べた数少ない文書の一つある。この1928年という年は、作家として最も実り豊かな年であった。すなわち、前年発表の小説『テレーズ・デスケイルウ』の成功によって彼の名声は頂点に達し、『宿命』、中編小説『知識の悪魔』の出版と『ジャン・ラシーヌの生涯』『小説論』『ボシュエ「情欲論」補遺』などのエッセーの相次ぐ刊行、そして『キリスト者の苦悩と幸福』『神とマンモン』の執筆へと続くのである（出版は『神とマンモン』が翌年、『キリスト者の苦悩と幸福』は1931年）。しかし作家としての華々しい活躍の裏で、信仰者としての悩みは次第に深まって行く。最晩年のエッセー『わたしが信じること』で、彼が当時を振り返って「人生で最悪の時期」(7)と記しているのは興味深い。『わたしが信じること』というエッセーは、自伝的信仰告白の書とでも言うべきもので、この時期の他の宗教体験についての記述も見出される。しかしモーリアック自身の記憶が若干あいまいであり、そこに語られているいくつかの体験は、どうも彼の「回心」とは時間的な食い違いがあるように思われる。その記述とは以下のようなものである。

> 聖人ではなくとも、何人かの人々はしるし（signes）を受けた。例えばクローデル、マックス・ジャコブ、シモーヌ・ヴェーユなどがそうである。わたしの場合はどうだろうか。一生涯の間どんなしるしも受けなかったと言えば、

嘘になるだろう。けれども、受けたしるしについて語ろうとすれば、それらは、ことばに定着しようと試みるそばから、逃れ、消え去ってしまうことだろう。それに、多くの歳月がそれら恵みの瞬間（ces instants de gâce）を覆い隠してしまっているため、わたしは自分の記憶に確信が持てないのだ[8]。

彼は神秘的な体験をしたことを認めているが、その受けた「しるし」、「恵みの瞬間」は複数あったようである。次に引用する一節では、よりはっきりとこの神秘体験が二つの「しるし」から成り立っていることがわかる。

二つの稲妻（deux éclairs）――というのも、それは稲光のように瞬間的なものだったからだ ―― わたしは、自分の中にその火傷（brûlure）の跡を見つけ出そうとしている。それは、確かわたしの人生で最悪の時期に起ったことだと思う。その時期のことは、「キリスト者の苦悩」のページに表されている[9]。

ここでは「火傷」と「稲妻」ということばに注目したい。彼は「二つの稲妻」の体験が「キリスト者の苦悩」の時期1928年10月頃[10]、後段で明らかにする通り、それは「回心」の時期である ― だったとしているが、さらに先の箇所で、「わたしが平和を見出してから程なくして」[11]とも書かれているため、それを「回心」の体験そのものと同一視することはできそうもない。おそらく「回心」以後数年の間に起こった出来事と見るのが妥当ではないかと思われる。「二つの稲妻」の体験とは、一つは教会の中での出来事、もう一つは、彼自身の言によれば「それより2、3年前」[12]の自宅での出来事である。

初めの出来事は、およそ次のようなものである。信仰の不安の中で苦しむ彼は、あてもなくパリの町をさ迷い、疲れ果てて行き当たりばったりに入ったとある聖堂の片隅で、次のような祈りをする。「どうか、神父様か修道士の誰かがわたしに気づき、わたしの苦しみを見抜いて、肩に手を置いて下さいますように」[13]。

彼はしるしを求める。しかし誰もやって来はせず、慰めは得られなかった。そして時は過ぎ、彼の苦悩もすでにいやされた。新しい住居に引っ越してからのこと。ミサも新たにベネディクト会の礼拝堂に通い始めていた。週日のある朝、聖体拝領を終えて席に戻った時、突然彼は、自分の今居る場所が、かつて苦しみの中で虚しく祈った聖堂であることに気づく。「ああ、お前はやっと気がついたのか」(14)。彼は以前自分が座っていた片隅の席を見出し、キリストの声を聞いたように感じるのである。「その時抱いた得も言われぬ感情を、わたしはことばで言い表すことはできないし、思い出すような振りをすることすらできない。ただ、存在の最も秘められた部分が、喜びと優しさで満たされていたということは覚えている」(15)。

以下に引用する二つ目の出来事はさらに興味深い。

> それは確か聖霊降臨祭の日か、ともかく聖霊降臨祭の時期であったと思う。わたしは本を読んでいたのか、仕事をしていたのか、祈っていたのか覚えていない。突然、わたしは得体の知れない力（une force innconnue）によって突き動かされたように跪き、身を引き裂くような一種の幸福感（une sorte de bonheur déchirant）に捕らえられた。〔…〕聖霊降臨祭がわたしの特に好む祝日になったのは、この日以来のことである。もしわたしを突然跪かせたものが聖霊（l'Esprit）ではなく、わたしの神経のせいだとしたら、それに続く35年もの間、そして通常の恵みの状態（état habituel de grâce）にある今日、少なくともそうありたいと願っている今も、ただの一度もそのような体験をしたことがないということ、もうけっしてあの稲妻（cette foudre）に打たれることはなかったということを、どのように説明すればいいのだろうか(16)。

モーリアックは、『テレーズ・デスケィルゥ』のなかでテレーズを「罪」へと駆り立てた「得体の知らない力」とは別のもうひとつの「得体の知れない力」を感じる。そして彼はその「身を引き裂くような幸福感」を「聖霊」の働きと見なしている。この神秘体験、聖霊体験は非常に重要な出来事であると思われるものの、彼の「回心」が聖霊降臨祭の時期に位置するということはどうしてもあり得ず、また『わたしが信じること』から「35年前」といえば、1927年ということになり、「キリスト者の苦悩」から1年以上も前ということになるので、やはりこの神秘体験を彼の「回心」の体験と同一視することはできないのである。ともかく、モーリアックが信仰生活において聖霊の存在に深く思いを凝らすようになったのは、彼の「回心」以後であるということは確かである。

以上のような神秘体験がモーリアックの「回心」にもあったのかどうかと

いう問題については、残念ながら判断するための資料がない。『わたしが信じること』の中で語られる非日常的な出来事は、初めに引用した、おそらく「回心」の直後に書かれたと推定されるギユマン宛の手紙の中で、振り返って「際立った感動も、興奮も、法悦状態などというものもありませんでした」と回想される出来事とは、余りに対照的である。モーリアックの「回心」の体験は、彼の生涯における決定的な出来事だったことは確かであるとしても、特殊な神秘体験ではなく、「わたしは文字通り奇跡的にいやされました」とあるように、むしろ静かな「いやし」、平和と許しの内的体験だったと考えることができるのではないだろうか。

「回心」の時期

モーリアックの「回心」の時期については、書簡の日付を頼りに、おおよその範囲で知ることができるが、明確に日時を決定することは不可能である。上に述べたように、彼の「回心」を特殊な神秘体験によるものとは見なさず、いやしと平和の体験と考えるならば、『キリスト者の苦悩と幸福』の序文の「『キリスト者の幸福』は、一日だけではあるが平和を得たある魂の驚嘆を表している」(17)という一節の「1日」にこだわる必要はないだろう。その「平和」は「回心」以後も持続したわけであるから(18)。宗教的なエッセーを収録したファイヤール版全集第7巻の序文には、次のようなことばがある。

〔この巻に集められた文章は〕作家の実人生におけるキリスト教的魂の温度を示すものだ。ほとんどの文章は1925年から1930年にかけて通り過ぎた信仰の危機に関連している。その中でも『キリスト者の苦悩と幸福』は頂点を記すものだ(19)。

彼は信仰の「危機」を「1925年から1930年にかけて」と、5年間に亘るものとしているが、ここではおそらく小説の出版年が念頭にあるのではないかと思われる。つまり1925年は『愛の砂漠』出版の年であり、1930年は「回心」直後の第1作目の本格的長編小説『失われしもの』の出版の年である。数年におよぶ信仰の危機の頂点を指すとモーリアック自身が述べている「キリスト者の苦悩」は、1928年10月1日号の『新フランス評論』（*NRF*）誌に掲載された。執筆時期は当然それ以前になるわけだが、「回心」直前の苦悩の深まりを示すこのエッセーが、発表された時点で「回心」がすでに起こっていたとは考えられない。『続内面の記録』でモーリアックはつぎのように書いている。

> 今日70歳を過ぎた老人と同じ名を持つ30代の男、彼についての情報をわたしに与えてくれるのは、『新フランス評論』誌に発表された「キリスト者の苦悩」の文章である。わたしの苦悶がどうしようもなくキリスト教的な魂の苦悶であったことを、その文章は証言しており、わたしにはその証言を否認することはできない。それは一つの叫び、悲痛な訴えだった。神に向かってか。いやむしろ、同胞に対して投げられた助けを求める訴えだった。それは聞き届けられた[20]。

叫びを聞き取ったのは、モーリアックの友人で、カトリックに改宗したばかりの文芸批評家Ch. デュ・ボスだった。デュ・ボスは「一日を争う事態であることを悟り」[21]、彼自身の教導者でもあったトマス主義者のJ.-P. アルテルマン神父をモーリアックに紹介するのである。従って「回心」は10月1日以前ということはあり得ず、また先のギユマン宛の「わたしは回心したのです」というモーリアックの手紙の日付が11月27日であることから、彼の「回心」は10月1日から11月27日までの間に位置することになる。

さらに、11月20日付の、親しい友人で画家のジャック＝エミール・ブランシュ宛の手紙には、明らかに「回心」以後と判断することのできる表現が含まれている。

> わたしは、キリスト者は肉体を嫌悪すると書くことによって偽りを述べたのです（J'ai menti écrivant que le chrétien hait la chair）。なぜなら、キリスト者は肉体を聖化し、それを神の聖櫃とし、復活を約束するのだからです。わたしはまた、キリスト者は人間的な愛を糾弾すると言うことによって偽りを述べました。なぜなら、イエス・キリストは、そこで人々が心を開き、汚れることなく恥じることもなく、永遠に愛し合うという確信を持って互いに出会い、再会することのできる神秘的な中心であり、またしるしだからです。わたしが信じるのはこういうことです[22]。

この手紙は、「回心」以前に書かれたブランシュ宛の手紙の次のような一節とは、まさに対照的である。「わたしたちはみな、闇の中にいる — ただ、ある人々はその闇に終わりがないと考え、他の人は信仰を持つ …さしあたりキリスト者も非キリスト者も同じ闇の中で窒息せねばならない」(23) 。また上の「わたしは、キリスト者は肉体を嫌悪すると書くことによって偽りを述べたのです」ということばは、モーリアックの信仰の危機を象徴的に示す一句、「キリスト者の苦悩」の中で発せられた「キリスト教は肉体にその役割を認めていない。それは肉体を切り捨てるのだ (Le christianisme ne fait pas sa part à a chair, il la supprime)」(24) という「苦悩の問い (la question amère)」(25) に対する彼自身による否定の答えに他ならない。「わたしが信じるのはこういうことです」と、親しい友人に向けて為された一種信仰宣言とも受け取れるこの文章は、やはり「回心」以後に書かれたものと判断するのが適当であろう。従って彼の「回心」 はこの書簡の日付、11月20日にまで遡ると言うことができる。さらに、教導者を同じくし、モーリアックの「回心」の証人でもある前記のデュ・ボスは、その著『フランソワ・モーリアックとカトリック作家の問題』の中で、「『回心以上に大きな奇跡は存在しない』、とは言え『キリスト者の苦悩』の発表から6週間後には、モーリアックの『回心』は既成の事実になっていた。」(26) と述べている。この証言を裏付けるような日付の特定された文書は存在しないが、デュ・ボスのことばにはやはり信憑性がある。もし彼の言う通りならば、11月12日前後までの間ということになる。いずれにせよ、モーリアックの「回心」は、1928年10月1日から11月12日前後にかけて位置すると考えて間違いなさそうである(27)。

「回心」の性質

モーリアックの「回心」を特殊な宗教体験によるものとは見なさず、いやしと平和の体験と捉えるならば、彼の信仰の危機の性質を知ることが「回心」を考えることにもつながるだろう。モーリアックの信仰の危機は、彼自身がエッセーの中で克明に書き綴った苦悩の記録を見る限り、肉体と魂の分裂、自然的なものに向かおうとする傾向と超自然的なもの、神に向かおうとする傾向の間の葛藤として理解することができるように思われる。研究者の中には、その直接の要因として情熱の危機、彼の恋愛問題を指摘する者もある[28]。もう一つの要因が考えられる。先にファイヤール版全集第 7 巻の序文を引用して、「1925 年から 1930 年にかけてわたしが通過した危機」というような限定の仕方には、小説の出版年が念頭にあるのではないかと述べたが、もう一つの要因とは、その 5 年間に発表された小説作品が作家自身に及ぼした影響である。モーリアックは『小説家と作中人物』の中で、小説家と作中人物の関係、その親密さと特殊性について語るために、それを神と被造物の関係に喩えているが[29]、この 5 年間ほど、モーリアック自身と彼の作中人物の関係が深く緊密であったことはないと言っても、過言ではないだろう。その間の小説に描かれた救いのない人物たちが作家自身の内面世界から生み出されたという事実によって、彼は改めて自分自身の内部の亀裂に直面せざるを得なかったのではないだろうか。それらは、確かにカトリック信者の小説ではあっても、カトリック小説とは呼ぶことのできないものである。それゆえ、作品がモーリアックの内部のキリスト者から利益を受けるということはあっても、彼の中のキリスト者がそれらによって豊かにされることはなかったとは言えないだろうか。

ふたつの自己

モーリアックは『わたしが信じること』の中で、信仰の危機を振り返って次のように述べている。

> 2・3 年間というもの、わたしはまるで狂ったようだった。しかしほとんど何一つ外面に表れることはなかった。この狂気の副次的な理由が、より見分け難い別の理由を覆い隠していたのである。その理由とは、満 40 歳という人生の道のりの半ばにあって、肉体と魂の接点において生じた（nées à l'intersection de la chair et de l'âme）理由なのである[30]。

「肉体と魂の接点において生じた」信仰の危機とは、いかなるものであろうか。モーリアックが「肉体と魂」と言うときの「肉体（1a chair）」は単に物質的な「身体（1e corps）」だけを意味するものではない。« chair » は人間的欲の中枢と見なされ、罪の観念に結びついて、神性に対する人間性を指示する宗教的なことばでもある。彼が「肉体」によって問題にしているのは「欲（concupiscence）」、正確に言えば「肉欲（concupiscence de la chair）」に他ならない[31]。モーリアックの内部で、肉欲の存在は次第にキリスト教信仰の純潔さの要請と対立し、両者は差し迫った二者択一の様相を呈していた。

> わたしが信じることの中には、一つの分裂がある。それはキリスト教の掟、妥協することが一切許されないその特異な純潔さの要請と自然の要請（l'exigence de la nature）、そして人間の自然がその外側に見出す無限の共犯（l'immense complicité qu'elle trouve au dehors）との間の対立から生ずるのである。混乱の時期、暗い時代には、わたしは単純で普通の生活から、他の人々にとって幸福であるものから自分が疎外されていると感じたものだ[32]。

キリスト教の「純潔さの要請」と「自然（本性）の要請」との間に引き裂かれた自己、その「分裂」の苦悩こそ「混乱の時期」、彼の信仰の危機の要因だったということが、上の一節から読み取ることができる。「人間の自然」は、しばしば「人間の本能的な部分（la part instinctive de l'être）」[33]あるいは「動物性（l'animalité）」[34]などと言い換えられたりもするが、肉欲あるいは動物的な本能を象徴する肉体、すなわち肉である自己は、もう一つの内なる自己がその中心において神とのつながりを保ち続けようとするのを妨げ、魂の純潔さを汚す存在として意識されているのである。モーリアックは「回心」に先立つ一連の小説で、人間とその外部の諸存在、特に自然との関係を「共犯（complicité, complice）」ということばで暗示することによって、人間の傷ついた自然（本性）とそれを取り巻き支える悪の根強さを描き出した[35]。「人間の自然（本性）がその外側に見出す無限の共犯（関係）」、それが「回心」に先立つ一連の小説における罪の世界、モーリアックの提示する特異な「神なき人間の悲惨」のヴイジョンである。しかし「回心」以後の小説で、彼はそのヴイジョンを放棄することになる。人間の内側の自然（本性）と外側の自然との共犯関係は断ち切られ、作中人物の周りには一種空虚さというべきものが存在する。今度はその空虚さを、モーリアックは「神の姿を隠すものの不在」[36]の場所、神の恵みの働く領域として構想するのである。

1928年、内面の分裂に苦悩していた時期、モーリアックは『ボシュエ「情欲論」補遺』に先立って、『ジャン・ラシーヌの生涯』を刊行した。「数多くの中から、一つの伝記を書こうと思い立つのは、その著者が選ばれた巨匠との一致を感じているからに他ならない。何世紀も前に死んだ人物に近づくための最良の道は、わたしたち自身を通っているのである。」[37] という示唆に富んだ序文の末尾の一節から、彼が単なる偶然ではなく、何らかの内的な必然性に従って、ラシーヌ伝を執筆するに至ったということが推察できる。彼はラシーヌに自己を投影し、ラシーヌの苦悩に彼自身の苦悩を重ね合わせ、「自分自身の謎を解く鍵」[38] を探している。そしておそらくはラシーヌの回心に、彼自身の「回心」の方向を探ろうとしているのである。

『ジャン・ラシーヌの生涯』の前半で、モーリアックはこの作家との「一致」の感覚を頼りに、時間的な順序に従ってラシーヌの幼年期、青年期そして劇作家の時代を生き生きと描き出す。『ジャン・ラシーヌの生涯』が収められたファイヤール版『モーリアック全集』第 8 巻の序文で、この伝記を書くにあたって彼の取った方法は「絶えず自分の物語、自分の個人的なドラマを念頭に置くということ」[39] だったと打ち明けているが、描き出されたラシーヌ像に、伝記執筆当時彼の陥っていた信仰の危機のドラマが色濃く反映されていることは確かである。

> ジャン・ラシーヌがポール＝ロワイヤル・デ・シャンに住むことになったのが、子供から大人へと移行する不安定な時期であったということは、古いしきたりとなってしまいわたしたちが気づかなくなってしまったあのドラマ（ce drame）について考えさせてくれるのだ。生まれつつある欲望が、本能的にそして執拗なまでにその対象を探し求めようとするとき、肉体に対する憎悪と感覚界に対する嫌悪（1a haine de la chair, le dégoût du monde sensible)、そして見えないものへの関心を説く教義に執着するということ[40]。

モーリアックはこの書で「わたしたち (nous)」という語を多用しているが、ラシーヌについて何かを語るたびに、彼が絶えず自分自身へと引き戻され、ラシーヌの問題から彼自身のそれへと横滑りしていることが見て取れるように思う。「肉体に対する憎悪と感覚界に対する嫌悪」、ジャンセニスムの厳格な教義に従っていた純潔な感じやすい少年は、あるとき外の世界に目覚め、人生の豊かさと美しさに目を開かれる。彼の内部では、「欲望」が潔癖さを求める信仰心と対立する。厳しいジャンセニスト的な「純潔さ」への要請とそれに対立する人間的な「情念」との葛藤の「ドラマ」、モーリアックはそのように青年ラシーヌの「ドラマ」を想像する。そしておそらくそれは、1910年、25歳の時に次のように書き記していたモーリアック自身の「ドラマ」でもあったはずなのだ。「わたしの中にはわたしの分身、官能的で激しい性質の第二のフランソワがいる。彼は未知の人生を追い求め、あらゆる快楽に引き寄せられている。〔…〕高尚な渇望と卑しい欲望の痛ましい対立。わたしをふたりの人間に分裂させる恐るべき力〔…〕」(41)。モーリアックは絶えずこの「ドラマ」に立ち戻り、それがまた『ジャン・ラシーヌの生涯』の基調テーマにもなっている。伝記執筆当時彼の抱えていた問題が、ふたつの自己、「肉である自己と霊的存在としての自己」の分裂の苦悩に他ならなかったということが理解できるはずである。彼は半年後、「キリスト者の苦悩」の中で「キリスト教は肉体にその役割を認めていない。それは肉体を切り捨てるのだ。」と、悲痛な叫びを上げるところから程遠くない地点にいるのである。

十字架の発見

『ジャン・ラシーヌの生涯』の最終章には次のような一節がある。

> ジャン・ラシーヌの単純さ。彼は見出した御方だけ満足している。彼は十字架を抱き締めている(Il embrasse la croix)。わたしたちならば、そこにつながれなければならないだろうに。それでもやはりだめだろう。なぜなら、その時わたしたちの自我は、木につながれるやたちまちわたしたち自身ではなくなってしまうだろうし、わたしたちから離れ、記憶の中でしか生きて行くことができないだろうから(42)。

「十字架を抱き締めている」と書かれているその「十字架」とは、キリストの十字架であると同時に、聖書に「わたしの後に従いたいものは、自分を捨て、自分の十字架を背負って、わたしに従いなさい」(43)と記されている「自分の十字架」、つまりラシーヌ自身の十字架でもあるということに気づく必要があるはずである。ここでは、キリストの十字架と各人が負うべき重荷としての十字架のイメージが二重写しになっている。以後モーリアックが「十字架」と言う時には、キリストの十字架よりはむしろ彼自身の十字架に力点が置かれるようになるが、上の一節はその転換点に位置していると思われる。ラシーヌは十字架を抱き締め、神から与えられた自らの重荷を背負い、キリストにしたがう道を選んだ。「わたしたちならば、そこにつながれなければならないだろうに。それでもやはりだめだろう」。モーリアックは彼自身の十字架の存在をはっきりと意識してはいない。しかしこの–節は、「回心」直後に「十字架から離れることは、わたしの力ではできない」[44] として、十字架を彼自身の「信仰の腐敗することのない要素」[45] と定義することにつながって行くのである。

『神とマンモン』第2章後半、デュ・ボスによれば「回心」直後に書かれたとされる「十字架」についての記述[46] は、上の一節との対比からしても非常に興味深い箇所である。

> お前の信仰の腐蝕することのない要素（Cet élément incorruptible de ta foi)、それをどのように定義しよう。それは一つの明白な事実、つまりこの十字架という事実である。わたしたちの傍らにある十字架、わたしたちを待っている「わたしたちの十字架 (notre croix)」を見るためには、目を開きさえすればいい。重ねられた二つの木片が、個々人の運命が存在するのと同じ数だけ様々な形を取り得るなどと、一体誰が想像し得ただろう。ともかくそれは確かなことだ。お前の十字架は、お前の寸法に応じてできている（1a tienne est faite à ta mesure)[47]。

モーリアックがラシーヌの生涯に、特にその回心に、彼自身の信仰の危機の「謎を解く鍵」を探していたとするならば、その時点で意識されていたにせよいなかったにせよ、彼が見出した「鍵」とは、彼自身の「十字架」の存在に他ならなかったと言うことができる。しかし「信仰の腐蝕することのない要素」である彼自身の十字架とは、いかなるものか。また「お前の十字架は、お前の寸法に応じてできている」[48] とはどういう意味なのだろうか。

モーリアックは『キリスト者の苦悩と幸福』の序文で、「探す者が見出すことになるとしたら。〔…〕そして彼の見出したものが十字架であり、愛が彼にその十字架に一致する力を与えるとするならば、彼は平和と確信と、そして十字架に横たわる者に課せられる血まみれの安息とに、はたして顔を赤らめるであろうか」[49] と記しているが、モーリアックの「十字架」、彼の「寸法に応じてできている」十字架とは、「魂と肉体の結接点において生じる」[50]「悪」、肉欲に対して心身の純潔を求める信仰心の抵抗に端を発する霊肉の分離、彼自身のことばを借りれば、「肉体に応じてわたしたちの心に与えられた個人的な苦悩」[51] の表徴に他ならない。「悪の神秘 …悪を問題にするにはふたつの方法は存在しない。わたしたちは悪を否認するか、引き受けるかのどちらかを選ばなければならないのである」[52] 。彼の「 回心」は、一方で「この世の悪しき業を捨て」現世離脱の象徴である「十字架を背負う」こと、つまり自己分裂の苦悩をキリストにおいて引き受けること、またそのことによるいやしであり、もう一方でそのような行為を可能ならしめる神の「愛」という恵み、十字架を担うためにキリストを通して神から与えられる先行的な「恵み」（助力の恩恵）を受け入れ、心に感じ取ること、換言すればキリストとの出会いの実存的な体験だったと言うことができるように思われるのである。

肉体と魂の分裂の苦悩から、人生の半ばにおいて、モーリアックは改めてキリスト者としての自己を問い直し、その実存的基盤を見つめ直すことを余儀なくされていた。試練の果てに彼が自らの内に見出したもの、それは彼自身の十字架の存在であった。その十字架を担い、キリストに従うことの内に真の安息があり、また十字架を引き受ける力、神の愛は、それを望む者には前もって与えられているのだということ、モーリアックの「回心」は、そのような体験を通してキリストの現存を彼自身の内部で深く経験し、意識化することだったと理解することができる。彼の「回心」を、裁く神から愛の神へという「神のイメージの変化」として捉えるにせよ[53]、ジャンセニスト的、汎神論的、異端的信仰から正統のカトリック信仰への復帰と見なすにせよ[54]、その中心にあるものは､「神」の「恵み」の体験なのである。「回心」以後､「告解」を共通テーマにした小説『失われしもの』や『まむしのからみ合い』の中では、主人公が罪を「 知る 」場面が描かれているが、彼が「罪を知る」という行為の背後に常に描こうとしているものは、そのような行為を可能ならしめる神の「助力の恩恵」の働きであると言うことかできるだろう。

註記

(1) この論考は「F. モーリアックの〈コンヴェルシオン〉に関する一考察」(『武蔵野美術大学研究紀要』第26号、1995年刊行、pp.77-84.）をもとに書き改められたものである。

(2)『ある人生の手紙』『続ある人生の手紙』(Françoiss Mauriac, *Lettres d'une vie*, Paris, Grasset,1981; *Nouvelles lettres d'une vie,* Paris, Grasset,1989.）参照。

(3) « conversion » は通常「回心」=「改宗」の意味、「不信ないし迷信から真のカトリックの信仰に改めること」あるいは「洗礼に先立つ悔い改め」という意味で用いられる。モーリアックはカトリック信者としては幼児洗礼であり、終生教会から離れることはなく、たとえ信仰の危機にあってもけっして信者としての務めを怠ったことはないのであるから、彼の宗教体験に « conversion » の語を充てるのは適当ではないかも知れない。しかしモーリアック自身も書簡などで自分自身の体験を評して « conversion » の語を用いているように、その本来の意味は「心を神へと向け直す」ということである。この小論では、モーリアックの「回心」はまったく彼独自の内的な体験であるという観点から基本的に考察している。またモーリアックの「回心（converion)」を「再回心（reconversion)」と呼ぶ研究者もいる。

(4) シャルル・デュ・ボス著、前掲書（Charles du Bos, *op.cit.*)、エヴァ・キュシネル著『モーリアック』(Eva Kushner, *Mauriac*, Paris, DDB, 1972.)。また最近のモーリアック研究の中で、彼の「回心」に焦点を合わせ、小説家の生涯における1つの重要な転換点として捉え論じているものには、フランソワ・デュラン著『フランソワ・モーリアック ― 独立と忠実』(Francois Durand, *François Mauriac, indépendence et fidélité,* Paris, Champion,1980.)、マリ=フランソワーズ・カネロ著『1930年以降のモーリアック ― 解かれた小説』Marie-Francoise Canérot, *Mauriac après 1930, Le Roman dénoué*, Paris, SEDES, 1985.)、ジャック・モンフェリエ著、前掲書（Jacques Monférier,*op.cit.d*,1985.）などがある。特にマリ=フランソワーズ・カネロ氏の研究は、モーリアックの「回心」を軸にその前後の小説を比較するという方法で、非常に興味深い。

(5) マリ=フランソワーズ・カネロ著『1930年以降のモーリアック ― 解かれた小説』Marie-Francoise Canérot, *op.cit.,* pp.23-30.）参照。

(6)『ある人生の手紙』(*Lettres d'une vie*, pp.408-409.)。

(7)『わたしが信じること』(*Pl V, Ce que je crois*, p.616.)。

（8） *idem.*

（9） *idem.*

（10）「キリスト者の苦悩」は 1928 年 10 月 1 日号の『新フランス評論』（*NRF*）誌に掲載された。その後若干の訂正を加え、表題を「罪人の苦悩」に改めたものが、『キリスト者の苦悩と幸福』（1931 年に出版）中の 1 章になった。

（11）『わたしが信じること』（*Pl V, op.cit.*, p.617.）。

（12） *idem.*

（13） *idem.*

（14） *idem.*

（15） *idem.*

（16） *idem.*

（17）『キリスト者の苦悩と幸福』「序文」（*OC VII, Préface à Souffrances et bonheur du chrétien*, p.226.）。

（18） 最晩年のエッセー『続内面の記録』には、1932 年の大病以後、彼が自分の体を気遣う余り、再びもとの状態に戻ってしまったという意味の記述がある。「わたしはここで恥ずかしさの混じった驚きをもって告白する。わたしの人生に襲いかかった脅威は、わたしをこの現世から離脱させ、神に近づけるどころか、わたしのその 4 年前にそうであった状態に知らず知らずのうちに近づけていた。今度は苦しむことと死ぬことへの動物的な不安にその苦悩は結びついていた」（*Pl V, Nouveaux Mémoires intérieurs*, p.754.）。モーリアックは幾分自嘲気味にこのように書いているが、1928 年の「回心」を否定するものではない。むしろこのように書くことによって、逆に彼自身の内部で占めるその体験の重さを推し量ることができるように思う。

（19） ファイヤール版『モーリアック全集』第 7 巻「序文」（*OC VII, Préface,* p.II.）

（20）『続内面の記録』（*Pl V, op.cit.*, p.747.）。

（21） *idem.*

（22）『フランソワ・モーリアック ― ジャック＝エミール・ブランシュ往復書簡集』（*F. Mauriac — E-Blanche, Correspondance 1916-1942*, Paris, Grasset, 1976, P.154.）。

（23） *ibid.*, p.131.

（24）『キリスト者の苦悩と幸福』（*SBC*, p.117.）。

（25）『キリスト者の苦悩と幸福』「序文」（*Pl V, Préface à Souffrances et bonheur du chrétien*, p.113.）。

（26） シャルル・デュ・ボス著、前掲書（Charles du Bos, *op.cit.,* p.67.）。

（27） この時期は、ちょうど彼が『神とマンモン』の第 2 章を執筆していた時期に当たる。

(『神とマンモン』の成立過程については、第5部「『キリスト者の苦悩と幸福』について」第1章「成立過程について」「註」5を参照)。

(28) 信仰の危機と「回心」の直接の動機となったであろうと思われるモーリアックの恋愛問題に関しては、ダニエル・ゲランの詳しい証言がある（ダニエル・ゲラン著「フランソワ・モーリアックの苦悩」『マスク』誌第24号、1984/1985年冬季。Daniel Guérin, *Le Tourment de François Mauriac in Masque no. 24*, Hiver 84/85.)。ジャック・モンフェリエも著書の中でゲランの記事を取り上げており、具体的な内容については余り触れようとはしていないが、「魂と肉体の分裂の苦悩」とも言えるモーリアックの信仰の危機の根底に、恋愛問題があったとする見方を取っている（Jacques Monférier, *op. cit.*, pp.22 – 26. 参照)。

(29)「小説家とはすべての人間の内で、もっとも神に似た人間である。彼は神のしるしである。彼は人間を創造し、運命を与え、彼らの事件やまたその破局を仕組み、彼らを互いに交差させ、終末へと導く」(*Pl II, Le Roman*, p.751.)。

(30)『わたしが信じること』(*Pl V, op.cit.*, p.616.)。

(31)『聖書』「ヨハネ第一の手紙」に挙げられている人間の「欲」とは、「肉の欲(concupiscence de la chair)」「目の欲（concupiscemce des yeux)」「持ち物のおごり(orgueil de la vie)」という「三つの欲（trois concupiscences)」だが、モーリアックは «concupiscence » をほとんどの場合 « concupiscence de la chair » の意味で用いている。(第5部「『キリスト者の苦悩と幸福』について」第1章「成立過程について」「註」7を参照)。

(32)『わたしが信じること』(*Pl V, op.cit.*, p.587.)。

(33) *idem.*

(34) *idem.*

(35) 例えば「人間の肉体の共犯者である暑く優しい大地（la terre chaude et douce et complice de la chair des hommes）その匂いは嵐の晩など欲望の香りそのものです…」(『肉と血』*Pl I, La Chair et le sang,* p.208.)、「すると共犯者の風（Le vent complice）が, 彼女の膝に置いてあった電報を吹きさらっていった」(『火の河』*Pl I, Le Fleuve de feu,* p.514.)、また『テレーズ・デスケイルウ』では、自然は文字通りテレーズの罪の「共犯者」である。マノの大火事はテレーズに犯罪の最初のきっかけを与えている。

(36)『冬』(*Pl III, Hiver*, p.916.)。

(37)『ジャン・ラシーヌの生涯』「序文」(*OC VIII, Préface à La Vie de Jean Racine*, p.59.)。

（38）『ジャン・ラシーヌの生涯』（*OC VIII, op.cit.,* p. 60.）。
（39）ファイヤール版『モーリアック全集』第８巻「序文」（*OC VIII, Préface,* p.I.）。
（40）『ジャン・ラシーヌの生涯』（*OC VIII, op.cit.*, p. 63.）。
（41）『ある人生の手紙』（*Lettres d'une vie*, pp.32-33.）。
（42）『ジャン・ラシーヌの生涯』（*OC VIII, op.cit.*, p. 146.）。
（43）『聖書』「マルコによる福音書」第８章34節。
（44）『神とマンモン』（*DM*, p.794.）。
（45）*ibid.*, p.793.
（46）「回心のあとすぐ、『神とマンモン』の中で、モーリアックは十字架についてすばらしい一ページを記している」（シャルル・デュ・ボス著、前掲書。Charles du Bos, *op. cit.*, pp.70-71.）。
（47）『神とマンモン』（*DM,* p.793.）。
（48）自分自身に対して「お前（tu）」と二人称で語りかける内的対話（モノローグアンテリユール）の叙法は、彼がエッセーの中でよく用いる表現方法の一つで、特に『神とマンモン』の中では目立っている。
（49）『キリスト者の苦悩と幸福』「序文」（*Pl V, op.cit.*, p.115.）。
（50）『わたしが信じること』（*Pl V, op.cit.*, p.585.）。
（51）『神とマンモン』（*DM*, p.794.）。
（52）『カトリック信者のことば』（*Paroles catholiques,* Paris, Plon, 1954, p.97.）。
（53）『カイエ・フランソワ・モーリアック』第14巻「非キリスト教徒の読者から見たモーリアックの作品における『神は愛である』」（Ono Masako, « *Dieu est Amour* » *dans l'œuvre de François Mauriac vu par une lectrice non chrétienne*, in *Cahiers François Mauriac No.14*, Paris, Grasset, 1987, pp.67-78.）。
（54）エヴァ・キュシネル著、前掲書（Eva Kushner, *op.cit.*,1972.）参照。

第2章　モーリアックの「恩恵論」[1]

モーリアックの「回心」後に書かれた最初の作品、1930年に出版された『失われしもの』を読んだ後で、マルセル・アルランは彼の『エッセ・クリティック』の中に、次のような印象を書き記している。

> フランソワ・モーリアック氏の書物には次第にはっきりと確かなものになってくるある調子を見出すことができる。それがまず読者を捉えるのだが、そこでは自由な空想や作家の技量を発揮することは問題ではなく、作家が彼の作品に彼自身の葛藤を持ち込んでおり（l'auteur a porté dans son œuvrre son propre débat）、また彼はそうせざるをえないのであって、そこから問題の解決ではなくとも、少なくとも落ち着きあるいは新しい視点を期待しているということが感じられるのである。— この調子あるいはむしろ内心の歌、作品の動機、その本質そしてその延長は、それが深刻で根深く、不器用に成された作家自身の告白（confession）を含んでいればいるほど感動的である[2]。

アルランはこのように、モーリアック自身と彼の作品との特別な関係を指摘しているが、モーリアックの作品には、小説にせよエッセーにせよ、常に作家が作品を執筆している当時、抱えていた内面的な「彼自身の葛藤」が反映されているということは、納得のできる見解である。モーリアックは『神とマンモン』の中で、彼の書くという行為を「書くこと、それは自分自身を引き渡すことだ」（*DM*, p.777.）と定義しているが、彼の小説作品の中には、直接的にせよ間接的にせよ彼自身の「内心の歌」、彼自身の「告白」が含まれているのではないだろうか。

モーリアックはパスカルのことばを引用して、「それはあなたがそこに生ま

れついたからだ …そこにわたしのドラマがある。わたしはそこ〔キリスト教〕に生まれついた。わたしがそれを選んだのではない。この宗教はわたしが誕生するや、わたしにあてがわれていたのである。」（*DM*, pp.784-785.）と、書いているが、生まれながらのカトリック信者モーリアックにとって、「彼自身の葛藤」、彼の内面の問題は何よりもまず、彼の信仰に関わっていることは明らかである。エッセーや書簡類からは、彼の人生の半ばにおいて「回心」[3]という決定的な宗教体験のあったことがわかっているが、それを彼の作家人生における転換点として、「回心」に先立つ小説作品とそれに続く作品とを比較する研究方法を採用しているモーリアック研究者も多い[4]。

この論においてはその研究方法にしたがい、モーリアックの「回心」に前後する３つの小説作品、信仰の危機を反映する『テレーズ・デスケィルゥ』、「回心」直後に執筆された『失われしもの』そして「回心」以後の傑作『まむしのからみ合い』を取り上げ、文脈によって形を変えるが同じひとつの意味を持つ「罪を知る」という表現に注目し、― それはおそらくこれらの小説の新しい読解の試みにおいて、鍵となる表現だろう。― これらの小説に共通する「告解」のテーマについて考えたみたい。

『テレーズ・デスケィルゥ』をモーリアックの傑作と捉えるかどうかは議論の余地があるだろうが、彼の最も優れた小説のひとつであることは疑いようがない。『テレーズ・デスケィルゥ』については、これまで多くの研究が成されてきたが、もう一度テクストそのものに立ち返り、別の視点からこの小説を捉えてみたい。小節の冒頭近くには、注目すべき興味深い一節がある。

> 彼女は彼に何を言えばいいのだろう。どんな告白から始めたらよいのか。欲望や決心、そして予測しがたい行為の混沌とした連鎖をことばで言い表すことができるだろうか。自分の罪を知っている人たちはみな、どうしているのだろう（Comment font-ils, tous ceux qui connaissent leurs crimes ?）「わたしはわたしの罪を知らない（Moi, je ne connais pas mes crimes）」〔…〕（*TD*, p.26.）。

この文章を含む箇所はプレイヤード版『モーリアック全集』で 30 行ほどに過ぎないが、この小説の中で最も重要かつ意味深い一節のひとつであることは疑いの余地がない。この一節はテレーズが彼女の心の奥底に踏み込んで行く内面のドラマの始まりを告げ、― それは意識的であると同時に無意識的なものだが ― また、残りの小説の展開のすべてを要約することによって、テレーズの内的探求の限界をも示している。『テレーズ・デスケィルゥ』の最初の素描である短編小説『良心、神への本能』の中には、表現のいくつかの異同を別にすれば上の文章とよく似た一節を見出すことができる。

> いいえ、わたしは怖じ気づいていたのでも、恥ずかしがっていたのでもありません、ただ気後れしていたのです …わたしが使ったであろうどんなことばもわたしの気持ちを裏切ったことでしょう。自分たちの罪を知るために、ああいう人たちはみなどうしているのでしょう（Comment font tous ces gens pour connaître leurs péchés?)。― わたしはわたしの罪を知らないのです（Je ne connais pas mes péchés）[5]。

先の『テレーズ・デスケィルゥ』からの抜粋がこの一節に基づいて書かれたものであることは明らかである。そしていくつかの表現の違いはあるものの、強調箇所の文章は互いに一語一語対応していることがわかる。『良心、神への本能』の中には、他にも『テレーズ・デスケィルゥ』にほぼ文字通り置き換えられた表現が見出されるが、ここではまず『良心、神への本能』の一節に描かれている、司祭に告解をしようとしながら自分自身の罪を認識することができない女性の心理、主人公のあいまいな心理がいわば中核になり、後にその回りにテレーズのドラマが結晶していったのだということを指摘することができるだろう。しかし完成した『テレーズ・デスケィルゥ』では、彼女が告解をすべき司祭は夫に置き換わり、キリスト教徒であるテレーズ自身信仰を失ってしまっている。彼女は「自由思想家」（*TD*, p.31.）として描かれている。アンドレ・J.ジュベールが言うように、「それは聴罪司祭のいない告解に過ぎず、そこでは罪の痛悔の感情は一切なく、自分自身の内面を見通したいという気遣い、自己正当化の気遣いが際立っている」[6] ため、テレーズの「告解」にはもはや正当性はないように見えるのである。

ところで、『良心、神への本能』から『テレーズ・デスケィルゥ』の決定稿にいたる過程には、ふたつの草稿が存在するこということがわかっている。プレイヤード版『モーリアック全集』の編者で、モーリアックのテクストを編纂し註を施したジャック・プティは、モーリアックの手書き原稿と印刷された完成原稿の間の異同を指摘し、巻末にそれを挙げている。それゆえ、われわれは彼の指摘にしたがって、モーリアックのノートのオリジナルな状態における上の『テレーズ・デスケィルゥ』の一節を復元することができる。以下に最初の手書き原稿を引用するが — 第2の手書き原稿と決定稿の間には、この一節に関しては異同はないため、第2原稿は考慮しないものとする。—『良心、神への本能』のテクスト、『テレーズ・デスケィルゥ』の最初の草稿、そして上に引用した『テレーズ・デスケィルゥ』の決定稿を書かれた順番に挙げることにする。

(『良心、神への本能』)
いいえ、わたしは怖じ気づいていたのでも、恥ずかしがっていたのでもありません、ただ気後れしていたのです … (a) わたしが使ったであろうどんなことばもわたしの気持ちを裏切ったことでしょう (tous les mots dont j'aurais usé, m'eussent trahie.)。(b) ああいう人たちはみな、自分たちの罪を知るためにどうしているのでしょう (Comment font tous ces gens pour connaître leurs péchés?)。— わたしはわたしの罪を知らないのです (Je ne connais pas mes péchés)。わたしは口を開きかけていました。わたしが罪人であるということ、わたしの罪は人間の裁きに属するような罪であるということをあなたに言おうとしていました。でもすべてのことばはわたしの口の中にとどまったのです。(c) わたしがあの殺人を犯そうと望んだのかわたしには確信がありません、それにそれを犯したのかどうかさえわたしにはわからないからなのです (c'est que je ne suis pas sûre d'avoir voulu commettre et assassinat, et pas même sûre de l'avoir commis.)(7)。

(『テレーズ・デスケィルゥ』第一草稿)
　彼女は彼に何を言えばいいのだろう。どんな告白から始めたらよいのか。彼女は自分がまさしく告発されたのだということ、同様におそらくは罪人の名に値するのだということを認めることができなかった。〔…〕(a) テレーズには、彼女が使うはずのことばも彼女の気持ちを裏切るだろうという気がした (Il semble à Thérèse que les mots dont il faudra user vont la trahir.)。アンヌ・ド・ラ・トラーヴは、彼女が告解と呼んでいるものをするためにどうしているのだろう。数語の内にひとつの人生全体がおさまるものだろうか。(b) あああいう人たちはみな、自分たちの罪を知るためにどうしているのだろう（Comment font tous ces gens pour connaître leurs crimes ?)。「わたしはわたしの罪を知らない。」（« Moi, je ne connais pas mes crimes.»）(c) 人がわたしに負わせている罪を、わたしは望みはしなかった（Je n'ai pas voulu celui dont on me charge.)。けれども、人が知らない他の罪もある ― それさえも、わたしは望んだだろうか（Mais il en est d'autres qu'on ne connaît pas — et ceux-là mêmes, les ai-je voulus?）[8]。

（『テレーズ・デスケィルゥ』決定稿）

彼女は彼に何を言えばいいのだろう。どんな告白から始めたらよいのか。(a) 欲望や決心、そして予測しがたい行為の混沌とした連鎖をことばで言い表すことができるだろうか（Des paroles suffisent-elles à contenir cet enchaînement confus de désirs, de résolutions, d'actes imprévisibles ?)。(b) 自分たちの罪を知っている人たちはみな、どうしているのだろう（Comment font-ils, tous ceux qui connaissent leurs crimes ?)「わたしはわたしの罪を知らない（Moi, je ne connais pas mes crimes)」(c) 人がわたしに負わせている罪を、わたしは望みはしなかった（Je n'ai pas voulu celui dont on me charge.)。わたしは自分が何を望んだのかわからない（Je ne sais pas ce que j'ai voulu)。わたしの内側と外側にある凶暴な力（cette puissance forcenée en moi et hors de moi）がどこに向かっているのか、わたしにはまったくわからなかった（*TD*, p.26.)。

われわれは3つのテクストにおける表現の変化に気づくことができるだろう。『良心、神への本能』の中で (a) というしるしのつけられた、「わたしが使ったであろうどんなことばもわたしの気持ちを裏切ったことでしょう」という文は、『テレーズ・デスケィルゥ』の第一草稿では、「テレーズには、彼女が使うはずのことばも彼女の気持ちを裏切るだろうという気がした」と書き換えられている。ふたつの文は、文法的な問題は別にして、テレーズの複雑な感情、彼女のこころの奥底の闇、それを明らかにすることへのためらいを表現しているという意味でほぼ同一である。しかし決定稿では、その表現は「欲望や決心、そして予測しがたい行為の混沌とした連鎖をことばで言い表すことができるだろうか」という表現へと改められている。「ことば」が表すものは単に「わたし」や「彼女自身」ではなく、より具体的に「欲望」、「決心」や「予測しがたい行為」と表現される。したがって決定稿では、テレーズの心の内側の情景がより詳細に描かれているというだけではなく、同時にそれによって彼女の魂の神秘はより深まっているように思われるのである。

(b) というしるしをつけたその次の文については、『良心、神への本能』の中では「ああいう人たちはみな、自分たちの罪を知るために（pour connaître leurs péchés）どうしているのでしょう。― わたしはわたしの罪を知らないのです。」と書かれ、『テレーズ・デスケィルゥ』の第一草稿では「ああいう人たちはみな、自分たちの罪を知るために（pour connaître leurs crimes）どうしているのだろう。『わたしはわたしの罪を知らない。』」となっている。そして決定稿では「自分たちの罪を知っている（qui connaissent leurs crimes）人たちはみな、どうしているのだろう『わたしはわたしの罪を知らない』」― 第一草稿の「アンヌ・ド・ラ・トラーヴは、彼女が告解と呼んでいるものをするためにどうしているのだろう。数語の内にひとつの人生全体がおさまるものだろうか。」という文章は決定稿では削除されている。この異同はそれほど重要なものではないかも知れない。といのは、この一節の最初の部分で、作者はアンヌの名前を出し、テレーズの「告解の準備」について言及しているからである。そのような理由から、この文章を不要な細部と考え削除したということも十分にありえることである。さらに、モーリアックの文章推敲は、より洗練された簡潔な文体を追求し、通常加筆よりは削除という形で行われることが多いということも、付け加える必要があるかも知れない(9)。第一草稿の「 けれども、ひとが知らない他の罪もある」は決定稿では削除されている。「ひとが知らない他の罪 」とは、余罪のようなものではなく、宗教上の罪であると容易に推察されるだろう。だからこそモーリアックは決定稿ではそれを隠し、あえて表面には出さなかったのではないだろうか。― 一見して、『良心､神への本能』の中で使われている信仰上の「罪（péchés)」という語が『テレーズ・デスケィルゥ』の草稿および決定稿では法律上の「罪（crimes)」という語に置き換えられていることに気づく。テレーズは実際殺人未遂という犯罪を犯したわけであるから、「罪（crimes)」という語を用いることには、確かに理由がないわけではない。しかし作者がここで「罪 (crime)」という語の宗教的な概念、つまり神の意志に対する人間の意志による反抗あるいは敵対という概念を無視しているとは考えられない。モーリアックはあえて「罪 (péché)」という語を用いていない。テレーズの外見上の犯罪の背後には宗教的な罪が覆い隠されているということを、そこから読み取ることが出来るのではないだろうか。モーリアックはともかく、コンテクストによっては彼の宗教的なエッセーの中でも「罪 (crime)」「罪深い (crimiel)」「罪ある (coupable)」という語を選択し、しばしば用いていることは事実である。たとえば「〔…〕すくなくとも、わたしはけっして、すぐ近くに、盲目で耳の聞こえない夜の中で、彼が引き受ける人間の罪 (crime) の重さに圧し潰された無垢なるものの現存の感覚を失ったことはなかった」[10] 。それゆえこの「罪」という語の選択と用法は、モーリアックが扱う主題の宗教的性格に常に依存しているというよりは、むしろその語義に含まれる「有罪性」を強調する必要性から来るものだと考えられる。(b) の文章の他の異同に関して、小さなことばの言い換えだが、非常に重要であると考えられるものがある。「ああいうひとたちはみな、自分たちの罪を知るためにどうしているのでしょう〔だろう〕(Comment font tous ces gens pour connaître leurs péchés〔crimes〕?」という『良心、神への本能』と『テレーズ・デスケィルゥ』の第一草稿の表現は、決定稿では「自分の罪を知っているひとたちはみな、どうしているのだろう (Comment font-ils, tous ceux qui connaissent leurs crimes ?)」というように変えられている。「罪を知っているひとたちはみな」という表現は、そのコンテクストからすれば「罪を知るために」という表現よりも、テレーズとそれ以外の人々との間の断絶と社会における彼女の孤立を強調し、彼女の「わたしはわたしの罪を知らない」ということばと結びついてより効果的であることは確かである。またこの文における疑問の非常に微妙な差異を指摘することができる。『良心、神への本能』と『テレーズ・デスケィルゥ』の第一草稿の「どうしているのでしょう〔だろう〕(Comment font〔…〕?)」という表現は、還元すれば「罪を知るためはどうすればいいのか (Comment faire pour connaître le péché〔crime〕?)」という問いである。この問いの中に、言外のしかしより本質的な問い、「罪を知るということはどういうことなのか」という問いの存在を見抜く必要があるのではないだろうか。しかしながら決定稿の表現は、「〔自分の罪を知っている人たちは〕どうしているのだろう（Comment font-ils,〔...〕」と書かれ、そのコンテクストからするならば、ことばで自分の罪を把握することができるかできないか、別の言い方をすれば、「ことばで罪を表現するためにはどうすればいいのか（Comment exprimer le péché par le langage ?）」という問いになっているのである。— 決定稿の中に隠された「罪を知るためにはどうすればいいのか」という問いは、マルセル・アルランも指摘しているように、『テレーズ・デスケィルゥ』を書いているとき、すでに作家自身が心の奥底に抱えもっていた問いなのではないかと考えることはできないだろうか。

この一節の最後の部分、(c) というしるしをつけた文は、『良心、神への本能』では「わたしがあの殺人を犯そうと望んだのかわたしには確信がありません、それにそれを犯したのかどうかさえわたしにはわからないからなのです。」とあり、『テレーズ・デスケィルゥ』の草稿では「人がわたしに負わせている罪を、わたしは望みはしなかった。けれども、人が知らない他の罪もある — それさえも、わたしは望んだだろうか」となっている。さらに決定稿では、「人がわたしに負わせている罪を、わたしは望みはしなかった。わたしは自分が何を望んだのかわからない。わたしの内側と外側にある凶暴な力 がどこに向かっているのか、わたしにはまったくわからなかった。」となっている。『良心、神への本能』と『テレーズ・デスケィルゥ』の草稿で問題になっているのは、司祭あるいは夫に対して「告解」の準備をするため「良心の糾明」をしようとするテレーズが、— しかし彼女は自分の罪を認めることができないのだが — 彼女の罪を彼女が自らの自由意志で犯したのかどうかということが問題になっている。神学の用語を用いるならば、それは「罪に対する自由意志の同意」の有無の問題である。そしてテレーズは彼女の罪深い行為が彼女の意志から出たものではないと考え、自由意志の同意を否定しているのである。しかし決定稿では、テレーズは自分の意志で罪を犯したわけではないと言うばかりか、彼女は「自分が何を望んだのかわからない」とさえ言っている。それゆえ彼女の矛盾したことばは読者に謎をかけ、彼女の心が理解不能の神秘であるという印象をより一層持たせることにつながっている。テレーズは続けて言う、「わたしの内側と外側にある凶暴な力がどこに向かっているのか、わたしにはまったくわからなかった。」したがって、これは単に「罪に対する自由意志の同意」の問題ではなく、彼女を押しやった彼女が御すことのできない不思議な「力」、少なくとも彼女に属しているその「力」の存在の意識の問題である。

『良心、神への本能』と『テレーズ・デスケィルゥ』の上の一節の異同をつぶさに見ることによって、表現の微妙なニュアンス、その重要な変化を確かめることができる。しかし「わたしはわたしの罪を知らない（je ne connais pas mes crimes [péchés]」というテレーズのことばだけは、いずれのテクストにおいても変わっていない。『良心、神への本能』と『テレーズ・デスケィルゥ』の草稿では、テレーズの罪が彼女の自由意志に基づくものかどうかを知るという点に作者の関心が集中している印象を受けるが、決定稿では、作者はむしろ主人公の内面の混沌を際立たせることに配慮しているように見える。そして「わたしはわたしの罪を知らない」という謎めいた表現の曖昧さを強調するために、彼はそのことばを中心にして、すべてのテレーズの物語を組み立てていると言うことはできないだろうか。ともかく小説の冒頭から最終章にいたるまで、この表現はいわばテレーズという神秘的な作中人物の心の核のようなものになっていることは確かである。

「わたしはわたしの罪を知らない（je ne connais pas mes crimes)」ということばには、実際何かしら曖昧な点がある。どうしてモーリアックは「知る（connaître）」の否定形を用い、たとえば「知らない（ignorer)」、あるいは「自覚する（s'avouer)」「認める（convenir)」などの動詞の否定形を使わないのであろうか。ここで、否定にしろ肯定形にしろ「知る（connaître)」という動詞が使われるひとつの定型表現「罪を知る（知らない)（[ne pas] connaître le péché)」という表現が —「罪（péché)」という語はコンテクストで変わりうるが —『テレーズ・デスケィルゥ』では、上に見たように否定形ではあったが、モーリアックの「回心」をはさんだ三つの小説を通して常に存在することを指摘したい。

この時期（1927 年から 1932 年）のモーリアックの小説作品には、明らかにそれとわかるにせよ、潜在的なものであるにせよ、「告解」のテーマを見出すことができる。『良心、神への本能』の註でジャック・プティは次のように述べている。「5，6 年来、モーリアックは、もっとも厳密な意味で告解となるような物語を書こうと考えていた。おそらくはそれが、彼の中に罪人であるこのような作中人物を浮かび上がらせたのだろう」[11]。この「告解」のテーマを、「回心」に前後する時期にモーリアック自身が抱えていた問題についての彼の意識の反映の一つとして捉えることはおそらく誤りではないだろう。なぜならば、すでに見たように、『テレーズ・デスケィルゥ』はテレーズの内面の混沌を物語の軸とし、「罪を知る」とはどういうことかという問題を提起した小説として読むことができるであろうし、「回心」直後に書かれた『失われしもの』では、そのタイトルが示すように、文字通り罪人の回心がテーマになっている[12]。『まむしのからみ合い』では、物語は罪のゆるしを願う主人公によって書かれた告白の日記という体裁を採っている。したがって「回心」以後に書かれたこの二つの小説は、『テレーズ・デスケィルゥ』の延長線上にあるのではないかと考えられるのである。それは表現の上で確かめられる。『テレーズ・デスケィルゥ』の中で最も重要ないくつかの表現は、『失われしもの』と『まむしのからみ合い』の中に置き換えられ、展開されているのである。たとえば『テレーズ・デスケィルゥ』には次のような一節がある。

> わたしたちの人生のまったく純粋な夜明けにも、すでに最悪の嵐が予想されるという信じがたい事実。あまりにも青すぎる午前中は、午後と夕方の天気を知らせる悪いしるしなのだ。それらは荒らされた花壇、折れた木の枝と一面の泥（toute cette boue）を告げている（*TD*, p.29.）。

モーリアックはここで「泥（boue）」ということばを、子供時代を意味する夜明けの「純粋さ」に対比させ、「不純さ」「汚れ」の意味で用いている。― また「このような平和をテレーズは未だかつて知らなかった。― だが彼女が平和だと信じていたものも、彼女の胸の中に潜む爬虫類（ce reptile dans son sein）のまどろみ、冬眠に過ぎなかったのだ」（*ibid.*, p.36.）。

シャルル・デュ・ボスに言わせれば「移行期の小説」[13] であり、引用されることの少ない『失われしもの』の中にも、「知る（connaître）」という動詞を使った表現の典型的な用例を見出すことができる。― その場合、『テレーズ・デスケィルゥ』とは対照的に肯定形で書かれているのだが。― それは物語の筋の展開の上で大きな転換点を画する一節の中で、作中人物の心のもっとも深いところで起ころうとしている変化を知らせるキーワードとして機能しているように思われる。『失われしもの』の中から次のような一節を引用することができる。

> その声〔母親の声〕は、エルヴェ自身、数ある神の恵みの中でもとっても大きな恵み（une très grande grâce）を受けているのだと、まるで自明の理だとでも言わんばかりに語るのだった。
> —「おれがかい。」
> —「そうだよ、あらゆる恵みの中でももっとも大きな神さまの恵み（la plus grande de toutes）だよ。おまえはあるがままにおまえ自身を見つめ、お前自身を知っているからだよ（tu te connais）。おまえは泥のことを泥だと言っている（Tu appelles la boue : la boue.）。おまえは泥は泥だということを知っているんだよ（Tu sais que la boue est la boue）」。
> —「 確かにそうだ。」と彼は言ってしまった。思わず小さな声で「それならわかっている」と（*CQP,* p.364.）。

「泥」ということばにすぐに気づかされるが、『テレーズ・デスケィルゥ』について述べたように、モーリアックはほとんどの場合この「泥」ということばを「汚れ」、正確に言うならば「罪の汚れ」の意味で用いている。「罪の汚れ」である「泥」は、また「肉体」の概念に結びつく。『テレーズ・デスケィルゥ』のエピグラフで作家は「わたしは泥の肉体（un corps de boue）に埋もれ、混じり合った心の物語を知っている。」（*TD*, p.17.）と、書いている。— モーリアックにとって、肉体は分かちがたく罪の概念に結びついていることを確認することには意味がある。それは「罪の肉体」(14) なのである。—「泥」にはまた、神の人間創造の時の「地の塵」、「死すべきもの」「滅びに向かう人間」という『聖書』的な意味が付け加わっている。そこに「原初の泥」という、「原罪」と「汚れ」が組み合わされたモーリアック独自の造語も由来するのである。しかし『聖書』では、「泥」を「汚れ」の意味で用いることはかなり稀だが、モーリアックの語法がまぎれもなく『聖書』の知識に基づくものであることは明らかである。

「泥は泥だ」と呼びながら、エルヴェは「自分自身を知っている」、そして「泥は泥だということを」知っているのである。それは彼自身の心の中にある罪の汚れを、彼が知っているということを意味している。作者の意図は、これらのことばによって、放蕩息子である主人公が生家に戻ってきて、彼は回心しようとしているのだということを示そうとしていることは明らかである。なぜならば、エルヴェのことばの注釈とも受け取れるように、母親に「彼があらゆる恵みの中でももっともすばらしい神様の恵みを受けている」のだと語らせているからである。— チボーデが『失われしもの』をモーリアックの最高傑作と呼んだにもかかわらず[(15)]、現在この小説の評判がそれほどよくはないのは、教化しようという意図、幸福なる結末に導こうという配慮が見られるからかも知れない。—『旅する人間』の中でこの一節を取り上げ、重要な指摘をしたのは哲学者のガブリエル・マルセルである。彼は次のように書いている。「わたしたちにかかっているのは、要するに『可能なる神の恵み』に対し、好都合に自分自身を配置するということである。わたしがその語を意図的に使っている。それはモーリアックが『失われしもの』のすばらしい一ページでその語に与えたのと同じ意味においてなのである」[(16)]。しかしながらマルセルは、「可能なる神の恵み」ということばを自身の思想の論拠の一つとして用いているのであって、その「恵み」を定義することはしていない。われわれはその神の「恵み」を考察の対象とし、それがどのような「恵み」なのかを限定したいと思う。その前に『まむしのからみ合い』から「罪を知る」という意味の表現のバリエーションの一つを引用したい。それはこの小説の第一部の最終章に見出される一節である。

> ああ！　わたしが自分自身を買いかぶりすぎているとは思わないでくれ。わたしはわたしの心を知っている、この心、このまむしのからみ合いを（Je connais mon cœur, ce cœur, ce nœud de vipères）。その重さに圧し潰され、その猛毒に冒されながらも、この心はまむしのうごめきの下で、それでもなお脈打ち続けているのだ。このまむしのからみ合いを解きほぐすのは無理なことだ。短刀のひと突き、剣の一撃で一刀両断にするしかない。「わたしは平和ではなく剣を投げ込むために来たのである」（*NV*, p.460.）。

テレーズを罪深い行為へと駆り立てたあの「凶暴な力」、あるいは「彼女の胸の中に潜む爬虫類」がここでは象徴的に「まむし」と表現されていることに注目するべきである。ルイがはっきりと意識している「まむし」は、テレーズがそれを前にしてまったく無力であった「爬虫類」と同様、サタンの神話的表象、悪の力の聖書的シンボルであることは疑いようがない。そして「〔ルイが〕まむしのからみ合いを知っている」ということは — それはまさにテレーズの精神状態とは対照的である —『失われしもの』のエルヴェと同じように、彼が彼自身の罪と罪の汚れを知っているということである。また彼の「罪を知る」という行為が、「わたしは平和ではなく剣を投げ込むために来たのである」というキリストのことばの想起に直接つながっている点は、注目すべきことである。この一節においても、作者はルイの心の中で起きようとしている変化、決定的な刷新のしるしを読者に提示しようとしていると考えることができるだろう。

すでに指摘したように『良心、神への本能』の中に初めて現れる「罪を知る」という基調テーマの中で、モーリアックが繰り返し用いる「知る（connaître）」という動詞の問題に立ち返る必要があるかも知れない。この語について考察するためには、あらかじめそれをキリスト教の信仰、『聖書』のコンテクストの中に置く必要があるだろう。フランス語版聖書の中には « connaître » に類似するいくつかの動詞があるが、それらの中でこの « connaître » を特徴づけるものは、この動詞が知的な次元でなく、むしろ « remarquer » « expérimenter » « discerner » « apprécier » そして « reconnaître » などの動詞に通じる経験的な意義を有しているということである(17)。それはある意味「他者」との「出会い」、「他者」とのまさしく実存的な関係を指しているのである。「知る」とは「何者かと出会う」ことであり、「知らない」とは「自分から切り離す」ことである。この語は通常体験的な知識を表すことばであることは確かだが、日常的な用法と違うのは、『聖書』では「知る」という行為は究極的には「神を知る」こと、「神との出会い」に還元されるという点である。「罪を知る」というモーリアックの表現について語るためには、『聖書』「詩編」を援用することが適当かも知れない。「改悛の詩編」と呼ばれる「詩編」の一つに次のような一節がある。

神よ、わたしを憐れんでください
　　御慈しみをもって。
深い御憐れみをもって
　　背きの罪をぬぐってください。

わたしの咎をことごとく洗い
罪から清めてください。
あなたに背いたことをわたしは知っています
(mon péché, moi, je le connais)。
わたしの罪は常にわたしの前に置かれています。
あなたに、あなたのみにわたしは罪を犯し、
御目に悪事と見られることをしました[18]。

罪は神の意志との関係性においてのみ問題となる。罪を明らかにするのは、人間ではなく神である。人間は神に対してのみ罪を犯すのであり、神のみがそれを赦すことができる。したがって、神が存在しないのであれば、罪も存在しないと言うこともできるであろうし、反対に罪のあるところには神もあると言うこともできる。この「詩編」をおおざっぱに要約するとすれば、そのようになるだろう。

モーリアックの「罪を知る」という基調テーマがこの改悛の祈りと同じ問題意識の上に立っていることは、明らかである。「あなたに背いたことをわたしは知っています (mon péché, moi, je le connais)。わたしの罪は常にわたしの前に置かれています。」という詩句と同様、「自分自身を知る (se connaître soi-même)」あるいは「自分の心を知る、まむしのからみ合いを知る (connaître son cœur, le nœud de vipères)」という表現は、「罪人」である自分自身と「出会う」、神の目に映る心の中の悪、「罪」そのものと「出会う」ということである。『まむしのからみ合い』において、まむしのからみ合いを知ることによってルイがキリストのことばを心に思い浮かべたように、「罪」との出会いは「罪ならざるもの」との出会いであり、つまり「神」との出会いに他ならないのである。しかし、人はどうやって自らの罪を知るのであろうか。何が罪を知ることを人に可能にするのであろうか。『失われしもの』の中でモーリアックが書いた「とっても大きな神さまの恵み」、『まむしのからみ合い』の中でははっきりとは描かれてはいないが、主人公にキリストのことばを想起させることにより暗示していると考えられるその同じ「神の恵み」、カトリックの神学が教えるところにしたがえば、それは「義化」[19]に先立つ「神の恵み」、自己自身の「義化」を準備する行為を可能ならしめる「神の恵み」、ひとが自由意志にしたがうこ

とで、われわれと協調して働き、われわれを呼び、助け、支える「恵み」である。ひとを「悔悛」に導くその「神の恵み」、カトリック神学においてそれは、「聖成の恩恵」と区別され、「助力の恩恵」と呼ばれている[20]。

このように考えるとき、われわれは再び先に問題にしたテレーズのことばに連れ戻されるように思われる。これまで言われてきたように、彼女の罪は自由意志の同意の問題としてのみ捉えるべきではないということは明らかである。テレーズが「わたしはわたしの罪を知らない」と言うとき、彼女は同時に「罪ならざるもの」を「知らない」、「神との出会い」を知らないと言っているのである。『良心、神への本能』および『テレーズ・デスケィルゥ』の草稿に書かれ、決定稿では改変された、テレーズの「自分たちの罪を知るためにどうしているのだろう」という問い、その問いにの裏側に隠されているもの、そこから読み取ることが出来るものは「神の恵み」という視点である。モーリアックは『夜の終わり』の序文で「〔…〕わたしの女主人公はもうすでに過去のものとなったわたしの人生の一時期に属しているということを忘れないで欲しい。彼女はわたしの過去の不安の証人（témoin d'une inquiétude dépassée）なのだ」[21]。それゆえ、われわれはテレーズの疑問の中に、モーリアックの「回心」以前の宗教的「不安」を認めることができるのではないだろうかと考えるのである。

モーリアックの「回心」前後に書かれた三小説『テレーズ・デスケィルゥ』『失われしもの』『まむしのからみ合い』は、共通の主要テーマとして「告解」を扱っており、相互に関連し合ったひとつの集合体を形成している。それは表現の上からも確かめられる。これらの小説には、否定形であれ肯定形であれ、「罪を知る」ということを問題にする、聖書的な意味で「経験する」「出会う」という意味が含まれる定型表現が存在する。モーリアックは『わたしが信じること』というエッセーの中で、「自分を罪人だと思っている人、自分が罪深いと感じている人は、もうすでに神の国の入り口に立っているのだ。」[22]と書いているが、「罪を知る」とは「罪ならざるものを知る」こと、「無垢なる存在」と出会い、「神」へと心を向け直すことである。それを可能にするものは、「助力の恩恵」、われわれのあらゆる行為に先立ってわれわれを「悔悛」へと招く「神の恵み」に他ならない。そういう「罪」と「神の恵み」のヴィジョンを以て、モーリアックは「回心」以後の二小説を書いたのだと考えられる。そこに「回心」の反映のひとつを認めることは、おそらく誤りではないだろう。「回心」の直後に書かれた『失われしもの』の中で「もっとも大きな神さまの恵み」ということばを使ったとき、モーリアックは「回心」を経ることで「知った」神のゆるし、その意識化の成果として、そこで「神の恵み」の視点を導入することになったのだと、想像したい。「回心」を契機として、「神」との親しい交わりを閉ざされた心の物語から「神の恵み」に開かれた心の物語へと、モーリアックの小説世界は大きく変貌を遂げたと言うことができるのではないだろうか。

註記

(1) この章は、日本フランス語フランス文学界編集欧文学会誌『フランス文学語学研究』第62号に掲載された筆者の論文「フランソワ・モーリアックにおける神の恵みの神学」の主要な部分を翻訳掲載したものである（Soncho Fujita, *La Théologie de la Grâce chez François Mauriac — Les romans écrits avant et après sa cconversion —,* in *Études de Langue et Littérature Françaises* no. 62, Société Japonaise de Langue et Littérature Françaises, Tokyo, 1993, pp.105-118.）。

(2) マルセル・アルラン著、前掲書（Marcel Arland, *op.cit.*, Paris, Gallimard, 1931, p.62.）。『エッセ・クリティック』は1931年、モーリアックの『失われしもの』の翌年に出版されたが、アルランはモーリアックの小説についてすぐに感想を述べている。この一節は『失われしもの』を読んだ直後の印象を記述したものと考えることができる。

(3)「回心」はむしろ「宗教的不安の沈静」あるいは「平和の体験」と呼ぶべきかも知れない。モーリアックは一度も信仰を失ったことはないからである。しかしモーリアック自身、この「回心」ということばを使っていることも事実である。アンリ・ギユマンに宛てた手紙の中で彼は、「話は簡単です。わたしは回心したのです（je suis converti.）。〔…〕わたしは文字通り奇跡的にいやされました〔…〕」(『ある人生の手紙』*Lettres d'une vie,* Grasset, 1981, pp.408-409.）。

(4) マリ＝フランソワーズ・カネロ著『1930年以降のモーリアック — 解かれた小説』(Marie-Francoise Canérot,*Mauriac après 1930*, Le Roman dénoué.)、ジャック・モンフェリエ著、前掲書（Jacques Monférier, *op.cit.*）、ジョゼ・カバニス著『モーリアック、神の小説』(José Cabanis, Mauriac, *Le Roman de Dieu*, Gallimard, 1991.）参照。

(5)『良心、神への本能』(*Pl II, Conscience, instinct divin,* p.4.）。

(6) アンドレ・J. ジュベール著『フランソワ・モーリアックと「テレーズ・デスケィルゥ」』(André J. Jouvert, *François Mauriac et Thérèse Desqueyroux*, Paris, Nizet, 1982, p.136.）。

(7)『良心、神への本能』(*Pl II, op.cit.*, p.4.）。

(8) ジャック・プティによる註に基づいて再現された『テレーズ・デスケィルゥ』の第一草稿（*TD, notice*, p.940.）。

(9) この一節の最初の文は、第一草稿では「自由になるということが一番大切なことだった（C'était l'essentiel d'être libre.）」だが、第二草稿では「自由！ 自由！（Libre ! libre !)」となり、決定稿ではただ一言「自由（Libre）…」と書き改められている。モーリアックの推敲方法の一例になるだろう（*TD*, *Notes et variantes*, p.939.）。

(10)『わたしが信じること』(*Pl V, op.cit.,* p.583.)。別の用例を挙げるならば、「それが信仰の時代とそれ以外とを分けるものだ。人間は今日よりも罪深く(crimiels)なかったというわけではない」(*ibid.*, p.571.)。「〔…〕平凡なキリスト教徒は、キリスト教から否定的なことしか受け取ってはいない〔…〕あるいは罪深い(coupable)自分を隠している」(*DM*, p.804.)。

(11)『良心、神への本能』「註」(*Pl II, Notice de Jacques Petit à Conscience, instinct divin*, p.911.)。

(12) この小説のタイトルは「福音書」の一説から採られている。「人の子は、失われたものを捜して救うために来たのである」(『聖書』「ルカによる福音書」第19章10節)。

(13) シャルル・デュ・ボス著、前掲書(Charles du Bos, *op.cit.,* p.48.)。

(14)『聖書』「ローマ人への手紙」第6章6節。

(15) ジョゼ・カバニス著、前掲書(José Cabanis, *op.cit.,* p.91.)。

(16) ガブリエル・マルセル著、前掲書(Gabriel Marcel, *op.cit.,* p.197.)。

(17)「知る」『新約聖書辞典』(Xavier Léon-Dufour, *Dictionnaire du Nouveau Testament*, Paris, Seuil, 1975, pp.178-179.)、『聖書神学用語集』(Xavier Léon-Dufour et d'autres, *Vocabulaire de théologie biblique*, Paris, Cerf, 1988, p.199.)参照。

(18)『聖書』「詩編」第51番3-6節。

(19)「義化(justification)」とは、イエス・キリストの義のために悔い改める罪人の罪をゆるし、義とし、彼を内部から聖化し、一新させる父なる神の無償の行為であると定義される(« justification » in *Dictionnaire de théologie catholique*, Paris, Letouzey et Ané Éditeur.「義化」『カトリック大辞典』冨山房、1948年参照)。

(20)「義化」「痛悔」「悔悛」『カトリック神学小辞典』カール・ラーナー他著(Karl Rhahner et d'autres, *Petit dictionnaire de thologie catholique,* Seuil, 1970.)。「義化」「痛悔」『神学事典』ルイ・ブイエ著(Louis Bouyer, *Dicionnaire théologique*, Desclée, 1990.)。「義化」「痛悔」『聖書神学用語辞典』グザヴィエ・レオン＝デュフール他著(Xavier Léon-Dufour et d'autres, *Vocabulaire de théologie biblique*, Paris, Cerf, 1988.)。

(21)『夜の終わり』「序文」(*Pl III, Préface de La Fin de la nuit*, p.1012.)。

(22)『わたしが信じること』(*Pl V , op.cit.*, p.571.)。

第Ｖ部
『キリスト者の苦悩と幸福』について

第1章　成立過程について[1]

フランソワ・モーリアックは、1931年に『キリスト者の苦悩と幸福（*Souffrances et bonheur du chrétien*）』というエッセーを出版している。これは『神とマンモン（*Dieu et Mammon*）』と並んでモーリアックの代表的な宗教的エッセーであり、特に信仰の危機と「回心」の時期[2]――それはまた同時に、小説家として一つの頂点に達した時期でもあった[3]――すなわち1928年前後のカトリック信者モーリアックの内面を知る上で非常に重要な作品である。『神とマンモン』も『キリスト者の苦悩と幸福』も、共に「回心」を軸とするその前後の思考のプロセスの忠実な記述であるが、問題意識という点では若干趣を異にしている。つまり『神とマンモン』には、大きな枠組みとして、小説家の自我と信仰の要請、芸術の公正無私とキリスト教のモラルとの間の相克というひとつの対立の構図が認められるのに対して、『キリスト者の苦悩と幸福』はあくまで一信仰者の内部で生起する葛藤のドラマを意識の赴くままに書き記すという体裁を取っているからである。

しかし独立した3章から成るこのエッセーは、ひとつの書物としてまとめられるまでにかなり複雑な成立過程を経ており、決して一時的な感情の表出と見なすことはできない。むしろ興味深いのは、最終的に一つのエッセーとして成立するまでの大幅な削除と訂正の期間に、モーリアックの意識の変化が認められる点である。ここでは特に『キリスト者の若悩と幸福』中の「回心」以前の章、「罪人の苦悩（*Souffrances du pécheur*）」を中心に、その推敲の過程を辿ることによって、作家の意識の変化がどのように作品に影響して行ったのかを読み取ってみたい。

『キリスト者の苦悩と幸福』の序文は次のような一節で始まっている。

> この小著の内で、今日筆者が自分の姿を認め、また不安を感じずに公表できるのは「キリスト者の幸福」についてのページだけである。けれどもそれは、1928年10月1日、「キリスト者の苦悩」という表題のもと、『新フランス評論』誌に提出された厳しい問いに答えたものなのだ。「苦悩」の部分を読むことによって初めて、筆者がのちに「幸福」について書いたことが明らかになる。そういうわけで、「苦悩」の章は現在筆者が真実と認めることとはほとんど一致していないにもかかわらず、これら二つの小論を甘んじて切り離さないことにしたのである（*OC VII, Préface de Souffrances et bonheur du chrétien*, p.225.）。

『キリスト者の苦悩と幸福』は「罪人の苦悩」「キリスト者の幸福（*Souffrances du chrétien*）」「ふたたび幸福について（*Encore le bonheur*）」という独立した3章から構成されている。「罪人の苦悩」は、上の序文にあるように、若干の異同はあるものの1928年10月1日号の『新フランス評論』誌に発表されたエッセー「キリスト者の苦悩」の表題を改めた形である。一両者の異同はごく僅かであり、この小論の論旨に影響しないために、ここでは触れないこととする。— しかしこのエッセーは、もとはと言えば、17世紀の神学者・説教家ボシュエの『情欲論（*Traité de la concupiscence*）』の一般向け注解書として書かれ、アンドレ・ビイィらの監修による「名著の注解」シリーズの第3巻として1928年にトリアノン書店から出版された『ボシュエ「情欲論」補遺（*Supplément au "Traité de la concupiscence" de Bossuet*）』という単行本である(4)。この『ボシュエ「情欲論」補遺』に、全体の3分の1に相当する大幅な削除と加筆訂正を施し、「キリスト者の苦悩」にタイトルを改めたものが、『新フランス評論』誌に掲載され、そして「回心」以後、「キリスト者の幸福」が同じ『新フランス評論』誌1929年4月1日号に発表され、さらに1931年、「キリスト者の苦悩」を「罪人の苦悩」に改め、「ふたたび幸福について」という一章を加え、『キリスト者の苦悩と幸福』という題名で単行本としてグラッセ社から出版されたのである[5]。

『ボシュエ「情欲論」補遺』から「キリスト者の苦悩」へ

> もっとも不思議なのは､筆者が『ボシュエ「情欲論」補遺』を書くにあたって、なにか内的な衝動に駆られたのではなく、それはアンドレ・ビイィ氏の求めに応じて、ボシュエの『説教集』と『情欲論』の余白に書き込まれたものだということである（*idem.*)。

モーリアックは『キリスト者の苦悩と幸福』の序文で､『ボシュエ「情欲論」補遺』を執筆することになった経緯をこのように説明している。｢内的な衝動に駆られたわけではない」にせよ、書き上げられた作品はまさしくこの時期の彼の内面を反映するものとなった。｢間に合わせの作品、注文で為された仕事の回りに、ある運命全体が結晶することになった（*ibid.*, p.11.）のである。

ボシュエの « *Traité de la concupiscenc* » は普通『情欲論』と訳されているが[6]、内容は『聖書』｢ヨハネ第一の手紙」の第２章 15 節から 17 節までの部分｢世も世にあるものも、愛してはいけません。世を愛する人がいれば、御父への愛はその人の内にありません。なぜならすべて世にあるもの、肉の欲、目の欲、生活のおごりは、御父から出ないで、世から出るからです。世も世にある欲も過ぎ去って行きます。しかし、神の御心を行う人は、永遠に生き続けます[7]。」という箇所の注解であり､「肉の欲（1a concupiscence de la chair)」｢目の欲（la concupiscence des yeux)」｢生活のおごり（1’orgueil de la vie)」という三つの「欲」の問題の神学的解釈が中心テーマになっている。しかしモーリアックの『補遺』は､「三つの欲」の内､「肉の欲」の問題しか取り上げておらず — 彼は常に « concupiscence » という語を « concupiscence de la chair » の意味で用いている — ボシュエの論文を正しく捉えているとは言い難い｡「補遺」という表題が付いてはいるものの、実はボシュエの注解というよりは、むしろボシュエを土台にして彼個人の信仰上の問題意識を自由に展開したものと見るべきである。また同時にこのことは、その当時 — つまり信仰の危機の時期 — モーリアックがいかに「情欲」の問題に取りつかれていたかを示すものではないだろうか。

先に述べたように『ボシュエ「情欲論」補遺』と「キリスト者の苦悩」の間の異同は、主に削除の形で表れている。『補遺』は「キリスト者の苦悩」に書き改められる段階で、およそ全体の3分の1に相当する部分が削られている。典型的な例が『補遺』第1章で、それは「キリスト者の苦悩」では完全に姿を消すことになった。エッセーにおいても小説においても、モーリアックの文章推敲の方法がまず削除として認められるということはよく知られているが[8] このケースも同様に考えてよいものであろうか。9ページという分量から言っても、単なる推敲の結果というよりは、むしろそこに、何らかの内的必然性があったのだと考えるべきではないだろうか。削られることになる『補遺』の第1章から、順を追ってその点を検証してみたい。

> 「目に見えないもの、永遠なるものよりも、目に見える移ろいやすいものの方を好む人々」最初のページからボシュエは、現世欲にかられた人々(concupiscents) をこのように定義し、彼らの狂気を暴く。〔…〕目に見えないものに惹かれている人々ですら、ひきつけられているのは彼らの内なる目に見えない部分であって、彼らの肉体ではないのだ (c'est ce qui d'eux-même est invisible qui est attiré, mais non leur corps)。精神は精神を求め、肉体は肉体を追い求める[9]。

『補遺』第1章の冒頭付近で、モーリアックはボシュエを引用してこのように述べている。ボシュエの「現世欲にかられた人々」の定義に対して、モーリアックはすぐさま「目に見えないものに惹かれている人々ですら、ひきつけられているのは彼らの内なる目に見えない部分であって、彼らの肉体ではないのだ。」と反論する。ここで「目に見えないもの (invisible)」、「目に見える移ろいやすいもの (choses visibles et passagères)」というボシュエの対立概念をモーリアックが「目に見えないもの (invisible)」、「彼らの肉体 (1eur corps)」と言い換えている点に注目したい。ボシュエの「目に見える移ろいやすいもの」ということばには、人間の肉体を含めた物質全般、現世の事物、富、要するに「永遠なるものから目を背けさせるこの世の一切のもの」という非常に広い含意が感じ取られるのに対して、モーリアックはそれを「肉体」に局限している。彼は « corps » ということばを用いているが、すぐに続けて「精神は精神を求め、肉体は肉体を追い求める (la chair cherche la chair)」と

« chair » ということばを使い、物質としての「肉体 (corps)」から、精神、魂に対する「肉体」、神性に対する「人間性」という意味での「肉体」、罪にまつわる宗教的な単語の一つである « chair » ということばに移行するのである。この「目に見えないもの」＝「精神」と「目に見えるもの」＝「肉体」ということばの連鎖の中に、モーリアックがボシュエのテクストを通して彼自身の問題へと引き戻されて行く過程が見て取れるように思われる。

また同じ『補遺』第 1 章には、パスカルを引用した箇所がある。

> ジャンセニスムに対して可能なあらゆる反論にもかかわらず、ジャンセニスムはそれ自体、こうした享楽的な信仰心 (dévotion jouisseuse)、危険を厭う子供の常であるこうした快楽を不可能にしているのだ。それはパスカルの「主よ、わたしはあなたにすべてを捧げます」ということばが示す恐るべき冒険の中に、初めから人を引き込んでしまう[10]。

この文章を含む一節には、実は『補遺』の前年に書かれた第一詩集『合掌』の再版のための序文が一部そのまま充てられている。「この気骨を欠いた詩句、柔弱な詩句にわたしは嫌気がさしていた」と自分の詩集を自ら批判した序文である[11]。この興味深い一節、「明敏な一キリスト者の自己自身に対する短い告発文」[12] は、晩年のエッセー『つまずきの石』にも再録されている。これは一見するとジャンセニスム擁護のために書かれた文章のように見えるが、そうではない。「わたしはジャンセニスムの恩恵に関する教義を信じたことはないし、サン゠シラン氏はもっとも人を不安にさせるタイプの神学者だと思って来た。」[13] と記しているように、モーリアックは救霊予定説に代表されるジャンセニスムの教義を信奉しているわけではない。この時期の彼の肉体軽視の傾向がジャンセニスト的であると言うことはできるとしても、彼をその列に加えるのは誤りである[14]。モーリアックをジャンセニスムに近づけているのはその教義ではなく、彼のことばを借りるならば、むしろパスカルを通して知ることになった「ジャンセニストたちの精神態度」とでも言うべきものである[15]。また上記の一節では、「ジャンセニスム」に対比して「享楽的な信仰心」という表現が使われているが、それは一言でいえば、信仰の中に感覚的な悦びを求めることであって、モーリアックはこの時期、特に « jouisseur » あるいは « jouissance » ということばを「自己自身に対する告発」としてしばしば用いている[16]。彼は『つまずきの石』の中で、「この感性に訴える享楽的な信仰は、物質主義（matérialisme）— 教会はそれと闘う使命を受けていながら、意に反して、また非難することもできずに保護している物質主義が、まさに教会のただ中において占める位置を物語っている。明らかな姿で表れているよりもはるかに恐るべき、偽装された物質主義である。」[17] と書いているように、「享楽的な信仰心」とは詰まるところ「物質主義」に帰着する。ジャンセニスムの純潔主義とその精神性に対立する「享楽的な信仰心」とその「物質主義」。パスカルの「主よ、わたしはあなたにすべてを捧げます」ということばを「恐るべき冒険（redoutable aventure）」と評するように、彼の意識の中では「目に見えないものに従うこと」すなわち「精神主義」と「目に見えるものに従うこと」すなわち「物質主義」の対立は、二律背反であると同時に切羽詰まった二者択一の様相を帯びているのである。

本当は、ボシュエは〔…〕肉体に従って生きることほど精神に従って生きることから掛け離れたものは何もないのだということを知らずにいるはずはない。それは精神と肉体の死を賭した闘い（duel à mort）なのだ。両者ともすべてを要求するのだから。肉体には役割が認められないのだ（On ne fait pas sa part à la chair）[18]。

「死を賭した闘い」という悲痛な表現が示すように、ここに至って「精神」と「肉体」の対立はモーリアックにとって決定的なものになっている。そこから彼は、信仰の要請は「精神に従って生きること」にあり、それゆえ「肉体には役割が認められない」という結論を導くのだが、この「肉体には役割が認められないのだ」ということばは、「キリスト者の幸福」において「精神の掟は肉体の掟に他ならず」（*SBC*, p.140.）「人間の肉体は聖霊の神殿であり、それは最後の審判の日に蘇るだろう」（*ibid.*, p.141.）と、人間実存を「魂を受肉した存在」として捉え、キリストの「受肉」につながることによってあがなわれているのだと考える「回心」以後の立場からするならば、まさに対極にあると言わざるを得ない。『ボシュエ「情欲論」補遺』の第２章、「キリスト者の苦悩」の冒頭には次のように書かれている。

キリスト教は肉体にその役割を認めていない（Le christianisme ne fait pa

ssa part à la chair)。それは肉体を除外している。「神はすべてを欲し給う」とボシュエは書いた。そしてパスカルは「主よ、わたしはあなたにすべてを捧げます」と[19]。

神の側から「欲し給う」にせよ人間の側から「捧げる」にせよ、ボシュエとパスカルの「すべてを（tout)」ということばを、モーリアックは「肉体と精神を」あるいは「肉体である精神を」という意味には解さない。逆に「精神」と「肉体」は人間存在における相対立する要素であり、信仰の要請は「精神」において「すべて」となるよう導いているとし、「キリスト教は肉体にその役割を認めていない」—『ボシュエ「情欲論」補遺』第 1 章からの先の引用では、主語が一般的な「人」を表す « on » であったのに対して、ここではっきりと「キリスト教 « Le christialisme » 」と書かれている点に注目したい —と結論するのである。

以上のように、単なる注解書として書き始められた文章が、彼の数多くのエッセーの中でも一つの頂点を画する作品として成長して行く、その過程で切り捨てられた『ボシュエ「情欲論」補遺』の第一章は、いわばボシュエのテクストと書かれるであろうモーリアック自身のテクストとの中間に位置づけられるべきものである。そこでは、ボシュエの解釈から始めてモーリアックが彼自身の問題に自覚め、それを深化させて行く過程、彼の問題意識が「肉体と精神の相克」という一点に収斂して行く過程を辿ることができる。それゆえ「回心」以後の視点から眺めた時、「厳しい問題提起」（question amère qu'il avait posée）[20] となるはずのこの「キリスト教は肉体に役割を認めていない」ということばは、ボシュエのテクストがきっかけとなって、この時期彼の内部で意識化されつつあった深刻な自己矛盾の中から、彼が引き出し得たひとつの結論だったはずなのである。

註記

(1) この論考は「F. モーリアック『キリスト者の苦悩と幸福』の成立過程に関する一考察」(『武蔵野美術大学研究紀要』第24号、1993年刊行、pp.175-180.) をもとに書き改められたものである。

(2) モーリアックは生まれながらの信者、つまり幼児洗礼であるため、彼の「回心」という時、それはこのことばの通常の意味「不信ないし迷信から真のカトリックの信仰に改めること」、あるいは「洗礼に先立つ悔い改め」という意味からは外れている。『キリスト者の苦悩と幸福』とほぼ同時期に、ある部分平行して書かれたエッセー『神とマンモン』には、「キリスト教の内部へと回心すること (se convertir à l'intérieur du christianisme)」(*DM*, p.787.) という表現があるが、「回心」ということばは本来「心を神へと向け直すこと」という意味であり、モーリアックの「回心」もここでは後者の意味において使っている。実際モーリアックには生涯のある一時期、「回心」というべき決定的な宗教体験のあったことが知られているが、それは、書簡類の日付などから推測する限りでは、およそ1928年10月1日から11月12日前後の間に位置するものと思われる。(モーリアックの「回心」については、第4部第2章を参照)。

(3) モーリアックは1922年の『らい者への接吻』で大きな成功を収めたあと、1923年には『火の河』と『ジェニトリックス』、1924年には『悪』、1925年『愛の砂漠』、1927年に『テレーズ・デスケィルゥ』、翌1928年には『宿命』と矢継ぎ早に秀作、傑作を発表して行き、1930年、「回心」以後の第一作目の本格的長編小説『失われしもの』を出版する。

(4)『ボシュエ「情欲論」補遺』の巻末の「版について」には「この版は『名著の注解』シリーズの第3巻であり、アンドレ・ビイィ、ルネ・デュメニルの両氏の監修のもと、パリの印刷所『デュクロとコラ社』において印刷された」とある (François Mauriac, *Supplément au* "*Traité de la concupiscence*" *de Bossuet*, Paris, Édition du Trianon, 1928.)。

(5)『神とマンモン』の成立過程も同様に複雑である。このエッセーは、1928年5月のモーリアックを批判したアンドレ・ジイドの書簡に端を発している。まずモーリアックはジイドの批判に答える形で、6月に『神とマンモン』の第5章にあたる「小説家の責任」と題する講演を行う。続いて10月頃から第1章が書き始められ、第2章の途中で「回心」を経験し ― 第2章後半部にある「お前のその信仰の腐敗することのない要素、それをどう定義するのか。― それは明白な事実、『十字架』である」(*DM*, p.793.) という文章で始まる一節は、それ以前の部分との明らかな断絶を示している。

またシャルル・デュ・ボスが「回心のあとすぐ、『神とマンモン』の中で、モーリアックは十字架についてすばらしい一ページを記している。」（Charles du Bos, *op.cit.*, pp.70-71.）と言う時の「十字架」についての記述とは、上の記述を示していることは間違いないゆえに . その文章が書かれたのは「回心」直後と判断するべきである。― 次いで第 3 章、第 4 章、第 6 章、第 7 章の順で書かれ、― プレイヤード版全集の編者ジャック・プティは註で 7 章が 1 から 4、6 章とは別のノートに書かれてあることから、それらの章に先だって書かれていた可能性を示唆している。「第 1 章から第 4 章が書かれたノートと第 6 章は未完成であることから、第 7 章はそれらに先立って書かれていた可能性がある」（*Pl II, Note sur le texte*, p.1343.）。しかしこの見解には疑問の余地がある。というのは、第 7 章には「回心」以前には書かれるはずのないことばが見られる ― 例えば「この意味では、神は神自身だけが愛されることを求めているというのはばかげている。彼が言おうとしていることはすべての愛が神の『愛』の中に含まれるということだ」（*DM*, p831.）という文章は、明らかに『キリスト者の苦悩と幸福』の中の「回心」以前の時期に属する章、「罪人の苦悩」の「キリスト教徒の神は単に愛されることを求めているのではない。かれは自分自身だけが愛されることを求めているのだ」（*SBC*, p.118.）という一文を訂正しようとする意図を持って書かれている。― この章に登場する「奇跡体験者」とは、回心直後に「わたしは文字通り奇跡的にいやされました」（『ある人生の手紙』（*Lettres d'une vie*, p.409.）と書いたモーリアック自身であり、「わたし」と「奇跡体験者」との対話の部分は、他のエッセーにおいてもモーリアックがよく用いる手法である彼自身の内的対話と見ることができるからである。― そして 1929 年 2 月、単行本として刊行されたのである。

(6)『情欲論』という表題はボシュエ自身によるものではない。原稿を印刷した最初の出版社が付けたもので、それが今日まで残されている。また « concupiscence » は必ずしも「情欲」とばかりは限らないので、この訳は適切とは言えないが、ここでは通例に従う。

(7)『聖書』「ヨハネ第一の手紙」第 2 章 15-17 節。

(8) 例えば小説『テレーズ・デスケィルゥ』から代表的な例を一つ挙げるとするならば、すでに引用した箇所ではあるが、「第一草稿」では「自由になるということが一番大切なことだった（C'était l'essentiel d'être libre)。彼女はもう一度ベルナール・デスケイルゥの信頼を取り戻す力が自分にはあると感じて〔知って〕いた。」（*Pl II, Notes et variantes*, pp.939-940.）と書かれているが、「第二草稿」では「自由！　自由！（Libre ! libre !)〔それが一番大切なものだ、…については。〕〔それ以上何を望むだろう。]」（*idem.*）となり、「決定稿」では「自由（Libre）…それ以上何を望むだろう。」と書き改められている（*TD*, p.26.）。— 鈎括弧はモーリアックがノートの段階ですでに削除している箇所を示す —『テレーズ・デスケィルゥ』には二つの草稿が存在するが、「第一草稿」で「自由になるということが一番大事なことだった」と書かれていたものが「第2草稿」では「自由、自由」となり、「決定稿」ではただ「自由」とだけ一言記されることになっており、推敲が主として削除の形で行われていることがよくわかる。

(9)『ボシュエ「情欲論」補遺』（*Supplément au* “*Traité de la concupiscence*” *de Bossuet*, p.10.）。

(10) *ibid.*, p.12.

(11)『合掌』1927年版「まえがき」（*OC VI, Les Mains jointes, Avant-propos* de 1927, p.323.）。『合掌』は、1909年モーリアックの文壇デビューのきっかけを作った第一詩集である。1927年に再版されたが、その際書かれたまえがきは、短いが重要な文章で、同時期の宗教的エッセーと同じ問題意識で貫かれている。

(12)『つまずきの石』（*Pl V, La Pierre d'achoppement*, p.339.）。

(13)『人の子』（*Le Fils de l'Homme*, Paris, Grasset, 1958, pp.186-187.）。

(14) もしモーリアックの潜在的なジャンセニスムの傾向を指摘するとするならば、エッセーよりはむしろ小説を取り上げるべきであろう。例えば『テレーズ・デスケィルゥ』の女主人公には、救霊予定の裏返しを見ることができるように思われる（Goerges Hourdin, *Mauriac, romancier chrétien*, Paris, éd. du Temps présent, 1945, pp.15-17.）。

(15)「青春時代にジャンセニストたちにひきつけられたのは、恩恵についての彼らの教義ではまったくなく、パスカルに魅せられたこと、彼自身の生きた経験に基づく護教論、ジャンセニスム第一世代の人間的特質だった」（『つまずきの石』*Pl V, op.cit.*, p.355.）。

(16)「しかしすでに、この享楽的な信仰心、危険を好まない少年にありがちなこの感覚的な悦楽に対して、わたしは秘かに嫌悪以外何ものも感じていなかった」（*DM*, p.788.）。

(17)『つまずきの石』（*Pl V, op.cit.*, p.340.）。

(18)『ボシュエ「情欲論」補遺』（*Supplément au* “*Traité de la concupiscence*” *de Bossuet,* p.13.）。

(19) *ibid.*, p.19.

(20) *SBC*, *Préface*, p.113.

第2章『キリスト者の苦悩と幸福』における「火」のイメージ[1]

モーリアックは1931年に、自伝的宗教的エッセー『キリスト者の苦悩と幸福』を出版した。これは『神とマンモン』と並んでモーリアックの代表的な宗教的エッセーであるが、特に信仰の危機と「回心」の時期 — それはまた同時に小説家として一つの頂点に達した時期でもあった — すなわち1928年前後のカトリック信者モーリアックの内面を知る上で非常に重要である。このエッセーは「罪人の苦悩」「キリスト者の幸福」「ふたたび幸福について」という独立した3章から構成されているが、一つの書物にまとめられるまでに若干複雑な成立過程を経ているので、ここにその概略を述べることにする。「罪人の苦悩」のもとの形は、1928年にボシュエの『情欲論』の註釈書として『ボシュエ「情欲論」補遺』の題名で出版された単行本である。それに全体の3分の1に相当する大幅な削除と加筆訂正を施し、「キリスト者の苦悩」に題を改めたものが、『新フランス評論』誌1928年10月1日号に掲載されている。そして「回心」以後、『キリスト者の幸福』が『新フランス評論』誌1929年4月1日号に発表され、更に1931年、「キリスト者の苦悩」を「罪人の苦悩」に改め、「ふたたび幸福について」という一章を加え、『キリスト者の苦悩と幸福』の題名で単行本として出版されたのである。

この『キリスト者の苦悩と幸福』には「火（le feu）」ということば、あるいは「火」を連想させることばの類い — 例えば「炎（la flamme）」、「火傷（la brûlure）」、「燃える（brûrler）」、「焼けるような（brûlant）」、「真っ赤に燃えた

(embrasé)」— などということばが数多く見出される。上に述べたように『キリスト者の苦悩と幸福』というエッセーは、モーリアックの「回心」の直前直後に書かれた3つの文章を集めたものであるが、この小論では、特にそのエッセーの中の「火」ということばに注目し、「回心」の前後でそのことばが喚起するイメージにどのような変化が表れているのかという点について簡単な考察を試み、「火」のイメージを中心にした『キリスト者の苦悩と幸福』の新しい読解の方法を探ってみたい。

情念の「火」

『キリスト者の苦悩と幸福』の3つの章の内、「回心」の以前に書かれた章、「罪人の苦悩」の中では、「火」ということばは、ほとんどの場合「情念（1a passion)」といぅことばと対になって用いられている。「情念（1a passion）の行き着く果てに、その煙と火（1a fumée et le feu）とをくぐり抜け、足は灰に焼かれ（brûlés)、渇きに死なんばかりになって（mourant de soif）〔…〕」（*SBC*, p.121.）という表現に見られるように、そこでは、「火」はまず「情熱の炎」のイメージであり、次いで「肉の欲」に取りつかれた者がこの世の地獄で身を焼かれる「業火」のイメージである。モーリアックは「罪人の苦悩」の原形である『ボシュエ「情欲論」補遺』を書いた同じ年、1928年の4月に『ジャン・ラシーヌの生涯』というラシーヌに関する伝記的エッセーを出版しているが[(2)]、その中でも同じような「情念の火」のイメージがラシーヌの生涯、特にその恋愛問題に投影されている。「情念について（これほど新しい描写をした人間は、その火（1e feu）に焼かれていたのだということを指摘しておこう)」[(3)]。「火」を「情念」の表象として用いるのは、この時期のモーリアックに非常に特徴的な傾向なのである。

モーリアックが描くこのような「情念の火」の特徴は、まずその強烈な熱と光である。「熱狂に駆られた（incandescent）心は、自分自身の発する光を(sa propre lumière)、その光に照らされた人間の上で熱愛しているのだ。お前の光線で（tes rayons）真っ赤に燃え上がった（tout embrasée）その人間は、お前の目を眩ませる」（*SBC*, p.136.）。この「火」の酷熱は人に渇きを起こさせ、その強烈な光は人の目をくらませる。また「情念の火」は、その熱ですべてのものを干上がらせ､砂漠を作り出す「火」でもある。次に上げる一節は、幾つかの点において『キリスト者の苦悩と幸福』の中で最も重要な箇所の–つである。

> 太陽が、すでに焼けるように暑い今日一日を支配するように、おまえの苦悩は夜が来るまでおまえを支配することになるのだ。その恐るべき光の中では、すべてのものが生気を失い、生きものも物もその光の中で渾然一体となるだろう（ce terrible rayonnement; les êtres et les choses s'y confondront）。おまえは火の大気（une atmosphère de feu）のただ中で、すべてのものたちから離れ、おまえの仕事を成し遂げるであろう。〔…〕どこにも出口はない（Aucune issue）。息詰まる恋のように息苦しい午後。地平線に夕立の兆しはない。おまえのすぐそば、乾いた木の葉の間で音を立てるあの雌鳥の他、草原からはどんな物音も立ち上っては来ない。雨はまったく期待できない。しかし、火の大空（azur de feu）に雨雲を呼び起こすことはできないとしても、少なくともおまえの情念の酷暑（cette canicule de ta passion）をかき曇らせる何かの力が、おまえには残っているはずだ。おまえの心の奥底に注がれるあの眼差し、あの神秘的な微笑みを見つめるのだ。その時こそ空は曇り、大粒の熱い雨のしずくが木の葉を打ちたたくように、おまえの心は和らぎ、涙がおまえを打つだろう（*ibid.*, pp.132-133.）。

あたかも彼自身の観想をそのまま表現しようとするかのように、モーリアックはこのような自己自身との対話という形式で彼自身の内面に踏み込んでゆく。「恐るべき光」「火の大気」「火の大空」などの表現に見られるように、この一節は、一見するとこれから始まろうとする「酷暑の」夏の午後の描写に過ぎない。しかしそれは単なる自然の描写には留まっていない。盛夏の真昼の「酷暑（canicule)」はモーリアック自身の内面の「情念の酷暑（cette canicule de ta passion)」でもある。酷熱の太陽の下で「すべてのものが生気を失い」､「生きものも物も」「渾然一体」となるように、ここでは外側の風景は心象風景と重なり合い、混ざり合っている。この一節の中で支配的なのは「孤独」の感覚であることは確かだが、さらに「乾き（sécheresse)」と「渇き（soif)」の感覚を見落としてはならないことも確かである。外側の景色がモーリアックの心象風景であるとするならば､「雨」には「涙」が､「木の葉」には「心」

がそれぞれ対応していることがわかる。そして「地平線に夕立の兆しはない」「雨はまったく期待できない」以上、「心」の「渇き」はどうしてもいやされることがない。「おまえの苦悩は夜が来るまでおまえを支配することになる（va régner）」、さらに「その恐るべき光の中では、すべてのものが生気を失い、生きものも物もその光の中で渾然一体となるだろう（se confondront）」という文章の時制は、現実性を示す直説法近接未来形と単純未来形に置かれているが、「その時こそ空は曇り（se trouberait）、大粒の熱い雨のしずくが木の葉を打ちたたくように、おまえの心は和らぎ、涙がおまえを打つだろう（s'écraseraient）」という文章の法と時制は、仮定的条件の帰結を示す条件法現在である。つまり「渇き」がいやされるということは、「苦悩の支配」に比べれば、「情念の酷暑」の渦中にいるモーリアックにとって未だ彼自身の現実ではないのであり、「サマリアの女に約束されたあの水を飲んだ多くのものたちは、再び渇き（soif）を覚えたのである」（*idem.*）というような一文の逆説的な調子からもわかるように、それはまだ見出されていない「幸福」なのである。― その「幸福」について、モーリアックは「回心」以後、「キリスト者の幸福」と「ふたたび幸福について」の中で語ることになる。― したがって「情念の火」は作家自身にとっていやしがたい「渇き」を起こさせる「火」であり、「渇きの土地」、不毛の大地、「砂漠」は、同時にこの時期のモーリアックにとって人間的愛の虚しさの象徴だと言うことができるのである。― モーリアックの「砂漠」には、多くの場合、サン＝テグジュペリやエルネスト・プシカリにおけるような、また『聖書』に記されているような「人間世界の声が消え、神の声を聞くことのできる超自然的な出会いの場所」という意味はない。「愛の砂漠」(4)「人間の砂漠」(5)「砂漠の叫び」（*DM*, p.808.）などという表現の仕方で、モーリアックは宗教的なエッセーの中で好んで「砂漠」という表現を使うが、「砂漠」は彼にとってはまず不毛の広がりであり、酷熱の太陽の下で愛に渇いた心が「情念の火」に焼かれる「渇きの土地」であり、「出口のない」孤独の牢獄なのである。

「罪人の苦悩」にはもう一つ別の「火」のイメージ、「地獄の火」が問題にされている箇所がある。ここまで見てきた「情念の火（1e feu de la passion）」のイメージに照らしてみれば、その「業火」に身を焼かれるこの世の地獄、「情念の地獄」(*SBC*, p.133.) から「永遠の地獄」(*idem.*) を連想するのはごく自然なことであるように思われる。

> わたしは、教会の他のすべての教えと同様に地獄についての教えを信じている (もっとも教会は、「呪われたものどもよ、永遠の火に入ってしまえ …」というキリストのことばに何も付け加えてはいないのだが)。永遠の火 (le feu éternel)。しかし、その恐怖を信ずることとその恐怖を想像することとは別のことがらである。〔…〕わたしたちが信ずるものは想像することのできないものであり (ce que je crois est inconcevable)、神学はそれを想像する助けにはならないのだ。わたしは信ずる。だが理解しようとは思わない (*idem.*)。

「わたしは、〔…〕地獄についての教えを信じている。〔…〕永遠の火。しかしその恐怖を信ずることとその恐怖を想像することとは別のことがらである。」と書かれているように、モーリアックは「情念の火」については多彩なイメージをもって語っているにもかかわらず、地獄の「永遠の火」については全く寡黙である。モーリアックはどうして「地獄の火」を「信じている」にもかかわらず・それを想像することができないのだろうか。それは、彼が言うように、「わたしたちが信ずるものは想像することのできないものである」からなのだろうか。しかし、1936年に書かれた『イエスの生涯』再版の序文には、上の文章とは逆の意味に受け取れる次のような記述がある。「わたしは、自分の目に見えるもの (ce que je vois)、自分が触れるもの (ce que je touche)、自分の実質と一つになるもの (ce qui s'incorpore à ma substance) しか信じない。だからこそわたしはキリストを信じるのだ」[6] 。モーリアックは聖トマスのことばを借りてこのように書いているのだが、そこには、信仰は、身を持って知ることができ、「自分の実質と一つになるもの」によって常に支えられていなければならないという「回心」以後のモーリアックの–貫した姿勢が認められる [7]。もっとも「回心」以前の、信仰の危機の時期に書かれたこの「罪人の苦悩」には、そのような考え方は表れてはいない。彼にとって信仰の対象は未だ「想像することのできないもの」に留まっており、「目に見えず、手で触れることのできない存在 (un Être que les yeux ne voient pas, que les mains ne touche pas)」(*SBC*, p.132.) にすぎないのである。モーリアックが地獄の「永遠の火」に何ら具体的なイメージを持っていないのも、単に信仰心の向う対象が想像不可能なものだからということではなく、また「地獄についての教えは余りに恐ろしいものであるために、それを信じているものですら心に想い描くことができない」（*ibid.*, p.133.）からでもなく、むしろ、この時期モーリアックにとってまさにこの世の「地獄の火」そのものである「情念の火」に、彼自身焼かれており、その火が造り出す孤独と渇きをいやし、その炎を鎮めるであろう「生ける水」である「キリスト」を「身を持って知ら」ないからであり[8]、「回心」以後の宗教的エッセー、例えば『キリスト者の苦悩と幸福』の中の「キリスト者の苦悩」や「ふたたび幸福について」、あるいは『神とマンモン』『移ろいゆく家々』『わたしが信じること』などの中で繰り返し強調されることになるそのような「キリストとの実質的な交わり」の感覚を彼自身がまだ見出していないからであると思われるのである。

メモリアルの「火」

「罪人の苦悩」には一箇所だけパスカルの「メモリアルの火」について言及された部分がある。この「火」は、モーリアックが想い描く「情念の火」や「地獄の火」とは本質的に全く違う「火」であることは明らかである。

> それゆえ情欲につかれた者は（le concupiscent)、しるしを、具体的なしるしを求める。「もしわたしの手をその脇腹の傷に差し入れてみなければ…」トマスが受けたその恵みは、わたしたちが思っている以上にしばしば与えられているのである。聖いばらによる少女ペリエの病の治癒は、パスカルの信仰を堅固なものにした。それにまた、パスカルが見、彼の心が焼かれる（brûlure）のを感じたあの「火（ce feu)」もそうである。〔…〕だからこそ、その恵みの夜の思い出に彼が衣服に縫いつけていた紙片には、火と記された後すぐに、二度も「確信」ということばが書かれているのである（*SBC*, p.135.)。

アンリ・ブレモンはその著『フランスにおける宗教感情の文学史』第４巻で、一章をパスカルにあて、「メモリアル」こ関する詳細な研究を行っている。彼は「メモリアル」に記されている「火（Feu)」については、「神秘的な『火』の体験は、その性質上同じような体験をしたことがない者にとっては完全に理解を超えている」[9] としながらも、「火」の体験が誇張された感情の発作や幻覚ではなく、真正な神秘体験（l'expérience mystique）であったとする見方を取っている。彼は、R.-P. パストゥレルが『キリスト教哲学年報』1910年10月号および1911年2月号に寄稿した「パスカルの法悦」という題名の論文[10] を批判して次のように書いている。「パストゥレル師は、この『火』ということばが放つ閃光を努めて抑えようとしている。それは流れ星でもなければ蛍ですらなく、せいぜい幽かに示された他覚視（photisme）の一例にすぎないというのだ。どうして彼は聖霊降臨の際の『火の舌（1es lamgue de feu)』をも消し止めようとしないのだろぅか。それはともかくむだな努力である。当然のことながら、わたしたちはこの火について事細かに述べることはできない。しかしパスカルがその火を全く驚異と感じ、さらに驚くべきある神の恵みのしるし（signe d'une grâce）と考えたことは、わたしには確かなことであると思われる」。[11] また「パスカルは、神秘家たちが語っているような『神の現存（présence)』と『神との一致（1'union)』の感覚に似た何かを感じたのに違いない。神は彼にとって、日常の祈りにおけるよりもより一層直接的に感じられ得る（sensible）ものとなったのであろう」[12] と、ブレモンは述べている。

モーリアックがパスカルについて書いた文章はかなり多く、『キリスト者の苦悩と幸福』が出版された1931年までの5年間だけに限って見ても、『パスカルとの出会い』『パスカルに反対するヴォルテール』『ブレーズ・パスカルとその妹ジャクリーヌ』という三つのエッセーが発表されているが、「メモリアル」の「火」に関しては、ブレモンとほぼ同じ見方をしているということができる。そしてモーリアックのパスカルに関する記述で特に興味深い点の一つは、「主が語りかけるのは、このわたしたちの友人に対してである。そしてそのことばは今でもわたしたちの心を燃え立たせる（brûlent)。主がパスカルを通して語りかけるのは、わたしたちの一ひとりひとりに対してである」[13] とあるように、パスカルを多くの神秘家たちと同列に見なし、彼が何らかの形で神のことばをわたしたちに伝えていると考えている点である。モーリアックがパスカルに関してこのように語る時には、主に「イエスの神秘」を問題にしているのであるが、彼はその中のイエスのことばを、文字通りキリストがパスカルを通して語ったことばと考えているようにさえ見える[14]。

特殊な宗教体験を持ち、またそれについて書き残している神秘家たちの中でも、そのようにモーリアックがパスカルに傾倒する理由は、一つには、聖人とは違って彼自身に近い存在であるということ、いくつかの点で共通点を持ち、「情念の火」に焼かれたこともある一人の人間に[15]「具体的なしるし」が与えられているということである。「一度だけ、ただ一度だけ、生けるキリストの啓示が、わたしたちと同じような一人の人間によって与えられる必要があったのだ〔…〕」[16]。モーリアックが信仰の危機に際して、「霊的な意味で、わたしは死ぬことなしにこれ以上下降することはできなかった」[17]と自ら認める状況の中で、自分自身と同じような一人の人間が「神の思い」に身を焼かれ得るという事実に、大きな支えを見出したであろうことは想像に難くないのである。

ふたつの世界の間の地平線に燃える天の「火」

『キリスト者の苦悩と幸福』の中で「回心」以後に書かれた章、「キリスト者の幸福」には、詩人モーリス・ド・ゲランの「火」(「ふたつの世界の間の地平線に燃える天の火」)のイメージについて言及されている箇所がある。

> モーリス・ド・ゲランは自分の思念を、<u>二つの世界の間の地平線に燃える天の火</u>(un feu du ciel qui brûle à l'horizon entre deux mondes)に喩えている。わたしはこのイメージを、わたしたちがそれぞれ自分ひとりのためだけに作り上げる目に見えない紋章の中に書き込んでいた。わたしは、わたし自身の運命がそこに完璧に表現されているのに見とれ、また釣り合いを取ろうとしたことで非常に大きな不安の代価を支払わされていたので、わたしが大胆にも俗世と天秤にかけた御方の怒りが、それによって逃れられると思っていたのだった(*SBC*, p.139.)。

モーリス・ド・ゲランのことばとして、モーリアックはこの「ふたつの世界の間の地平線に燃える天の火」ということばを取り上げているが、それは、モーリス・ド・ゲランの著作集では、書簡集の中に見出すことのできる表現である。バルベイ・ドールヴィイにあてて書かれた1839年2月14日付の手紙の中で、ゲランは次のように書いている。「わたしは愛し、そして愛されている。ある人々にとってはおそらくそれですべてが言い尽くされてしまったことになるのだろうが、わたしにとってはそうではない。〔…〕愛は生の充足だと人は言うけれども、それはいったいどういう意味なのだろう。わたしが愛すること半ばだということか、それとも完全な愛によってさえも満たされ得ないほど、わたしの人生が広大なものだということなのだろうか。わたしにはそんなおごりはないが、それでもわたしはどこに居ても苦しく、またすべてを忘れてある考えに没頭することもできないのだ。なんという不安な精神だろう。わたしが完全に満たされるのは、自分の思念の中で熱狂的に陶酔することのできた瞬間だけなのだ。ほとんどばかげたことだが、わたしは自分の思念を、ふたつの世界の間の地平線に震える（frémir）天の火にしか喩えることができないような気がしている」[18]。ゲランが「ふたつの世界の間の地平線に震える天の火」という表現を用いているのはこの一節だけである。しかし上の文章を読む限りにおいては、ゲランが「愛し愛され」てもなお「満たされ」ず、「すべてを忘れてある考えに没頭することもできない」「不安な精神」の持ち主であるということはわかっても、それが上の「火」のイメージとどのような関係があるのか、「ふたつの世界」とは何であり、「天の火」とは何を意味しているのつかみきれないように思われる。ゲランの日記、『内面の日記』には、この「天の火」のイメージが、神への祈りという形でより具体的に描かれている一節を見出すことができる。

> 「主よ、わたしの嘆きを聞き給うことなかれ」、わたしがあなたに助けを求め、わたし自身に涙するたびごとに。わたしが苦しむのは良いことなのです。善行の功徳によって天に宝を積むこともできず、ただそれを為すのは苦しみの徳によってでしかないわたしのようなものにとっては。すべての心弱き人々の常、彼らは天を目指そうにも羽ばたく翼を持ち合わせていないのです。それでもあなたは彼らを御許に引き寄せようと、救いの手を差し伸べて下さる。主は彼らを茨のたきぎの上に載せ、苦しみの火を投じるのです。木は燃え尽きると、白い煙となって空へと昇って行きます、火炙りにされた殉教者たちの消えかかった炎の中から飛び立つあの白い鳩たちのように。供犠を成し遂げたのは魂であり、魂が煙となって昇天することができるよう、苦難の火が魂を身軽にしてくれたのです。たきぎは重く、身動き

もできません。だから火を点けて下さい。そうすればせめてわたしの一部だけでも天へと昇って行くことができるでしょう(19)。

これを読むと、ゲランの言う「ふたつの世界」が「この地上の世界」と「天の国」という「ふたつの世界」であり、「天の火」とは「苦しみの火」、神の御旨に従って生きようにもそれを果たせない「心弱き人々」が、苦しむことによって浄められるための神の「救いの火」であることがわかる。つまりこの「火」は、神の国を目指そうとしながらも俗世の、あるいは自分自身の罪の重い足伽に囚われて神の思いに生きることのできない人間の苦しみの象徴であり、同時にまた苦しみによって自己が浄化されるという点においては神の恵みの象徴でもあるのだ。

モーリアックは「回心」以前の自分を振り返り、「運命の完璧な表現」、自己の内面を的確に表わしたイメージとしてこのモーリス・ド・ゲランの「火」を選び、「目に見えない紋章の中に書き込んでいた」、そのイメージに彼自身の内面の姿を重ね合わせていたのだと述べている。しかしゲランがこの「火」のイメージの中に、苦悩の表現と同時に、苦悩という浄化の過程を通して神の国に入るための救いの恵みの象徴をも含み持たせていたのに対して、モーリアックがゲランから借用した「火」は、「神と俗世との間に釣り合いを取ろうとしたことにから来る不安」、「神と俗世との選択ができない人間の分裂」(20)の苦悩の表象にすぎず、ゲランにおけるような「苦しみによる浄化」＝「神の救いの恵み」＝「天の火」という視点は欠けているように思われる。また、ゲランの原文では、この「火」は「ふたつの世界の間の地平線に震える (frémir) 天の火」と記されているにもかかわらず、モーリアックはそれを「ふたつの世界の間の地平線に燃える (brûler) 天の火」と書いており、ゲランがこの「火」のイメージによって、苦しみに焼かれつつ弱々しく天を目指して昇って行こうとする魂の姿を表現しようとしているのに対して、モーリアックの「火」は、「高みと深みの双方から引き寄せられ、地の糧を焼き尽くしつつも超自然を目指す燃え盛る天の炎 (les feux)」(*SBC*, p.140.) であり、— モーリアックが「天の火」ということばを置いたコンテクストからは、ゲランの場合とは違って、それがなぜ「天の」「火」であるのかということが必ずしも明確ではない。— 情念の火に炙られるように苦悩に身を焼かれつつ留まっている魂の姿なのである[(21)]。

「回心」以後、モーリアックはこの「火」のイメージを次のようにはっきりと否認している。

> わたしは、自分の頑迷さを押し進めたあげく、「二つの世界の間の地平線に燃える天の火」というイメージにだまされていた。神と俗世から等距離の所に燃える火などは存在しない。超自然的な次元においては、選ぶのではなくすでに選んでいるのだ。わたしはそのことをはっきりと感じていたために、何としても神の前で、自分自身の前で、そして他の人々の前で自らを弁護せざるを得なかったのである（*SBC*, p.140.）。

モーリス・ド・ゲランの「火」は「回心」以後のモーリアックの「火」のイメージではない。彼はそのイメージに「だまされていた」と書いているが、それは上に述べたように、ゲランのその「火」のイメージの中に信仰の道において彼をつまずかせるような何かがあったということではなく、むしろモーリアックの側に解釈の誤りがあったのだと見るべきである。「神に向う魂の試練と、『キリスト者の苦悩』が図らずも示している、選び取ることの拒否から生じたあの憐れな苦しみとを混同しないようにしよう。」（*SBC*, p.141.）と彼は書いているが、ゲランが『内面の日記』の中で想い描いていた「火」のイメージが「神に向う魂の試練」を表現したものなら、モーリアックがゲランから借り受けた「火」は、「選び取ることの拒否から生じた」魂の分裂の苦悩の表象だったと言うことができるだろう。モーリアックは『キリスト者の苦悩と幸福』の序文で、ソーレムの初代女子修道院長のことばを引用して次のように記している。「絶対的に善であるものとは、神とその御旨の他には何もない。苦しみは相対的な借り物の善意にすぎず、単なる手段ではあっても目的ではない。天においてはもはや苦しみは存在しないであろう。そしてこの地上の世においては、苦しみは愛を湧き出させるための一方法ではあるが、そのためにどうしても必要なものではない。苦しみはしばしば功徳の契機とはなるが、功徳そのものではない。愛が苦しみに結びつかない限り、苦しみは悪の霊がうごめく暗い住処に宿ることになる」（*SBC*, p115.）。苦しみそれ自体に意味があるのではなく、神に支えられ、その愛の内にあって苦しむのでなければ、またそれが愛を生むための生みの苦しみとなるのでなければ苦しみは全く無益なものなのだという考えが、「火の中をくぐって来たもの」[22] として、「回心」以後のモーリアックにはあるように思われる。

「キリスト者の幸福」と「ふたたび幸福について」には、それまで問題にされて来た「火」のイメージとは全く別のタイプの「火」が、モーリアック自身のことばで描かれている。その「火」は、強烈な熱と光によって表わされた「情念の火」のイメージとは対照的に、「小さなやさしい炎」である。

〔…〕信仰がわたしたちに教えるところによれば、わたしたちに住み給う聖霊は、その現存の表れとして恩恵を働かしめ給う。それは全く自由に、しかも崇高な仕方で為されるために、信徒の心は、信仰が与える普遍的な観念によってのみならず、子が親に対するときのようなやさしい感情をもって、それを確信するのである。それゆえ幻想ではないだろうかというような不安を抱くこともなく、大いなる蓋然性をもって、信徒の魂は自分が神のものであるということを知り、そして経験するのである…この上ない平和と信頼とを生むその蓋然性は、人を全き休息の内に憩わせる。その休息を完全に味わうためには、信仰の道を奥深くきわめなければならないことは疑いようのないことである。しかし神の恵みに新しく生まれたばかりの赤子らも（les nouveaux nés à la Grâce）、時にはその微かな予感を持つことがある。するともう、それだけで満たされてしまうのだ。それはえも言われぬはかない幸福であり、どんなわずかな風にも揺らいでしまう、両手で囲ってやらねばならない小さな炎（petite flamme）である（*SBC*, pp.148-149.）。

「神の恵みに新しく生まれたばかりの赤子ら」がかすかに感じる「休息」の予感、その「幸福」を、モーリアックは「両手で囲ってやらねばならない小さな炎」と表現しているが、この「小さな炎」とは、ここでは明らかに新約聖書的な意味で用いられている。それは、「ルカによる福音書」の中でイエスが「わたしが来たのは、地上に火を投ずるためである。その火がすでに燃えていたならと、わたしはどんなに願っていることか。しかし、わたしには受けねばならない洗礼がある。それが終わるまで、わたしはどんなに苦しむことだろう。」[23] と言う時の、「キリストが地上に投じにやって来た火」[24] であり、そしてエマオに向う弟子たちが復活したキリストの話を聞き、「わたしたちの心が燃えていた」[25] あの「火」でもあり、なおまた聖霊降臨の日に、集まった弟子たちの上に降った「火」、「舌のようなものが炎のように分かれて現れ、ひとりひとりの上にとどまった」[26] と記されている「火」、つまり、キリストのいけにえの結果この世界を燃やしている「天よりの火」、「聖霊とその現存の表れとしての恩恵の働き」を象徴的に表現した「火」、「聖霊の火」なのである。モーリアックは『人の子』や『イエスの生涯』の中で好んでエマオの弟子たちの話を取り上げているが[27]、そのような聖書に基づいた挿話においてだけではなく、「回心」以後のモーリアックのエッセーの中にはこの「小さな炎」のイメージに対する特別の愛着を読み取ることができるように思われる。例えば聖体の秘跡を通して与えられるキリストとの一致の恵みをも、モーリアックは「小さな炎」のイメージで捉えている。「聖体を拝領して席に戻り、自分自身の存在の内奥に灯ったあの炎（cette flamme)、その囚われの愛（l'Amour captif）のふるえにやさしく外套をかける時、ごく一般的なキリスト者といえども、聖体の秘跡の現存についての観念が小さなホスチアを通して与えられるのである」[28]。聖書における「火」の意味は、もちろん自然科学的な火や、また火を神格化しようとするような宗教思想とは何の関係もない。従って「火」はしばしば「光」に姿を変えて用いられているが、モーリアックの場合も同様である。

> そのおぼろげな光は（ce reste de lueur)、まだ制度や習俗などを通してあちこちに残っているが、弱まり、消えかかっている。しかしいかなるものもその光源を（la source de la lumiére）抑えつけることはできなかったのだ。おお無傷なる力よ。至る所で抑圧されながら、それは魂の内部に集中し、魂を包囲し、そして襲いかかる。この世は、人の気づかないそのような炎の寄せ返し（ces retours de flammes）に満ちているのだ（*SBC*, p.146.)。

この「小さな炎」、「おぼろげな光」である「天よりの火」には、旧約聖書的な「裁きの火」のイメージはない。そうではなく、それは「神の顕現の火」であり、火と霊による洗礼を授け、また聖霊降臨の日の出来事、「炎ような舌が分かれ分かれに現れ、ひとりびとりの上にとどまった。すると、一同は聖霊に満たされ、『霊』が語らせるままに、ほかの国々のことばで話し出した。」[29] という聖書の記述を読めばわかるように、その「火」は、すべての国の人々に神の愛を伝え広めるように召された者を神によみせられる存在へと変容させる力を持った「愛の火」なのである。モーリアックは人々の心に灯し伝えられるべきこの「神」の「愛の火」を「飛び火する火」のイメージで捉えている。

> 光り、そして燃える火（un feu qui éclaire et qui brûle）。その火は地上に投じられた。「わたしが来たのは、地上に火を投ずるためである。その火がすでに燃えていたならと、わたしはどんなに願っていることか。」主のこの嘆息をわたしはどれほど愛していることだろう。その火は常に焼けるように熱い彼のことばの中に燃えており、ある時はその火の炎が松から松へ、木の梢から梢へと飛び移り（sauter）、燃え上がった人間という木（l'arbre humain embrasé）の頭と心とを同時になめ尽くすにせよ、そのことばが伝わる時の伝わり方はまさしく火のようだ[30]。

「回心」以後のモーリアックは、このように「聖霊の火」のイメージを「小さな炎」や「飛び火する火」ということばで表現しているが、「キリスト者の幸福」と「ふたたび幸福について」の中に「情念の火」のイメージが全く見当らないのかというと、そうではない。「回心」を経験した後でも、モーリアックは「情念の火」のくすぶりを恐れているように思われる。「キリスト者の幸福」には次のような一節がある。「過度の警戒心には気を付けなければならない。不具者が失った自分の手足のことを思って苦しむように、絶えず誰だと尋ねることは（un perpétuel qui – Vive）、抑えつけられた悪徳がまだ彼の内に燃えている（le vice le brûle encore）という印象を与えるのだ。引き延ばしの誘惑が、もうそういう欲求を感じなくなった今となってから、突然起こって来る。誘惑に対する恐怖が強ければ強いほど、それをかき立ててしまうものなのだ」（*SBC*, pp.149-150.）。それゆえモーリアックは、時には「聖霊の火」を「情念の火」に敵対し、それを滅ぼすさらに力強い「火」としても表わすことがある。『神とマンモン』のなかで、「回心」以後に書かれた部分には、次のような神の恵みの「焼き尽くす火」のイメージを見出すことができる。

> 彼（イエス・キリスト）は、遺伝的なものにせよ後天的なものにせよ、さまざまな宿命の輪を打ち破る。彼は、消え残ってくすぶっているおまえの情念に対抗して（en face de tes passions mal éteintes et qui couvent）恩恵の迎え

火（le contre – feu de la grâce）をかき立て、その火を絶やさない。聖パウロはヘブライ人にこう書き送った。「わたしたちの神は、実に焼き尽くす火（le feu dévorant）である」（*DM*, p.824.）。

モーリアックの『キリスト者の苦悩と幸福』というエッセーは、彼が「回心」の前後に書いた三つの文章を収録したものであるが、そこには数多くの「火」あるいは火に類することばが見出される。しかし同じ「火」ということばが用いられてはいても、その意味するところは実に多様である。「回心」を軸とした「火」のイメージの変化を概略的に見るとするならば、それは「情念の火」のイメージから「聖霊の火」のイメージへの移行として捉えることができるだろう。また逆にそのような「火」のイメージの変化から、モーリアックの「回心」の性質を多少ともうかがい知ることができるかも知れない。「人はすべて火で塩づけられなければならない」[31] と聖書のことばにあるように、モーリアックは「情念の火」によって自ら裁かれ、おそらくはまた清められ、そして「聖霊の火」を知ることにより神の内なる自己と自己の内なる神を回復することができたのではないだろうか。いずれにしてもこの『キリスト者の苦悩と幸福』というエッセーを読む限り、文学者モーリアックの信仰者としての歩みの中では、「火」は一貫して「神を見出すために通過すべきしるし」[32] の役割を果たしているということができるように思われるのである。

註記

(1) この論考は「*Souffrances et bonheur du chrétien* における「火」のイメージ」(『フランス文学語学研究』第9号、早稲田大学大学院同誌刊行会編、1990年刊行、pp.13-47.) をもとに書き改められたものである。

(2) モーリアックが『ジャン・ラシーヌの生涯』を執筆したのは、単なる偶然ではなく、また時代の流行にしたがったわけでもなさそうである。ファイアール版『モーリアック全集』第8巻の序文で、モーリアックは次のように書いている。「古典主義の作家の中で、わたしにとって教師と呼べる作家は〔ラシーヌとパスカル以外〕にはいない。彼らがわたしの教師であるのは、それはまずわたしが彼らの中に自分の兄弟を認めるからである。〔…〕わたしたちが同じ血統に属しているということはわたしにとっては明らかなことなのだ。〔…〕わたしは彼らに近いと感じている。おそらくパスカルよりはラシーヌの方に。— 事実、わたしは彼に近いと感じているので、彼の伝記を書くために用いた方法は、思い上がったやり方だが、それはたえずわたし自身の物語、わたしの個人的なドラマについて思いをめぐらせるということだった。それは少なからず役に立った」(*OC VIII, Préface*, p.I.)。信仰の不安に苦しんでいた時期にモーリアックがラシーヌの生涯を研究しようと思い立ったことは、偶然ではなく、むしろ強い内面的な必然に従った結果であって、おそらくはラシーヌの生涯の内に「彼自身の謎を解く鍵 (le mot de sa propre énigme)」(*ibid.*, p.60.) を捜すため、彼自身の苦悩に何らかの解決の方向を模索するためであったと考えることもできる。

(3) *ibid.*, p.84.

(4)『ある人生の始まり』(*Pl V, Commencement d'une vie*, p.78.)。

(5)『地方』(*Pl II, Provence*, p.727.)。

(6)『イエスの生涯』「序文」(*OC VII, Préface à La Vie de Jésus*, p.8.)。

(7)「この世ではじめて奇跡が完成された。愛するものを所有し、それと一体となり、それによって養われ、自分の実質とひとつになり、その生きた愛に変えられる」(『イエスの生涯』*OC VII, op.cit.*, p.131.)。そして信仰は「身をもって知る」ことであり、「自分の実質とひとつになる」もの — それは、ここは具体的には聖体の秘蹟を指している — によって支えられることであるというモーリアックの基本姿勢は、彼の最晩年にいたるまで変わることはない。「〔…〕わたしがキリスト教の真実を感じ、それを体験するのは、わたしのもっとも個人的でもっとも隠れた生の深奥においてであって、外見に現れたものの中ではない〔…〕」(『続内面の記録』*Pl V, Nouveaux*

Mémoires intérieurs, p.784.)。

(8)『キリスト者の苦悩と幸福』の中で「回心」以後に書かれた部分、たとえば、1931年単行本として出版する際に書かれた序文では、「水」は「情念の火」を鎮める「救いの水」であり、「神の恵み」である。「ところで神の恵みは習慣に打ち勝った。習慣は無力である。それは神の恵みの変わらぬ若さを腐食することはできない。小石の間のこの小さな水の流れは、あるときは泡立つ流れである。奇跡は疲弊した人間の最初の渇きをいやすことではない。多くの時間がたち、昔あんなにも多くの涙を流させたものが『永遠の命のわき出る』水のたった一滴にも値しないとわかるときなのである」(*SBC*, *Préface*, p.114.)。この「神の恵み」＝「水」は、「回心」以前の記述には見出すことができない。「罪人の苦悩」の中の「水」はそれとは対照的に、「人間」の「自然」に源泉を持つ「水」であり、暗い「情念」の高まりのイメージである。「その子供時代から観察することができた人々も、彼らの純粋さがどれほど深くとも、彼らがその名前さえ知らない傾向と戦っているのを見た。地下の水 (l'eau souterraine) はゆっくりと道を開き、わき上がり、障害物をまわり、何年かの間は眠っているように見えるが、突如存在の脇腹から吹き出すのである。―哀れな人間は、自分の内に知らない間に隠し持っていたものにしばしば驚き呆然とするのだ (*ibid.*, p.128.)。「回心」以前に書かれた『神とマンモン』の章においても同様である。「同じ時期、敬虔な優等生のうわべに隠れて、力強い水 (une eau puissante) がわたしの内でわき出し始めていた。その水は初めはにじむ程度に過ぎなかったが、わたしはそれが行為や態度や仕草やことばを通して拡散してゆくのを見た。暗い水 (L'eau sombre) は今や上り、流れ出していた。わたしの年齢のどの青年とも同じくらい、自分も情欲に取り憑かれた人間であることに、わたしは気づいた〔…〕」(*DM*, p.788.)。

(9) アンリ・ブレモン著『フランスにおける宗教感情の文学史』(Henri Bremond, *Histoire littéraire du sentiment religieux en France*, tome IV, Paris, Armand Colin, 1967, p.370.)。

(10) *ibid.*, p.356.

(11) *ibid.*, p.367.

(12) *ibid.*, p.369.

(13)『わたしが信じること』(*OC V, Ce que je crois*, p.612.)。

(14)「イエスの神秘」の中の「わたしは苦悶の中にあって、おまえを思っていた。わたしはおまえのためにあれほど多くの血をしたたらせた。」(ブランシュヴィック版『パンセ』第553章、Blaise Pascal, *Pensées et opuscules, op.cit.*, no. 553, p.574.) ということばに関しては、モーリアックは疑問を呈している。「青春時代には、パスカルがキリストに言わせている、『わたしは苦悶の中にあって、おまえを思っていた。わたしはおまえのために多くの血のをしたたらせた。』ということばに魅せられたものは多かった。それは今日かつてほどわたしを魅了しない。なぜなら、わたしたち個人のために流された血の滴りの願いの中に、人類の大部分が神に見捨てられることに甘んじ、選ばれた少数の人々と共に自分が区別されているという考え方に苦しみをおぼえない人間が抱く満足感を見るからである」(『人の子』*Le Fils de l'Homme,* p.189.、『カトリック信者のことば』*Les Paroles catholiques,* p.120.)。

(15) パスカルに関してモーリアックがその点を重視しているのは明らかである。「肉体のあらゆる動きに無制限に身を委ねた年月には、病的な反応と想像力の制御という代償がある。パスカルがした以上に、わたしはそのことに気づくべきだった。彼の叫び、『神から引き離されることがありませんように』、依然としてある彼の不信、どんな小さな愛撫や『あの婦人は美しい …』などというもっとも無邪気なことばにも嫌悪を感じてしまうこと。それらすべては長い間の不純な生活を証言しているのだ (tout cela témoigne d'une vie longtemps impure)」(*SBC*, *Encore le bonheur,* p.160.)。

(16)『わたしが信じること』(*Pl V, op.cit.*, p.613.)。

(17)『続内面の記録』(*Pl V, op.cit.*, p.748.)。

(18) モーリス・ド・ゲラン著『モーリス・ド・ゲラン全集』第2巻「書簡集」(Maurice de Guérin, *Œuvres de Maurice de Guérin, tome II, Correspondance*, Paris, Le Divan, 1930, p.367.)。

(19) Maurice de Guérin, *op.cit.*, tome I, *Journal Intime ou Le Cahier Vert*, pp.191-192.

(20)『人の子』(*op.cit.*, p.184.)、『カトリック信者のことば』(*op.cit.*, p.114.)。

(21) 1920年に書かれたエッセー『宗教心理小論』— これは単行本として刊行されたモーリアックの最初のエッセーである — はモーリス・ド・ゲランに一章をさいているが、その中ではこの部分はゲランの原文通り、「ふたつの世界の間の地平線に震える天の火」となっている(『宗教心理小論』*OC VIII, Petits Essais de psychologie religieuse*, p.20.)。

(22)『聖書』「コリント人への第一の手紙」第3章15節。

(23)『聖書』「ルカによる福音書」第12章49-50節。

(24)『人の子』(*op.cit.*, p.128.)。

(25)『聖書』「ルカによる福音書」第24章32節。

(26) 同上。

(27)『イエスの生涯』(*OC VII, La Vie de Jésus,* pp.153-154.)、『人の子』(*op.cit.,* p.60.)

参照。

（28）『イエスの生涯』（*OC VII, op.cit.*, p.152.）。

（29）『聖書』「使徒言行録」第２章3-4節。

（30）『わたしが信じること』（*Pl V, op.cit.*, p.580.）。

（31）『聖書』「マルコによる福音書」第９章49節。

（32）「火」『聖書神学用語辞典』（« feu » in Xavier Léon-Dufour, et d'autres, *Vocabulaire de Théologie biblique*, 1970.）。

附論　モーリアックと日本文学

『愛の渇き』と『テレーズ・デスケィルゥ』

三島由紀夫は1950年長編小説『愛の渇き』を出版した。三島文学のテーマが愛と欲そして同性愛のドラマとその美と官能性にあることには変わりはないが、『愛の渇き』には前年の『仮面の告白』、1953年の『潮騒』、1957年の代表作『金閣寺』、1965-1967年の『豊穣の海』とも違った何かがある。三島自身が語っているように、『愛の渇き』はモーリアックの代表作『テレーズ・デスケイルゥ』の読書の影響を受けて書かれた作品である。文体の類似、テーマの類似、小説技法の類似など、さまざまな類似点を両者の作品には指摘することができる[(1)]。三島は『愛の渇き』の前年に刊行された杉捷夫訳の『テレーズ・デスケイルゥ』[(2)]を読んでいたと想像されるが、両者を比較することで、三島がいかに『テレーズ・デスケイルゥ』から影響を受けたか、またいかにその影響を逃れ、彼自身の小説世界を構築しようとしていったのかを考えてみたい。

講談社文芸文庫版『テレーズ・デスケイルゥ』の解説の中で、フランス文学者の若林真は次のように書いている。

> 〔…〕生に疲びれたテレーズという女の魅力に呪縛された日本の文学者は他〔遠藤周作以外〕にもいる。『テレーズ・デスケイルゥ』を下敷きにした小説を書いた作家に、『菜穂子』の堀辰雄がいる。『愛の渇き』の三島由紀夫がいる。『檻』の中村真一郎がいる。瀬戸内寂聴も高橋たか子も、いくつかの小説の下敷きとして『テレーズ・デスケイルゥ』を使ったのではあるまいか[(3)]。

このように若林真は述べているが、三島自身も『愛の渇き』がモーリアックと類似していることを彼自身理解していたらしく、「創作ノート」の中に次のように書き記している。

〔…〕しかしこの園丁の話から、突然、私に一つの物語の筋が浮かんだ。物語はそのとき、ほとんど首尾一貫して脳裏に浮かんだのである。
　それには、一つには、当時一時的に心酔してゐたモオリヤックの小説の影響があつたのであろう。出来上がつた小説も、誰が読んでも、モオリヤックの敷写しだと思ふにちがいない。おまけに最初は黙示録の大淫婦の章からとつて、折角「緋色の獣」といふ題をつけたのが、それでは弱すぎるといふ新潮社の意見で、「愛の渇き」と改題したために、ますますモオリヤックくさくなつた(4)。

三島は『愛の渇き』の執筆当時の状況について、「当時一時的に心酔してゐたモオリヤックの小説の影響があつたのであろう」と、自らモーリアックの影響を認めている。さらに「出来上がつた小説」が、「誰が読んでも、モオリヤックの敷写しだと思ふに違いない」とまで、その類似性について自覚している。また、出版社の意向で、作品のタイトルが『愛の渇き』となったことについても、「『愛の渇き』と改題したために、ますますモオリヤックくさくなつた」と、自ら後悔とも取れることばを記している。三島は モーリアックを読んで『愛の渇き』を書いた、と断定しても間違いはなさそうである。

さらに三島が読んだモーリアックの小説とはこの場合『テレーズ・デスケイルゥ』であると考えて間違いはない。「『愛の渇き』と改題したために、ますますモオリヤックくさくなつた」と、三島がいっているのは、おそらく 1939 年に杉捷夫訳で出版されたモーリアックの小説『愛の砂漠』が頭にあったのではないかと思われる。三島はおそらくこの小説も読んでいたに違いなく、それゆえ小説の題名について「モオリヤックくさくなつた」と記したに違いないのである。

「動物性」の比喩表現

『愛の渇き』と『テレーズ・デスケイルゥ』には数多くの類似点が見られる。『テレーズ・デスケイルゥ』においてもそうであるが、モー リアックの1920年から1928年にかけての小説には共通の特徴を見出すことができる。一つは小説技巧の面で、作家は比喩を多用する傾向がある。主な作中人物は「樹木」なり、時には「動物」に必ず喩えられている。これはモーリアック独自のヴィジョン、「神の恵み」と対立する「自然＝本性」のヴィジョンを示し、「神」を知らない作中人物たちの悲劇を描くために必要とした技法である。

三島もまた『愛の渇き』の中で、この比喩の多用をモーリアックから受け継いでいる。『愛の渇き』の場合は植物ではなく、作中人物たちは多くの場合「動物」、特に主要な作中人物は「犬」に喩えられているのを見ることができる。『テレーズ・デスケイルゥ』の中で「犬(猟犬)」に喩えられているのは、アンヌの恋人ジャン・アゼヴェドだけだが、『愛の渇き』の中では喩えば、主人公悦子の夫を見上げる様子が「犬」に喩えられている。悦子の夫良輔は忙しいサラリーマン生活の中で、浮気をしながらも平穏な家庭生活を装っている。悦子は夫の浮気を知りながら、だまって耐え、日々をやり過ごす。

> 見栄坊の良輔はなほ同僚のあひだに凡庸な幸福を装つた。悦子は待つ。待ちつづける。彼はかへらない。彼がかへつて家でめづらしくすごす夜、悦子は一度でも彼を詰り彼を責めたことがあつたらうか。彼女は悲しげな目で良人を見上げるだけだ。<u>この牝犬のような目</u>、無言の悲しげなこの目が、良輔を怒らせた[(5)]。

良人を見上げる悦子の目は「牝犬のような目」に喩えられている。この「犬」のような「目」は悦子だけに限ったことではない。その眼差しは相手の良輔自身にも投影されているのである。

> 良輔は頭を振つてちらと妻を見上げた。良輔自身は気づいてゐない。そのとき妻を見上げた彼の目には、いつも彼が嫌悪を以てしか見ることのできない妻のあの<u>犬のような眼差</u>が感染つてゐたのである。澱んだ熱つぽい切望する

> この眼差、家畜が自分の体内に起こつた病気にわけがわからずに戸惑ひしながら、じつと訴えるように飼い主を見上げるこの眼差、良輔はおそらく、自分の内部にはじめて了解しがたいものが生まれてくる不安を感じてゐた。それは病気だつたが、病気とはそれだけのものではない(6)。

悦子の哀願するような「牝犬のような目」は不治の病に冒されつつある良輔に感染し、彼もまた「犬のような眼差」で妻を見上げるのである。悦子や良輔ばかりではない、悦子が恋をし、最後には殺すことになる園丁の三郎もまた「犬」のイメージで提示されている。

> 三郎はちらと千恵子の安宝石の指輪をはめた指に支えられている玉子を見た。彼の<u>仔犬のやうな黒い目</u>に、ほんの少し鋭い光が動いた。そしてかう言つた(7)。

悦子が米殿村の舅の家で飼っているのも「マギ」という「犬」であり、「犬」のイメージによって小説全体は取り囲まれている。このように主な作中人物は「犬」に喩えられ、犬のイメージで捉えられているが、それはまず、彼らにある「従順さ」「卑屈さ」を際立たせるためであると考えることができるだろう。それればかりではない。悦子は舅の弥吉と囲碁をするのが趣味だったが、弥吉は「はしたない放心の愉楽に耽つてゐるひとりの女の、薄く明けた口もとを、その少し蒼ざめて見えるほどに<u>白い犀利な歯</u>を見た。」(8) と描かれ、彼女が碁石を打ちつけるようすは、「おそいかかる猟犬を打ち据ゑるやうに」(9) と描写されている。悦子は「狩人」のようでありながら、同時に「猟犬」のイメージで捉えられているのである。

「動物」の喩えはそればかりではない。作中人物たちは 状況に応じてさまざまな「動物」に喩えられる。悦子についての喩えが最も多いことは確かだが、喩えば、夫の死後、霊柩車で病院を出る時、まばゆい外の光を浴びて目をくらませる悦子の姿は「獅子」に喩えられている。

> <u>檻を出た瞬間の獅子</u>は、もとから野放しの獅子よりももつと広い世界を所有している。捕はれてゐる間、彼には二つの世界しか存在しなかつたのだ。すなわち

檻の中の世界と、檻の外の世界と。彼は放たれる。彼は吼える。人を傷つけ、人を喰らふ。彼には不満なのだ、檻の中でもない檻の外でもない第三の世界の存在しないことが(10)。

良人を失って一年もたたない悦子は良輔の実家に身を寄せ、舅と肉体関係を結ぶが、良人の父親に身をゆだねることになったのはなぜかと、米殿村の人々の間ではうわさになった。人だかりが家のまわりに物見高い垣根を作る。「悦子はこの垣のなかを、退屈そうに、ものうげに、しかし人目をかまわぬ闊達なしどけなさで、ひねもす行きつ戻りつしている一羽の走禽類のやうであつた。」(11) と書かれている。舅弥吉の夜ごとの愛撫に身を凍らせて耐える悦子は寒天の中におちた「蠅」のようである。「〔…〕この夜は、これはもう此の世のものではない。悦子にのしかかり、悦子を寒天の中におちた蠅のように、凝固の恐怖に追ひやつて省みない夜は」(12)。悦子ばかりではない、弥吉は「毛を剥いた鳥」(13) に喩えられているし、三郎も、その頭について「五分刈りにしたその頭部は、何かしら若い牡牛の頭のやうな充実感を持つてゐた。」(14) と描かれている。

作中人物たちを「動物」に喩える手法は、モーリアック の 1922 年から 1930 年にいたる間の主要な小説作品に特徴的に見られる傾向である。三島は 1928 年（日本語訳 1949 年刊行）の『テレーズ・デスケイルゥ』を読んで『愛の渇き』を書いたと推定されるが、このような「動物性」の比喩表現もモーリアックから受け継いだに相違ない。『仮面の告白』『青の時代』また代表作『金閣寺』などと比較しても、『愛の渇き』の比喩表現は際立って見える。『テレーズ・デスケイルゥ』においても主要な作中人物はみな「動物」に喩えられている。主人公テレーズは「しのび足（雌オオカミ）」(15) の足取りで歩き、彼女の胸の中に住むものは「爬蟲類」(16)、新婚の寝床の夫ベルナールは「美しい、若い豚」(17)、テレーズの義理妹アンヌはその恋愛を反対され家に監禁されるが、「牝鹿」(18) のように出口をさがして柵のまわりを歩き回る。また、アンヌの恋人ジャンは「猟犬」を思わせるイメージで提示されている。「鋭い歯を見せて、いつもすこし開きかげんの大きな口を、私は好もしく思つた。暑がつている若い犬の口」(19)。ただ『テレーズ・デスケイルゥ』の場合、比喩は「動物」だけに限ったことではなく、植物の比喩も目立つことも事実である。アンヌは「どんな植物よりもしおれているこの少女」[20]と述べられ、ベルナールについてはより辛辣に、次のような「松」の姿に喩えられている。「ひまな人種に属しているこうした大食家の肉體は、強そうな外見を持つているに過ぎない。畠の肥料をほどこした土のそばに植えた松は、すみやかな生長にめぐまれるが、じきに木のしんがくさり、伸びざかりに、切り倒さなければならなくなる」[21]。

三島が比喩という小説技法において、モーリアックの影響を受けたことは間違いないと考えられるが、三島の比喩はおもに「動物」を使った喩えであり、しかもモーリアックほどの多様性はない。それはおもに作中人物の態度、仕草を戯画化するものである。三島がモーリアックから学んだ最も重要な比喩表現は、作中人物たちを特定の「動物」に喩える比喩ではなく、名前のない「獣」に喩えた比喩表現である。それこそまさにモーリアック独特の表現であり、三島はそこに惹かれたはずである。「獣」はもはや作中人物たちを戯画化する比喩ではない。作中人物たちが内に秘めた「獣性」を暴き出す表現だからである。

『テレーズ・デスケイルゥ』の中で、夫ベルナールのもとに向かう途中、夜の闇を走る列車のなかで、テレーズは彼女自身の隠れた罪の根源に遡ろうとする。テレーズは己の犯した罪をまともに見ようとする。しかし彼女は「大きく口を開けている罪の中に落ちてしまつた」[22]。小説家はそんな彼女を「獣」のイメージで描きだす。

たつた一人で、トンネルの中を抜けているのだつた、めまいをおぼえながら。今いる所が一番暗い場所だ。前後の考えもなくけだもののように、この闇の世界から、この煙の中から、逃げ出さなければならない、自由に呼吸のできる空氣のあるところまで出なければならない。早く！　早く！[23]

モーリアックにおける「獣」の比喩は神の「恵み」に相反する「自然＝人間本性」の存在を暗示するイメージのひとつである[24]。ここでは罪の深淵にあって、出口のない孤独に陥ったテレーズの姿が「獣」に喩えられている。それに対して三島は、「神」に対する人間の「罪」という視点を捨象して、ひたすら人間の「獣性」という観点のみをモーリアックから借用したように思われる。例えば瀕死の床でうなり声を上げる悦子の夫良輔は「獣」に喩えられる。

悦子はさう言ひ残して、編み物を置いて立ち上がつた。扉のところまで行つた。すると背後でおそろしい唸り声が起こつた。
　踏みつぶされた獣の挙げるような叫びである。悦子がふり返ると、良輔は寝床の上で上体を起こして、両手で嬰児がするように羽蒲団を鷲掴みにして、瞳孔の定まらぬ瞳で扉口のはうを見詰めてゐた[25]。

悦子が園丁の三郎に惹かれているのも、その若々しさと飾らないたくましさに対してである。三島はそれを次のように「獣」のイメージで提示する。悦子が三郎の部屋のそばで、天日干しにされた彼の蒲団の匂いをかぐ場面である。「…西日のなかに漂つてゐる微かな匂ひ、日向に寝そべつてゐる若い獣が放つやうな匂ひに惹かれたのである。彼女は自然に蒲団のそばに立つて、その幾分すり切れた丈夫な布地の、革のやうな匂ひと光沢のなかにしばらく居た」[26]。また夏祭りの夜、悦子たちが見物するさなか、裸の若者たちがひしめき合う姿は獣そのものである。

この雨音に立ちむかひ、この雨音の死のような壁を打ち破るのは、こんなことばに煩わされない人の叫びだけだ。ことばを知らない単純な魂の叫びだけだ。…悦子は篝火の焔に照らし出されて目の前を駈けてすぎたあの薔薇色の裸形の一群を、彼らの若い滑らかな獣の叫びを、思い出した。…あの叫びだけだ。あれだけが重要だ[27]。

ここでは裸の若者たちが「獣」に喩えられ、彼らの発する叫び声が「獣の叫び」に喩えられている。悦子はその光景に魅了される。「あの叫びだ。あれだけが重要だ。」と悦子は思うが、その「叫び」とは、まさしく理性をかなぐり捨てた「本能（人間の本性）」の叫びに他ならないと言うことができるだろう。「獣」は人間の「本能」と分かちがたく結びついていることを見逃してはならない。「獣」の「本能」は「狩猟」の「本能」でもある。三島においても「獣」は、モーリアック同様、「狩猟」のイメージにつながって行く。三郎が「獣」であるだけではなく、悦子にも「獣」のイメージを見出すことができるのである。悦子は三郎と恋仲にある女中の美代を監視することに「生き甲斐」を見出す。悦子は彼らの部屋を探り、愛の痕跡をかぎつけようとする。小説家はそれを獲物を追う「狩人」の姿で描きだす。

> ここにいたつて悦子の本能は、狩人の本能に似通つた。たまたま遠方の小藪のかげに野兎の白い尾がうごくのを見ると、彼女の狡智は研ぎすまされ、その全身の血はあやしく波立ち、筋肉は躍動し、神経組織は飛んでゆく一本の矢のように束ねられて緊張した。かうした生き甲斐を持たぬ閑日月には、一見別人のようになつた狩人は、炉辺のうたた寝のほかの何ものをも希わない怠惰な明け暮れを送るのであつた(28)。

モーリアックの作中人物たちも「狩り」をする。テレーズにせよ、ベルナールにせよ、アンヌにせよ、ジャンにせよ、あるいはクララ伯母に至るまで、彼らは実際の「狩猟」をするか、さもなければ「狩猟」のイメージを伴って描かれている。そして彼らの「狩猟」の獲物は動物とばかりは限らない、彼らは人間を狩る「狩人」でもあるのである。三島においても同様である。作中人物たちの「本能」をむき出しにした姿が「獣」に喩えられ、彼らの営みは「狩猟」に喩えられる。たたモーリアックとの唯一の違いは、そのような人間の営みが「神」との関係性において捉えられていない、「神」の前で行われる「狩猟」ではないという点である。三島は「狩猟」のイメージが持つ効果をモーリアックを通して学んだことは疑いようがない。しかし彼は「神」の視点を置き去りにしたのである。

複雑で矛盾に満ちた女性の心理描写

テレーズも悦子も複雑な内面を持つ女性である。それはしばしば矛盾をはらんでいる。そしてその奥には得体の知れない闇のようなものが広がっている。悦子は夫が浮気をしていることを見抜いているし、彼には愛人が居ることも知っている。夫の不在の日々、苦悶の末、悦子は夫の前で 自身二度目の自殺をはかろうとする。

…悦子は彼が机の上にならべておいた女の写真を 燐寸で一枚一枚燃やした。そうさせたのは良人の予定の行動である。良人がかへつて来て、写真はどうしたと言つた。悦子は砒素剤を片手に、片手に水を満たしたコップを持つて立つてゐた。彼が悦子の飲まうとする薬品を手からはねのけた。はずみに悦子は鏡の上に倒れて額を切つた(29)。

悦子は良人の存命中に2度自殺未遂をしたが、米殿村に移り住んでからも自殺を考えている(30)。テレーズもまた自殺願望に取り憑かれた女性である。裁判所で「免訴」の決定が成された後、馬車と列車を乗り継いで夫の待つアルジュルーズに向かうが、出迎えた夫はテレーズが無意識に思い描いていたような、彼女の話を聞き、彼女を理解し、愛してくれるような人間ではなかった。夫はテレーズをアルジュルーズに監禁する決定を彼女に言い渡す。テレーズはほとんど無意識に自殺を思い立つ。

死ぬこと。彼女は昔から死ぬのがこわかつた。だいじなことは、眞正面から死を見つめないことである。— たゞ、必要かくべからざる動作を、あらかじめ考えておけば、それでいゝ。水をそそぎ、粉をとかしこみ、一氣に飲んで、寝台の上に横になり、目をつむる。それからさきを見ようとしないこと。なぜこの眠りを、ほかのすべての眠り以上に、おそれるのか？(31)

悦子が自殺に使おうとしていた薬剤は砒素であったが、テレーズの夫ベルナールが薬として用いていた薬品も「ファウラー氏液」という砒素を用いた薬である(32)。「マノの大火事」の日、ベルナールは火事に気をとられ倍量の「ファウラー氏液」を飲んでしまう。その日から彼は体調を崩し、テレーズは処方箋を偽造し、夫に毒を盛り続けるのである。このように、悦子はテレーズ同様自殺願望を持っており、服毒に関しても、両者には共通点が見られるのである。

病に倒れた良輔を看病する悦子の態度は極端に矛盾したものである。腸チフスにかかり重体になった夫のかたわらに寄り添い、瀕死の夫のために酸素吸入器を抱えながら、悦子は同時に夫の死を願う。

『…私は支へられる限り酸素吸入器を支へてゐた。おしまいに私の手は硬くなり、私の肩は痺れてきた。私は鋭い叫ぶような声で「誰か代わつて下さい、早く！」と言つた。看護婦がおどろいたように私に代わつて吸入器を持つた。…

本当は私は疲れてなぞゐなかつた。ただ私は怖かつたのだ。あの、何へ向かつてともしれず話しかけていた良人の聞こえないことばが。…又しても私の嫉妬だつたか、それともそんな嫉妬への私の恐怖だつたか、それは知らない。…もし理性さへ失くせるものなら、私はかう叫んだかもしれはしない。「はやく死んでしまへ！　はやく死んでしまへ！」〔…〕』[33]

悦子の態度は矛盾しているが、「又しても私の嫉妬だつたか」あるいは「嫉妬への私の恐怖」だったのかと彼女自身認めているように、多分に悦子を動かしているのは「嫉妬」の感情である。テレーズの場合はより複雑だといわなければならない。彼女はベルナールにまつわる「嫉妬」の感情に苦しめられたことはない。テレーズはそれほどベルナールを憎んでいるわけではないのである。「ほんとのところ、夫は、私が結婚したかもしれないほかの青年たちの大部分の者にくらべて、ずつと洗練されていた」[34] と、テレーズはベルナールのことを評価する。テレーズはなぜベルナールと結婚したのか。アンヌの義理姉になれるという素朴な喜びがあったことは確かだ。それに両家の所有する松林が一つになるということは、「血の中に財産の観念を持つていた」[35] テレーズにとっては魅力だったに違いない。テレーズには積極的にベルナールを嫌う理由は見出されない。しかしベルナールが砒素の薬剤の分量を間違えた偶然をきっかけに、こんどは積極的に彼を死に落としめようとするのである。

テレーズはろうそくをとぼし、起きあがつて、纈草酸鹽をコップにつぐ。この調合水薬がきくとは、どういう偶然の働きだろう！と、彼女は考える。なぜ、命取りにならないのか？　永久に眠るのでなければ、ほんとに眠るのでも、安静になるのでもないではないか？　このぐちばかり言う男は、なぜ、永久に自分をしずめてくれるものをそんなにおそれるのか？[36]

この後テレーズは処方箋を偽造し、恐ろしい義務を遂行するかのように夫に毒を盛り続け、「えたいの知れぬ絶望」(37) を抱えたまま「大きく口を開けている罪の中に」(38) のみ込まれてゆく。病床のベルナールに対するテレーズの態度は、実に悦子のそれに似通っている。

> それに、最初の動作をすましてしまうと、実に明晳熱烈さで、彼女は自分のくわだてを遂行したではないか！　そして、なんという執拗さで！
> ― 私は自分の手が迷い出したときに、はじめて、自分を残酷だと感じました。あなたの苦しみを長引かせたことを後悔しました。行くところまで行かなければ…。それも、急いで！　私はおそろしい義務に屈服したのです。そうです、それは義務ともいうべきものでした(39)。

「私は自分の手が迷い出したときに、はじめて、自分を残酷だと感じました」とテレーズは告白するが、積極的な殺意であれ無意志的な殺意であれ、毒薬を盛るテレーズの手の迷いは、酸素吸入器を支える悦子の手の迷いに対応していることは明らかである。テレーズにおいても悦子においても「生かす」行為と「殺す」行為の奇妙な倒錯を指摘することができるのではないだろうか。

悦子の罪深い行為はそれだけではない。悦子は三郎の恋人で妊娠した女中の美代に嫉妬していたが、三郎の不在を見計らって彼女に暇を出し、故郷に追い返してしまうのである。しかし三郎と美代の間を引き裂いただけでは、悦子の心の隙間は埋められなかった。テレーズはベルナールを殺すことは結局なかったが、悦子は実際手を下し、三郎を殺してしまう。夜中に三郎を家の裏手に呼び出した悦子は、三郎に向かって「美代を愛しているのか」と迫る。三郎は「愛していない」と答える。悦子は恍惚となる。しかし三郎にはそもそも「愛する」ということばの意味がわからなかったのである。「誰を愛しているのか」と問い詰める悦子。三郎は行き当たりばったりに、「奥様、あなたであります」と答える。悦子は取り乱す。三郎が悦子を抱きしめようとすると悦子は逃げ、三郎が逃げようとすると悦子はすがりつく。物音を聞きつけた弥吉が鍬を持ってやって来る。悦子はそれを取り上げ、三郎を斬り殺す。そして「何故殺した」と問いただす弥吉に向かって悦子は次のように語る。

「あなたが殺さなかつたから」
「儂は殺そうとは思わなかつた」
　悦子は狂おしい目で弥吉を見返した。
「嘘です。あなたは殺そうとなすつたんです。わたくしは今それを待つたのです。あなたが三郎を殺して下さるほかに、わたくしの救われる道はなかつたんです。それだのに、あなたは躊躇なすつた。慄へていらした。意気地もなく慄へていらした。あの場合、あなたに代わつて、わたくしが殺すほかはなかつたんです」〔…〕
「〔…〕それにしても、何だつて、此奴を殺さなくてはならなかつたんだ」
「あたくしを苦しめたからですわ」
「しかしこいつに罪はない」
「罪がない！　そんなことはございません。かうなつたのは、あたくしを苦しめた当然の報いですの。誰もあたくしを苦しめてはいけませんの。誰もあたくしを苦しめることなぞできませんの」(40)

悦子は弥吉に向かって、「あの場合、あなたに代わつて、わたくしが殺すほかはなかつたんです」と抗弁し、殺したのは三郎が「あたくしを苦しめたからですわ」と、身勝手な理屈を述べる。「誰もあたくしを苦しめることなぞできませんの」と、こうして悦子は殺人によって、道ならぬ恋の苦しみと嫉妬の苦しみから解放されるのである。しかし悦子の心の闇は「嫉妬」と書かれることによって、さらには「誰もあたくしを苦しめることなぞできませんの」と、強烈な自己愛を垣間見せることによって、テレーズが抱える心の「闇」よりも理解しやすいものになっていることは確かである。

作家の介入

モーリアックがよく用いる小説技法の一つに内的独白（モノローグ・アンテリユール）の手法がある。語り手のことばでもなく、作中人物が誰か特定の相手に対して語りかけるのでもなく、自分自身に語るといういわば内観的な表現方法である。『テレーズ・デスケイルゥ』の中では、全編にわたってテレーズの内的独白を聞くことができる。三島も、それをふんだんに『愛の渇き』の中に取り入れているのを認めることができる。『テレーズ・デスケイルゥ』の中に見られる内的独白とは、例えば次のようなものである。

何を夫に言おうというのか？　どういう告白から始めるか？　慾望と決意と豫見不可能の行爲との混沌とした奔流をせきとめるのに、ことばだけでたりるだろうか？　みんな、どんなふうにするのだろうか、己の罪を知つているすべての人たちは？　…「私は、自分の罪を知つてはいない。ひとが私に着せている罪を、自分は犯すつもりはなかつた。自分が何をするつもりだつたのか、自分にはわからない。自分の身のうちに、それからまた自分の外に、あのがむしゃらな力が、何をめざして働いていたのか、一度も自分にはわからなかつた。その力が、進んで行く途中で、破壊したもの、それには、自分自身うちひしがれ、びつくりしたではないか…」[41]

テレーズは「私は、自分の罪を知つてはいない…」と語るが、それらは特定の作中人物に向かって発せられたことばではなく、語り手のことばでもない。それは彼女自身が彼女自身の内面に向かって投げかけたことばである。この内的独白の方法は『テレーズ・デスケイルゥ』という小説の基本構造を支える要素であるといっても過言ではない。それは作中人物たちの心理を内側から描写するには非常に有効な方法であり、フランスの心理小説にはこの内的独白の方法を多用した小説が数多くある。

『愛の渇き』も小説の基本構造に、この内的独白の方法を取り入れている。三島の場合は内的独白がそれとわかるように、ことばを二重カギ括弧に入れている。悦子は舅の弥吉が自分の日記を盗み読みしているのを知っており、偽の日記をつけている。悦子は自分の書いた日記を読み返しながら、次のように独白する。

悦子は頁を無意味にめくりながら、心にひとりごとした。
『それでも私は幸福だ。私は幸福だ。誰もそれを否定できはしない。第一、証拠がない』

彼女は仄暗い頁を先のはうへめくつた。白い頁がまだ続いている。まだ続く。そしてやがてこの倖せな日記の一年がをはる。…(42)

悦子は「心にひとりごと」するのだが、「心にひとりごとする」ことがまさしく内的独白と呼ばれるものである。このような悦子の内的独白は小説全編を通して存在し、悦子の心理描写を支えている。「内的独白」の手法において、三島とモーリアックの相違点があるとするならば、それは三島が内的独白を悦子だけに限らず他の作中人物にも適用した点であろう。しかしその分、焦点が悦子の内面から別の作中人物の内面へと移ってしまったことも否めない。小説には弥吉の内的独白も認めることができるのである。

弥吉は考へつづけた。『美代に暇をやればすぐ三郎も出てゆくにちがひないと、悦子も思ひ、儂も思つたのに、この目算は、ひょつとすると外れるかもしれない。なに、構はない。悦子と旅に出てしまへば、それでおしまひだ。〔…〕』(43)

このように三島は『愛の渇き』の中で、モーリアックが『テレーズ・デスケイルゥ』において使っていた心理小説の手法を踏襲していると言うことができる。

心理小説の方法の中でもとりわけモーリアック独特の方法であり、彼が『テレーズ・デスケイルゥ』の中で用いたもうひとつの表現技法として、小説家の介入という方法を取り上げることができる。それはほとんどモーリアック独自といってもよい非常に特徴的な表現技法である。それは、語りの途中で小説家自身がその語りの中に割り込む方法で、『テレーズ・デスケイルゥ』の中では際立った効果を見せている。例えば次のようなくだりがそうである。アンヌがジャンとの仲を引き裂かれ、自宅に監禁される場面である。

二人の聲で目をさましたベルナールが、寝まき姿で二人を待つていた。テレーズは、兄と妹の間に爆發した場面の記憶を追い拂おうとするが、それはまちがつている。力のつきはてた少女の手首を荒々しくつかん で、三階の部屋までひきずつて行き、部屋のかんぬきをかける。そういうことのできる男が、おまえの夫なのだ、テレーズよ、これから二時間後の後に、おまえの裁き手になるベルナールなのだ(44)。

これはテレーズの内的独白でもなく、語り手のことばですらない。小説家自身が彼の小説の中に介入し、直接主人公に語りかけているのである。『愛の渇き』にもこれと同様の表現を見出すことができる。小説の前半部分、病気の良輔を励ます場面である。

「大丈夫よ。きつと悦子が治して差し上げてよ。心配なさらなくていいのよ。あなたがお死にになれば、あたくしも死んでよ。(この偽誓に誰が気附かう！悦子は証人という第三者を、神という第三者をすら、信じはしない。)…でも、そんなことは決してなくつてよ。あなたはきつと、きつとお治りになつてよ」(45)

「この偽誓に誰が気附かう！」ということばは、もちろん悦子自身の内的独白ではなく、また語り手の客観的な語りでもない。それはまさしく小説家自身のことばである。「悦子は証人という第三者を、神という第三者をすら、信じはしない」という表現も同様である。小説家自身がその小説の中に入り込み、主人公を論評しているのである。『愛の渇き』の中では、このようなモーリアックが得意とする表現方法、小説家の語りへの介入の方法は数カ所に見られる(46)。

このように三島は表現方法の上でも、モーリアックから多くを受け継いでいる。一つは心理小説の方法である内的独白であり、もうひとつはモーリアックに特徴的な作家の介入の方法である。『テレーズ・デスケイルゥ』がテレーズという作中人物の単一な視点を通して描かれているのに対し、『愛の渇き』は大部分が悦子の視点から描かれていながら、内的独白は悦子だけに限らず、他の作中人物にもおよんでいる。その分、幾分か焦点のぼやけた印象と緊張感の欠如を読者に感じさせることになっている。

三島は「創作ノート」に次のように記している。

「女主人公の特徴は、彼女にとつて不幸の予想がまつたく不可能なことである。（従つて、想像力がないから、他に対する同情はまつたく欠如してゐる。）しかし彼女は、これ以上幸福になりうるという夢想に苦しめられる。そんなものを信じることは幸福を妨げることだ。現在を否定することだ。現在を肯定するために三郎を殺す。殺した理由は、単に、自分が自分以外のものになりたくなかつたから、である。」これは粗雑なノオトである。〔…〕唯一神なき人間の幸福という観念を実験するために、日本が好適な風土であることを夢想しつつ、希臘神話の女性に似たものを、現代日本の風土においてみようと試みたものと思はれる。希臘神話の登場人物の特徴は、ジイドも指摘してゐるやうに、決して「自分以外のものにはなりたくない」点にあるのである。

爾来、「神なき人間の幸福」という奇怪な観念は私の固定観念になつたかの概がある[47]。

モーリアックがテレーズをラシーヌのフェードルになぞらえたように、三島は悦子をギリシャ神話の登場人物になぞらえる。「幸福になる」という夢想、と言うよりは「自分は幸福にならなければならない」という固定観念に縛られ、苦しめられたあげく、彼女はそれを妨げる人物を殺す。たとえそれが愛する青年であろうとも。悦子の場合、犯行の動機はテレーズにくらべて明瞭である。テレーズの闇は、彼女が夫を殺そうとした動機そもそもが彼女にはわからないというところにある。三島の言う「神なき人間の幸福」とは、パスカルの言う「神なき人間の悲惨」[48]の裏返しに他ならない。テレーズは「私は、自分の罪を知つてはいない」。「罪を知らない」ということばは、「愛を知らない」[49]ベルナールと同様、「神ならざるものを知らない」こと、つまり「神を知らない」ことに他ならないのである。そのようにモーリアックは、『テレーズ・デスケイルゥ』を通して「神なき人間の悲惨」のヴィジョンを提示しようとしていたのに対して、三島は同じように「自分自身の心を知らず」、矛盾した内面を持つ女主人公を描きながら、彼が提示した世界は「神なき人間の悲惨」の転倒したヴィジョン、「神なき人間の幸福」のヴィジョンというべきものであった。

三島は彼自身が認めるとおり、彼は『テレーズ・デスケイルゥ』から影響を受けて『愛の渇き』を書いた。両者は 見事に「複雑で矛盾に満ちた女性の心理」を描き出しているが、『愛の渇き』という小説においては、特にレトリックのレベルでモーリアックの影響が顕著に認められる。第一にそれは比喩の多用である。比喩表現においては、まず人間に内在する「動物性」を際立たせるメタファーの多さに気づかされる。『テレーズ・デスケイルゥ』において作中人物たちはさまざまな「動物」に喩えられていたのに対して、『愛の渇き』においては、特に作中人物たちは「犬」のさまざまな表情によって描き出される場合が多い。そして特に人間における「獣性」の存在を垣間見せる「獣」のメタファーによって、小説表現は見事なイメージの喚起力を得ることに成功していると言うことができる。しかし同じ「獣」の比喩であっても、このふたつの小説の背景にあるものは明らかに異なっている。三島の場合、そこで問題になっているのは、人間の「本能」であるのに対して、モーリアックの場合は「神」に対する被造物としての「自然＝本性」である。またさらに、二つの小説には語りの技法の点でも共通点がある。一つは「内的独白」の手法の多用であり、もうひとつは語りへの小説家自身の介入というモーリアックが頻繁に用いる典型的な表現のトリックである。そして三島はモーリアックの表現方法を巧みに彼自身の小説に取り入れることに成功している。しかし『テレーズ・デスケイルゥ』が殺人未遂を描き、『愛の渇き』が殺人を描き、ふたつの小説のテーマは似通っているとしても、両者には根本的な違いがある。テレーズの内面がいかに複雑であり、矛盾に満ちているとしても、それは彼女の心の闇、彼女の悲劇は「神を知らない」という一点に帰着するのに対して、悦子は信仰によらない人間的幸福を追い求めながら、それを手に入れる方法を知らないという点である。三島は『テレーズ・デスケイルゥ』から、「自分自身の心を知らない」「複雑で矛盾に満ちた内面を抱える女性」という神秘的な女性像を自身の作品の中に取り入れ、さらにレトリックの面で多くをモーリアックから引き継ぎながら、小説のテーマにおいては、それを換骨奪胎し、『テレーズ・デスケイルゥ』における「神なき人間の悲惨」のドラマを、「神なき人間の幸福」を求める背徳的な女性の悲劇に書き換えているということができるように思われるのである。

註記

(1) 三島由紀夫の『愛の渇き』とフランソワ・モーリアックの『テレーズ・デスケイルゥ』の関係については、モーリアック研究者、三島研究者の双方から、これまでさまざまな論究がなされてきた。その多くは小説のテーマと人物像の類似に基づく考察である。「夫の不在を希求する妻」の「理由なき」殺意、殺人未遂と殺人という主題に基づいた考察と、不思議な矛盾した内面を持つ神秘的なふたりの若い人妻、未亡人の一致点を基本的視点とする研究が多く、文体やレトリックの問題については あまり注目されて来なかった。本論文では、比較文学の基本的立場である中立性に立脚しながら、今まで指摘されて来なかった、三島がモーリアックの翻訳書を通して学んだと思われる文体、主としてレトリックの問題、特徴的な比喩表現などについて指摘をしたい。また同時に小説のテーマ、女主人公たちの人物像、登場するさまざまなイメージの類似と差異を取り上げることによって、いかに三島がモーリアックの強い影響下で『愛の渇き』を書いたかということを証明するとともに、また同時に、三島がいかにモーリアックの影響を逃れようとしたかについても考察してみたい。

(2) 杉捷夫訳『テレーズ・デスケイルゥ』は1949年細川書店から初版が出版された。その後目黒書店から1954年に改めて出版されているが、『愛の渇き』は1950年刊行であり、三島は1949年版の杉捷夫訳を読んでいたと推定される。しかし、1949年版杉捷夫訳『テレーズ・デスケイルゥ』は入手が極めて困難であり、きちんと流通したものなのかどうかも定かではないため、この論文では目黒書店刊行1954年版を使用した。新潮文庫の「あとがき」では、杉捷夫ははじめ『テレーズ・デスケイルゥ』を青磁社から「青磁選書」の一冊として出版する予定であった。1946年に出版される予定であったものが、フランスの著作権との兼ね合いにより出版は見送られ、絶版となった。版権は細川書店が買い取り、青磁書店版を新仮名遣いに改めたものが1949年に細川書店から出版された。さらに版権は細川書店から目黒書店に移り、1954年に「モーリヤック小説集」の一冊として出版されたのである。細川書店版と目黒書店版の間に異同はないものと推定される（フランソワ・モーリアック『テレーズ・デスケイルゥ』杉捷夫訳、新潮文庫、1991年、「あとがき」pp.171-172.）。

(3) フランソワ・モーリアック『テレーズ・デスケイルゥ』遠藤周作訳、講談社文芸文庫、2003年（「解説」pp.186-187.）。

(4)『決定版　三島由紀夫全集』第2巻（「解題」「創作ノート」、pp.691-692.）。

(5)『決定版　三島由紀夫全集』第2巻（『愛の渇き』p.41.）、（以下『愛の渇き』とのみ記す）。

(6) 同書、p.43.

(7) 同書、p.71.

(8) 同書、p.30.

(9)　同上。
(10) 同書、p.39.
(11) 同書、p.26.
(12) 同書、p.33.
(13) 同上。
(14) 同書、p.172.
(15)『テレーズ・デスケイルゥ』(杉捷夫訳、細川書店、1949年、p.4.)、(以下『テレーズ・デスケイルゥ』とのみ記す)。
(16) 同書、p.42.
(17) 同書、p.46.
(18) 同書、p.65.
(19) 同書、p.85.
(20) 同書、p.66.
(21) 同書、p.76.
(22) 同書、p.114.
(23) 同書、p.116.
(24) 第2部第3章「『共犯』のビジョン」参照。
(25)『愛の渇き』(p.55.)。「良輔」=「獣」のイメージは他の箇所にも見出される。「…良輔の目は吊り上がり、彼の指先はテープを切ろうとする。しかしその指は熱のこもつた乾草のような、その上乾草に寝た獣の匂いにむせかえるような毛布の縁をつかむにすぎない」(同書、p.48.)。
(26) 同書、p.74.
(27) 同書、p.133.
(28) 同書、p.103.
(29) 同書、p.42.
(30)「ある朝水を呑んで、その冷ややかさが身内にしみわたつてゆくのを感じたとき、ふと服毒を思い立つたのだ。毒の白い結晶体が水といつしょに、静かに組織へしみわたつてゆく快感を思うと、悦子は一種の恍惚状態に陥つて、少しも悲しみのない涙を滂沱と流した…」(同書、pp.152-153.)。
(31)『テレーズ・デスケイルゥ』p.139.
(32) 同書、p.92.
(33)『愛の渇き』pp.59-60.
(34)『テレーズ・デスケイルゥ』p.32.
(35) 同書、p.39.

（36）同書、pp.76-77.
（37）同書、p.55.
（38）同書、p.114.
（39）同書、p. 178.
（40）『愛の渇き』p.212.
（41）『テレーズ・デスケイルゥ』p.22.
（42）『愛の渇き』p.24.
（43）同書、p.186.
（44）『テレーズ・デスケイルゥ』p.102。ほかに次のような一節も同様である。「舗道の上にぐじゃぐじゃにつぶれている自分のからだが小さく見える。そのありさまをテレーズはまざまざと思いうかべた、— そして、そのまわりに、警官や群衆が右往左往する姿を …テレーズよ、自殺をするにはあまりにも空想が多すぎるではないか。眞實のところ、彼女は死ぬことを願つてはゐなかつた」（同書、p.61.）。
（45）『愛の渇き』p.50.
（46）「『ごらん』と良人が言った。彼は窓から旅行案内のグライダーを海のはうへ飛ばした。…莫迦莫迦しい。良輔の心得てゐる甘つたれた女を喜ばす四十八手にすぎない。…ただあのとき、良輔は本気で悦子を喜ばすつもりだつた。本気でこの新妻を騙るつもりだつた」（同書、p.44.）。ここでも「莫迦莫迦しい」という表現は、悦子の内的独白でもなく、語り手のことばでもない。小説家自身が小説世界に介入し、語っているのである。
（47）『決定版　三島由紀夫全集』第2巻（「解題」、p.693.）。
（48）ブレーズ・パスカル著、『パンセ』（Blaise Pascal, *Pensées et opuscules*, Brunchvicg, no. 60, Paris, Hachette, 1976, p.342.）。
（49）『テレーズ・デスケイルゥ』p.130.

＊　＊　＊

◎本文及び註記のテクストは以下を使用した（アンダーラインによる強調は筆者による）。

・『決定版　三島由紀夫全集』第2巻、新潮社、2001年。
・『テレーズ・デスケイルゥ』杉捷夫訳、細川書店、1949年（本書では1954年版の目黒書店刊行、杉捷夫訳を使用）。

◎本論は『武蔵野美術大学研究紀要』（第47号2017年3月刊行）に掲載されたものである。

あとがき

ここに収録した詩人・小説家フランソワ・モーリアックについての論考は、おもにわたしの若かりし頃、20歳代から30歳代にかけて書かれたものに加筆修正を加え、あるいはそれを翻訳したものである。特に第1部から第3部まではもとはひとつの論文で、フランス留学の際に提出したものである。お世話になった先生からは思いがけず高い評価と励ましの言葉をいただいたことを覚えている。1930年前後のモーリアックの小説作品の隠れた真のテーマが実は「告解」であり、それは彼の信仰の問題に影響を受けているということが、わたしのもっとも書きたかったことである。

この本を書くにあたり、特に第1部と第2部を書くにあたって、常にわたしの念頭にあったものは、大学院時代に乱読したジャン゠ピエール・リシャールらのテクスト主義の批評、特に「テーマ批評」の方法だった。モーリアック研究に関して言うならば、あまり「テーマ批評」的なアプローチをする研究者は見かけない。マルセル・アルランが言うように、モーリアックは常に彼自身の問題をその作品に持ち込んでいるということは確かである。それゆえ彼のテクストだけを自立した世界として切り離し、彼のカトリシスムの問題を抜きにして作品を読み解くことは研究としては十分とは言えないだろう。したがって、この書は「テーマ批評」としては不完全であるし、あるいはそれとはまるでほど遠いものになってしまったかも知れない。さらに、「自然のイメージ」を読み解くにあたって、必要十分な文献を網羅していないことの弁解をしたい。今いささかの反省の気持ちをもって振り返っている。

本書を読んでくださった方々がモーリアックに興味を持ってくださることができれば、著者としてはこの上ない幸せである。

本書は武蔵野美術大学出版助成規則による助成を受けて刊行した。

本書の出版を助成してくださった武蔵野美術大学と出版を快く引き受けてくださった八坂書房に心から感謝したい。

2017年春

筆　者

参考文献

★モーリアックの著作（日本語訳）

『モーリアック著作集』全6巻　春秋社　1982～1983年

1. 小説I･自伝　『癩者への接吻』付「最終章」若林真訳／『火の河』上総英郎訳／『愛の砂漠』遠藤周作訳／『ある人生の始まり』南部全司訳／『エッセー（パスカル論・モーツアルト論）』安井源治訳
2. 小説II・文学論　『神への本能、あるいは良心』高橋たか子訳／『テレーズ・デスケルー』遠藤周作訳／『テレーズ短編』藤井史郎訳／『夜の終わり』牛場暁夫訳／『小説論』『小説家と作中人物』川口篤訳
3. 小説III･評論I　『蝮のからみ合い』中島公子訳／『黒い天使たち』石川宏訳／『キリスト教徒の苦悩と幸福』山崎庸一郎訳
4. 小説IV・評論II　『フロントナック家の神秘』品田一良訳／『海への道』中島公子訳／『神と黄金神』岩瀬孝訳
5. 小説V･評論III　『パリサイの女』石川宏訳／『仔羊』中条忍訳／『つまずきの石』中島昭和訳
6. 小説VI・イエス伝　『ありし日の一青年』高山鉄男訳／『イエスの生涯』上総英郎訳／「モーリアック年譜・書誌」浜崎史郎編

『モーリヤック小説集』全11巻（内2巻は刊行されず）目黒書店　1951年

1. 『癩者への接吻』『母（ジェニトリックス）』萩原彌彦訳
2. 『火の河』秋山晴夫訳
3. 『愛の沙漠』杉捷夫訳
4. 『テレーズ・デスケイルゥ』杉捷夫訳
5. 『宿命』原百代訳
6. 『失われしもの』（未刊行）
7. 『蝮のからみ合い』鈴木健郎訳
8. 『夜の終わり』杉捷夫訳
9. 『黒い天使』有永弘人訳
10. 『海への道』（未刊行）
11. 『偽善の女』柳宗玄訳

『ガリガイ』新庄嘉章訳　新潮社　1954年

『小説家と作中人物』川口篤訳　ダヴィッド社　1957 年
『十八番はチボー先生』杉捷夫訳　岩波少年文庫　1958 年
『日記 I』『日記 II』村上光彦・山崎庸一郎訳　みすず書房　1961 年
『内面の記録』杉捷夫訳　紀伊國屋書店　1964 年
『パスカルとその妹』安井源治・林桂子訳　理想社　1963 年
『心の痛手』『文士』『知識の悪魔』若林真訳　中央公論社版『世界の文学 33』1963 年所載
『続内面の記録』杉捷夫訳　紀伊國屋書店 1969 年
『ジャン・ラシーヌの生涯』田中敬次郎訳 —『ラシーヌ研究』田中敬次郎著　社会思想社 1972 年所載

★モーリアックの伝記・作品論

浜崎史郎著『モーリアック研究』駿河台出版社　1972 年
エヴァ・キュシネル著『モーリアック』浜崎史郎訳　ヨルダン社　1975 年
フィリップ・ストラトフォード著『信仰と文学』渡辺洋・小幡光正訳　白水社　1980 年
竹中のぞみ著『フランソワ・モーリアック論 — 犠牲とコミュニオン』北海道大学図書刊行会　1996 年
柏原紀久子著『二十世紀の良心　フランソワ・モーリアック — ヒューマニストとしての軌跡 —』燃焼社　2005 年

★モーリアックの著作（フランス語版）

Œuvres romanesques et théâtrales complètes I – IV, « Bibliothèque de la Pléiade », Paris, Gallimard, 1980-1985.
Œuvres autobiographiques, « Bibliothèque de la Pléiade », Paris, Gallimard, 1990.
Les Œuvres complètes, « Bibliothèque Bernard Grasset », Paris, Arthème Fayard, 1950 – 1956.
Paroles catholiques, Paris, Plon, 1954.
Lettres ouvertes, Monaco, Éditions du Rocher, 1952.
Le Fils de l'Homme, Paris, Grasset, 1958.
Bloc-notes 1952-1957, Paris, Grasset, 1958.
Le Nouveau Bloc-notes 1958-1960, Paris, Flammarion, 1961.
Le Nouveau Bloc-notes 1961-1964, Paris, Flammarion, 1968.
Le Nouveau Bloc-notes 1965-1967, Paris, Flammarion, 1970.
Le Dernier Bloc-notes 1967-1970, Paris, Flammarion, 1971.

Mémoires politiques, Paris, Grasset, 1967.

Correspondance A.Gide-F. Mauriac 1912-1950, in *Cahiers André Gide 2*, Paris, Gallimard, 1971.

Correspondance F. Mauriac-J.-E. Blanche 1916-1942, Paris, Grasset, 1976.

Lettres d'une vie, correspondance recueillie et présentée par Caroline Mauriac, Paris, Grasset, 1981.

Correspondance P. Claudel-F. Mauriac 1911-1954, Lettres modernes, Paris, Minard, 1988.

Nouvelles lettres d'une vie, correspondance recueillie et présentée par Caroline Mauriac, Paris, Grasset, 1989.

D'Autres et moi, textes recueillis et commentés par K. Gœsch, Paris, Grasset, 1966.

Le Chrétien Mauriac, paroles de F. Mauriac aux Semaines des Intellectuels catholiques, Paris, Desclée de Brouwer, 1971.

Mauriac avant Mauriac, textes retrouvés, présentés et annotés par J. Touzot, Paris, Flammarion, 1977.

Souvenirs retrouvés, entretiens avec Jean Amrouche, Parisd, Fayard, 1981.

Les Paroles restent, interviews recueillies et présentées par par K. Gœsch, Paris, Grasset, 1985.

Paroles perdues et retrouvées, textes recueillis et présentés par par K. Gœsch, Paris, Grasset, 1986.

★モーリアック研究（学会誌・書誌・伝記・作家作品研究　フランス語版）

Archives des lettres modernes, « Archives François Mauriac », Paris, Minard, 5 Cahiers, 1969-1985.

François Mauriac 1 -7, « La Revue des lettres modernes », Paris, Minard, 1975-2007.

Cahiers François Mauriac 1-18, Association des amis de François Mauriac, Paris, Grasset, 1974-1991.

Travaux du Centre d'études et de recherches sur François Mauriac, Université de Bordeaux III Institut de langue et littérature françaises, 31 numéros, 1977-1992.

Nouveaux Cahiers François Mauriac 1-23, Paris, Grasset, 1993-2015.

Les Cahiers de L'Herne, François Mauriac, no. 48, sous la direction de J. Touzot, Paris, Éditions de l'Herne, 1985.

Cahiers de Malagar 1-8, Cahiers de Malagar et les auteurs, 1986-1995.

Colloque de Poitiers : François Mauriac, Poitiers, La Licorne, publication de la Faculté des Lettres de Poitiers, no.11, 1986.
Présence de François Mauriac, Actes du colloque de Bordeaux pour le centenaire de Mauriac, Presses Universitaires de Bordeaux, 1986.
Mauriac et le théâtre, Actes du colloque de la Sorbonne 1991, Paris, Klincksieck, 1993.
Mauriac devant le problème du mal, Actes du colloque du Collège de France 1992, Paris, Klincksieck, 1994.
Mauriac entre la gauche et la droite, Actes du colloque de la Sorbonne 1994, Paris, Klincksieck, 1995.

Keith Gœsch, *François Mauriac*, essai de bibliographie chronologique 1908-1960, Paris, Nizet, 1965.
Keith Gœsch, *Carnet bibliographique François Mauriac, critique 1975-1984*, Paris, Lettres modernes, 1985.
Jacques Monférier, « État présent des études sur François Mauriac », *L'Information littéraire*, no.4, septembre-octobre 1983.
Keith Gœsch, *François Mauriac 1*, essai de bibliographie des œvres de François Mauriac, collection « Calepins de bibliographie » no. 8, Paris, Lettres modernes, 1986.

Charles du Bos, *François Mauriac et le problème du romancier catholique*, Paris, Corrêa, 1933.
Gaston Fournier, *Le Christ, le péché chez François Mauriac*, Toulouse, Imprimerie Parisienne, 1935.
Amélie Fillon, *François Mauriac*, Paris, Malfère, 1936.
Georges Hourdin, *Mauriac romancier chrétien*, Paris, Éditions du temps présent, 1945.
Émile Rideau, *Comment lire François Mauriac*, Paris, Éditions Universitaires, 1945.
Joseph Majault, *Mauriac et l'art du roman*, Paris, Robert Laffont, 1946.
Alain Palante, *Mauriac, le roman et la vie*, Paris, le Portulan,1946.
Robert J. North, *Le Catholicisme dans l'œuvre de François Mauriac*, Paris, Conquistador, 1950.
Nelly Cormeau, *L'Art de François Mauriac*, Paris, Grasset, 1951.
Pierre-Henri Simon, *Mauriac par lui-même*, Paris, Seuil, 1953.
Jacques Robichon, *François Mauriac*, Paris, Éditions Universitaires, 1953.
Marc Alyn, *François Mauriac*, Paris, Seghers, 1960.

Bernard Roussel, *Mauriac, le péché et la grâce*, Paris, Éditions du Centurion, 1964.

Émile Glénisson, *L'Amour dans les romans de François Mauriac*, Paris, Éditions Universitaires, 1970.

Maurice Maucuer, *Thérèse Desqueyroux-Mauriac*, « collection profil » , Paris, Hatier, 1970.

Jean de Fabrègue, *François Mauriac*, Paris, Plon, 1971.

André Seailles, *Mauriac*, Paris, Bordas, 1972.

Paul Croc, *Destins de François Mauriac*, Paris, Hachette, 1972.

Bernard Chochon, *François Mauriac ou la passion de la terre*, Paris, Minard, 1972.

Éva Kushner, *Mauriac*, Paris, Desclée de Brouwer, 1972.

Michel Suffran, *François Mauriac*, Paris, Seghers, 1973.

François Durand, *François Mauriac. Indépendance et fidélité*, Paris, Champion, 1980.

Jean Lacouture, *Mauriac*, Paris, Seuil, 1980.

Michel Bonte, *Images et spiritualité dans l'œuvre romanesque de François Mauriac*, Paris, Pensée Universelle, 1981.

André Joubert, *François Mauriac et Thérèse Desqueyroux,* Paris, Nizet, 1982.

Théodore Quoniam, *François Mauriac, du péché à la redemption*, Téqui, 1984.

Marie-Françoise Canérot, *Mauriac après 1930. Le Roman dénoué*, Paris, SEDES, 1985.

Jacques Monférier, *Mauriac et Thérèse Desqueyroux, du "Nœud de vipères" à "La Pharisienne"*, Paris, Champion, 1985.

Jean Touzot, *François Mauriac, une configuration romanesque. Profil rhétorique et stylistique*, Paris, Lettres Modernes, 1985.

Jean Touzot, *La Planète Mauriac. Figure d'analogie et roman*, Paris, Klincksieck, 1985.

José Cabanis, *Mauriac, le roman et Dieu*, Paris, Gallimard, 1991.

José Cabanis, *En marge d'un Mauriac*, Touolouse, SABLES, 1991.

Véronique Anglard, *François Mauriac-Thérèse Desqueyroux*, Paris, Presses Universitaires de France, 1992.

Claude Escallier, *Mauriac et l'Évangile*, Paris, Beauchesne, 1993.

J.-E. Flower and the several contributors, *François Mauriac-Psychgolectures/ Psychoreadings*, sous la direction de J.-E. Flower, Presses Universitaires de Bordeaux-University of Exeter Press, 1995.

Richard Griffiths, *Le Singe de Dieu-François Mauriac entre le "roman catholique" et la littérature contemporaine, 1913-1930*, Bordeaux-le Bouscat, L'Esprit du temps, 1996.

★その他参考文献

『聖書』新共同訳　共同訳聖書実行委員会　1987年

La Bible de Jérusalem, nouvelle édition, Desclée de Brouwer, 1975.

André Gide, *Les Nourritures terrestres*, [Paris, Gallimard, 1897], « collection folio no. 117 », 1997.

Henri Massis, *Réflexion sur l'art du roman*, Paris, Plon, 1927.

Maurice de Guérin, *Œuvres I, II*, établissement du texte et introduction par Henri Clouard, Paris, Le Divan, 1930.

Marcel Arland, *Essais critiques*, Paris, Gallimard, 1931.

Gabriel Marcel, *Homo Viator*, Paris, Aubier-Montaigne, 1944.

Charles du Bos, *Le Dialogue avec André Gide*, Paris, Corrêa, 1947.

Jean-Paul Sartre, *Situation I*, [Paris, Gallimard, 1947], « collection folio-essais, no.223 », 1993.

Claude-Edomonde Magny, *Histoire du roman français depuis 1918*, [Paris, Seuil, 1950], collection Points no.23, Paris, Seuil, 1971

Claude Mauriac, *Conversations avec André Gide*, Paris, Albin Michel, 1951.

Martin Turnell, *The Art of French Fiction*, London, Hamish Hamilton, 1959.

Jacques Maritain, *La Responsabilité de l'artiste*, Paris, Librairie Arthème Fayard, 1961.

Nelly Cormeau, *Physiologie du roman*, Paris, Nizet, 1966.

Karl Rahner et d'autres, *Petit dictionnaire de théologie catholique*, Paris, Seuil, 1970.

Xavier Léon-Dufour, *Dictionnaire du Nouveau Testament*, Paris, Seuil, 1975.

Blaise Pascal, *Pensées et opuscules*, par Léon Brunschvicg, « collection Classique Hachette », Paris, Hachette, 1976.

Xavier Léon-Dufour et d'autres, *Vocabulaire de théologie biblique*, Paris, Cerf, 1988.

Jean-François Durand, *Mauriac-Claudel, le désir de l'infini*, Association internationale des amis de François Mauriac, Actes du colloque du Sénat et de la Sorbonne, réunis par François Durand, L'Harmattan, 2004.

Jean-François Durand, *François Mauriac : l'œuvre au noir*, Association internationale des amis de François Mauriac, sous la direction de Jean-François Durand, L'Harmattan, 2007.

〔著者紹介〕

藤田尊潮　ふじた そんちょう

1958年生まれ。早稲田大学大学院博士課程満期退学。パリ第4大学DEA取得。現在、武蔵野美術大学教授。専門は20世紀フランス文学、フランソワ・モーリアック、サン＝テグジュペリなど。

著書：

『「星の王子さま」を読む』『サン＝テグジュペリ』（八坂書房）
『パリのミュゼでフランス語！』『やさしくミュゼでパリめぐり』（共著、白水社）ほか。

編著書：

『マン・レイ「インタビュー」』『星の王子さまの教科書』（武蔵野美術大学出版局）

訳書：

サン＝テグジュペリ『小さな王子』、L. ゴルデーヌ、P. アスティエ『画家は語る』、J. P. クレスペル『モンパルナスのエコール・ド・パリ』、F. フェルス『パリの画家、1924』『図説 ベル・エポック』、J. ブロス『世界樹木神話』（共訳）
「自作を語る画文集」シリーズ（訳編）
　『ギュスターヴ・モロー』『オディロン・ルドン』『トゥールーズ＝ロートレック』『アンリ・ルソー』（以上、八坂書房）
O. ブルニフィエ、J. デプレ「はじめての哲学」シリーズ（世界文化社）ほか多数。

主な論文：

La Théologie de la grâce chez François Mauriac – les romans écrits avant et après sa conversion（*Étude de Langue et littérature Françaises* No.62, 1993）（欧文）

Images de l'été et images du feu dans l'œuvre de François Mauriac（武蔵野美術大学研究紀要 No.30, 1999年）（欧文）

Images de l'eau et de la boue dans l'œuvre de François Mauriac（武蔵野美術大学研究紀要 No. 31, 2000年）（欧文）

Images des arbres chez François Mauriac（武蔵野美術大学研究紀要 No. 32, 2001年）（欧文）

Images des animaux chez François Mauriac（武蔵野美術大学研究紀要 No. 33, 2002年）（欧文）

『目に見えるもの』と『目に見えないもの』―『星の王子さま』再読（武蔵野美術大学研究紀要 No. 34, 2003年）

フランソワ・モーリアックにおける『自然』のイメージ―〈共犯〉のヴィジョン（武蔵野美術大学研究紀要 No.44, 2014年）

『絆』と『交換』―サン＝テグジュペリのキーワードを読み解く（武蔵野美術大学研究紀要 No.46, 2016年）

François Mauriac,1885-1970

モーリアック　文学と信仰のはざまで

2017年4月25日　初版第1刷発行

著　者　藤田尊潮

発行者　八坂立人

印刷・製本　シナノ書籍印刷(株)

発行所　(株)八坂書房

〒101-0064 東京都千代田区猿楽町1-4-11
TEL.03-3293-7975 FAX.03-3293-7977
URL.: http://www.yasakashobo.co.jp

ISBN 978-4-89694-232-3